지나간 것은
모두
아름답다

지나간 것은
모두 아름답다

초판 1쇄 인쇄 · 2023년 3월 25일
초판 1쇄 발행 · 2023년 4월 6일

지은이 · 유민영
펴낸이 · 한봉숙
펴낸곳 · 푸른사상사

주간 · 맹문재 | 편집 · 지순이 | 교정 · 김수란, 노현정 | 마케팅 · 한정규
등록 · 1999년 7월 8일 제2-2876호
주소 · 경기도 파주시 회동길(서패동) 337-16
대표전화 · 031) 955-9111(2) | 팩시밀리 · 031) 955-9114
이메일 · prun21c@hanmail.net
홈페이지 · http://www.prun21c.com

ISBN 979-11-308-2021-7 03810
값 26,000원

푸른사상
산문선
50

지나간 것은
모두
아름답다

유민영
산문집

 푸른사상
PRUNSASANG

이 책을 만들면서 '인생이란 아름다움을 발견해가는 과정인 것 같
다'라고 정의하니까 내가 젊은 시절에 겪었던 쓸쓸한 경험도 아름답
게 치장되는 것 같아 혼자 씩 웃기도 했다. 지금 80대 이상인 세대들
은 경중의 차이는 있겠지만 참으로 우리 근대사의 여러 가지 굴곡을
다 겪었기 때문에 아픈 추억과 상처를 마음속에 지니고 있다. 그럴 수
밖에 없었던 것이 초근목피의 농경사회로부터 단기간에 선진국으로
발돋움하느라 얼마나 정치 경제사회가 요동을 쳤겠는가. 그런 와중에
끼어 자란 한 개인의 성장통을 가볍게 스케치한 것이 이 책의 제1부
라고 말할 수가 있겠다. 세계적인 부조리극 작가 외젠 이오네스코는
일찍이 유년 시절에 겪었던 경험, 충격 같은 것이 후일 작품의 모티브
가 된다고 했는데, 그 말은 학문을 해온 내게도 적용되는 말인 것 같
아 흥미롭다.

　제2부는 우리 전통 예술에 대한 일반의 무지 혹은 편견을 바로잡고
그 진정한 가치를 설명한 것인데, 범주는 아무래도 필자의 전공인 공
연예술 분야에 한정되어 있음을 밝힌다. 그리고 제3부에서는 개화기
이후 우리의 공연예술을 이끌어온 몇몇 인물들의 숨은 이야기에서부

터 두드러진 공연단체와 국립극장, 그리고 연극계를 대표하는 이해랑 연극상의 역사와 방향 등을 짚어보았다.

　이 책에 모은 글들은 내 고향 용인시 발간의 쿼털리 『인아트』에 게재되었던 것이 상당수이고 다른 잡지들에 게재되었던 것과 새로 쓴 글들을 체제에 맞도록 편제했다. 그동안 본인의 미숙한 컴퓨터 작업을 도와준 박한솔 조교와 권예진 복지사에게 고맙고, 책을 만드느라 고생한 푸른사상사 편집진과 한봉숙 대표에게 감사를 표한다.

2023년 봄, 용인 삼성노블카운티에서

유민영

작가의 말   5

제2부 전통문화예술에 대한 새로운 접근

지나간 것은 모두 아름답다

제1부

지나간 것은
아름답다

소쩍새 울면

사방에 철쭉꽃이 빨갛게 피는 초여름 초등학교 2학년 때의 일이었다. 누나가 내게 좋은 구경 시켜준다고 하여 그녀를 따라 해가 뉘엿뉘엿 넘어가는 황혼녘에 10리 길을 걸어 진위초등학교 운동장에 도착했다. 수많은 사람들이 웅성대는 운동장에는 임시 가설 무대의 포장이 높다랗게 쳐져 있었고, 특이한 옷을 입은 청년이 나팔을 불며 구경꾼을 부르고 있었다. 포장 빛깔은 보라색이었고, 거기에 뻘건 글씨로 무슨 서커스단이라고 쓰여 있었다.

생전 처음 신기한 구경을 기다리는 소년의 가슴은 두근거리기까지 했다. 막이 오르자 휘황한 조명에 눈이 부셔서 한참 동안 눈을 감고 있어야 했다. 그때까지 희미한 등잔불 밑에서 자란 나에게 전깃불보다 더 강한 조명은 눈이 아플 정도였기 때문이다. 공중에서 훨훨 날아다니는 소년 소녀들의 줄타기로부터 시작하여 외발자전거 타기 등 각종 곡예에는 사람뿐이 아닌 코끼리, 원숭이 등 이름만 듣던 동물도 등장하여 기괴한 재주를 부림으로써 구경꾼들의 혼을 뺐다.

게다가 사이사이 코가 빨간 피에로가 등장하여 사람들 사이를 오가며 웃기고 놀래키고 울리기도 했다. 거기다가 보태어 토막극과 노래까지 가미된 다채로운 프로그램은 이 세상의 최고 구경거리였다. 특히 관객을 경탄케 하는 예쁜 처녀들의 줄타기와 재주넘기는 떨어질 것만 같아 나의 마음을 조마조마하게 했고, 토막극은 나를 울렸으며, 음악은 나를 신나게 했다. 그런데 토막극을 맨 끝에 함으로써 관객의 손수건을 적시고서야 막을 내렸다. 눈 깜짝할 사이에 경탄과 황홀의 시간이 끝나버렸다. 대략 두어 시간 동안은 완전히 흥분과 도취와 환상의 경지였다. 구경은커녕 서커스라는 단어조차 처음 들어본 나로서는 흥분이 가라앉지 않아서 그날 밤 잠을 이룰 수가 없었다.

특히 아름다운 소녀들의 공중곡예는 하나의 신비 바로 그 자체였고, 날아다니는 그녀들은 내게 날개 없는 천사로 환각되어졌다. 이튿날 저녁, 마을 친구와 함께 몰래 서커스 구경을 갔다. 돈이 없으니 정문으로 들어갈 수가 없었다. 뒤로 돌아서 천막을 들치고 기어들어가려는 순간 볼기가 떨어져 나가는 듯한 일격과 함께 나는 몸집 큰 사나이한테 멱살을 잡혔고 불이 번쩍 나게 따귀가 한 방 들어왔다. 돈이 없으면 쌀이라도 퍼 오라는 일장 훈시를 들으며 나는 우는 흉내라도 낼 수밖에 없었다. 왜냐하면 그 천사 같은 줄타기 소녀들을 다시는 볼 수 없을 것 같은 절망감 때문이었다. 울상을 짓는 우리들이 불쌍했던지 그날은 볼 수 있도록 허락해주었다. 전날 밤의 내용과 똑같은 프로그램이었지만 내 흥미는 조금도 감퇴되지 않았다.

다음 날 한 번 더 보려고 아버지한테 돈 달랬다가 가차 없이 또 한 방 얻어맞았다. 오나가나 따귀 풍년이었다. 친구와 나는 방과 후에 포장 주변을 서성이면서 더 볼 수 있는 방도를 이리저리 궁리했다. 그때 좋은 생각이 떠올랐다. 즉 우리들은 그 서커스단이 관객을 모으기 위하여 낮에는 주변 마을을 돌아다니면서 나팔 불며 선전행사를 하는 걸 본 일이 있었고, 맨 앞에 광고판을 든 사람을 흥미롭게 관찰했었다. 옳다거니! 광고판 정도는 우리가 충분히 들고 다닐 수 있겠다고 생각했고, 곧바로 서커스단 사무실을 찾아가 그 일을 우리가 대신하면 구경시켜줄 수 있느냐고 물었다. 지금 생각해보면 일종의 흥정이었는데, 그들은 기다렸다는 듯이 흔쾌히 허락해줌으로써 나와 친구는 그날부터 번갈아 신나게 광고판을 들고 다니게 되었다. 광고판은 별로 무겁지 않았지만 가끔 아는 친구들을 만나면 창피했고, 뒤통수에 대고 부는 나팔 소리가 귀를 먹먹하게 만드는 고통스러움이 문제였다. 어쨌든 그리하여 친구와 나는 1주일 동안 하루도 안 빠지고 원 없이 황홀한 구경을 할 수가 있었다.

그런 구경도 순식간에 지나가 어느덧 마지막 날이었다. 마지막 날 공연이 끝나자 머리에 기름 바른 듯이 말끔한 차림의 30대 남자(단장인 듯)가 앞에 나서더니 알 듯 모를 듯 이런저런 이야기를 하는 끝에 "여러분! 명년 소쩍새 울면 다시 오겠습니다"는 작별의 인사말을 했다. 그 단장의 마지막 말은 내게 이상한 울림으로 다가왔다. 허허한 마음으로 되돌아서는 캄캄한 밤하늘엔 별들이 쏟아지는 듯했다. 나는 돌아와 잠을 이루지 못했지만 그들을 기다리는 즐거움으로 헤어짐의 슬픔을 달랬다. 단장은 왜 그 많은 새들 중에 굳이 소쩍새의 울음을 기다림과 연결시켰을까. 시골에는 새들이 많아서 그때까지 나는 특별히 어떤 새에 대하여 관심을 가져본 일도 없이 닥치는 대로 알을 주워다가 구워 먹곤 했었다.

다행히 누나가 평소 소쩍새 소리를 좋아해서 자세한 이야기를 들을 수 있었고 전설적인 여름 철새로서 소리가 특별하다는 것을 알 수 있었다. 그래서 나는 그때부터 졸음을 참아가며 깊은 밤에만 우는 소쩍새 울음소리를 유심히 듣곤 했다. 따라서 나는 비로소 그 서커스단 단장이 소쩍새 울음을 내세운 이유를 알아낼 수가 있었다. 솔직히 소쩍새 울음소리는 어린 마음에도 너무나 슬프고 처량하며 애절했다. 여름이 가고 가을 겨울이 지나 다시 소쩍새가 몇 번이나 거듭해 울었지만 그 온다던 그 서커스단은 좀처럼 오지 않았다.

그러는 사이에 6·25전쟁이 발발하여 아이들이 목격해서는 안 될 죽음까지를 여러 번 만남으로써 전쟁의 공포와 죽음의 트라우마를 나도 모르는 사이에 내면에 지니게 되었다. 나는 이미 낭만적인 서커스를 그리워하는 순정의 소년은 아니었다. 정전과 함께 나도 고향을 떠나 서울로 유학을 와서 상급학교를 다니게 되었다. 서울에는 오며 가며 볼거리도 많고 공부도 열심히 해야 하는 등 번다하여 자연스럽게 서커스단에 대한 기억조차 나도 모르게 잊어버렸다.

세월이 흐르면서 나는 대학생이 되었고, 동족상잔의 전쟁과 4·19를 겪으면서 생겨난 불타는 애국심(?)으로 졸업 전 군대에 자원했다. 그 당시 일반 병사들의 복무 기간은 3년이었지만 대학생들은 ○○군번을 받아 1년 반 단축 복무를 하는 학보병 제도가 있어 무조건 전방에서 야전 보병으로 근무를 해야 했다. 전방 근무는 강도 높은 훈련과 매일매일의 야간 보초가 꽤 힘든 과정이었다. 낮의 반복되는 강훈련으로 곤하게 자는 중에 깨어나 한밤중에 보초 서는 게 얼마나 고단한지

해보지 않은 사람은 모른다.

그런데 나는 보초 서면서 오랜만에 그리운 소쩍새를 만나게 된 것이다. 가을에 소집되어 훈련받고 겨울에 전방에 배치되어 맞는 첫여름, 철쭉꽃이 빨갛게 물들어가는 앞산에서는 밤새껏 소쩍새가 울어댔다. 나는 분주하게 살다가 십수 년 만에 다시 유년 시절로 되돌아가 그 서커스단이 다시 그리워지기 시작했다. 이제는 중년이 되었을 그 아리땁고 무표정했던 줄타기 소녀들은 지금은 어디서 무엇을 하며 늙어가고 있을까도 공상했다.

그러나 점차 전방의 소쩍새 울음을 듣다 보니 오래전 서커스단에 대한 향수보다는 나 자신을 돌아보는 데로 생각이 바뀌어갔다. 그러니까 내가 고향에서 어린 나이에 전쟁과 죽음의 참혹함을 겪은 일로부터 전란의 후유증으로 고생하시던 아버지의 귀천, 그에 따라 수백 년 지녀왔던 농경지 처분으로 몰락한 우리 집안, 주시경이나 최현배선생과 같은 한글학자가 되려고 국문학을 전공했으나 내 성향과 안 맞아 걱정스런 학문적 방황, 그악한 생존 앞에 실연으로 끝난 어설픈 첫사랑 등등. 이런저런 생각을 하다 보면 어느새 다음 차례의 병사와 교대하여 부대로 돌아와 잠시나마 잠에 빠지곤 했다. 아, 세월이 그렇게도 빨리 흐르는구나! 그러는 중에 군 복무도 끝나 대학으로 돌아왔고, 대학원에도 입학하여 본격 학자의 길로 들어서게 되었다.

군 복무까지 마치니 어느새 20대 중반이 되었다. 일제 말엽에 초등학교에 입학했다가 일본인 선생의 귀한 아들과 싸우는 바람에 퇴학당하고 해방을 맞아 겨우 다시 학교에 다닐 수 있었던 일로부터 시작해서 전쟁, 고학 생활, 군 복무 등 여러 고비마다 나를 따뜻하게 감싸 안

아준 어떤 보이지 않는 힘이 있는 것 같았다. 그리고 학문적 방황을 하고 있던 내게 느닷없이 연극사 연구를 권유한 젊은 L교수를 만난 것도 그런 힘의 작용 같았다. 솔직히 처음엔 그의 권유가 가당치 않은 이야기로 들린 것이 사실이었다. 왜냐하면 연극이라곤 대학 시절 명동 국립극장에서 이해랑이 연출한 작품 딱 한 번 구경한 것이 전부였던 데다가 연극사가 과연 평생의 연구 대상이 될 만한가에 대하여 회의적이었기 때문이다.

떨떠름한 상태에서 그 L교수의 부탁을 받고 여름방학 동안 국립도서관을 다니며 자료를 뽑는 일을 도우면서 나 나름대로 이것저것 뒤적여보니 연극사에 관한 양서들은 여럿 있었는데, 국내에서는 경성제대 조선어학과 출신의 요절한 김재철이 『조선연극사』를 낸 것이 유일했음도 처음 알게 되었다. 그래서 이 분야야말로 개척할 만한 학문이 아닌가라는 생각이 들기 시작했다. 그런데 퍼뜩 소년 시절에 나를 경탄시켰던 서커스단이 떠오르는 것이 아닌가. 왜냐하면 서커스도 일종의 연극이 아닌가 생각되면서 그 젊은 L교수와 서커스단 단장이 오버랩되었다. 두 사람은 비슷한 또래의 핸섬한 멋쟁이였다. 솔직히 난 당시에 간절히 기다리던 그 서커스단이 다시 왔으면 따라나섰을지도 모를 만큼 서커스에 푹 빠져 있었다. 그랬으면 나는 서커스단에서 잔심부름부터 시작하여 여러 기술을 익힌 단원으로 전국을 떠돌아다니고 있었을지도 모른다는 생각이 들어 혼자 속으로 쓴웃음을 짓기도 했다.

그렇던 내가 십수 년 만에 연극학자의 길로 접어들게 된 것이다. 그때 나는 문득 "역사에서는 보이지 않는 어떤 큰 힘이 작용하는 것 같다"고 말한 19세기의 세계적 역사학자 레오폴드 폰 랑케가 떠올랐다. 그러면서 소년 시절부터 그때까지 중요한 고비마다 나를 보듬어준 어떤 은총, 그리고 어린 나를 감동시켰던 서커스 공연 한 편이 훗날 내가 연극학자가 되는 데 보이지 않는 힘으로 작용한 것은 아닐까 생각했다. 그런 생각에 잠겨 있을 때, 어디서 들려오는지 알 수 없는 성당의 종소리가 아스라이 내 귀를 스치고 지나갔다.

참새 두 마리

　나에게는 평생을 따라다니는 유년 시절의 아픈 기억이 있다. 그것은 시골에서 자란 사람들의 공통적 기억일 수도 있고 비슷한 아픔을 겪은 이도 있을지 모른다. 그것은 물론 자연에 대한 외경심이고 동시에 신의 섭리를 거역한 것에 대한 공포감일 수도 있다.

　우리가 어린 시절을 어느 시기까지 기억해낼 수 있을지 모르지만 대체로 너댓 살 때까지는 충분히 기억할 수 있다. 과거 시골 아이들에게는 별다른 장난감이 없었다. 딱지치기, 구슬치기, 제기차기, 자치기, 땅따먹기 정도가 고작이고 누구네 집 잔치가 있으면 돼지 오줌보를 얻어다가 공을 만들어서 벼를 베어낸 논바닥에서 축구하는 즐거움 정도가 전부였다.

　그 외에도 겨울에는 연날리기, 썰매 타기 등이 주된 놀이였으며 여름 내내 개울에서 깜둥이가 되어 헤엄치고 피라미나 붕어를 잡는 것이 즐거운 놀이였고 영양 보충 방법이었다. 사실 영양 보충 방법은 그 밖에도 개울 건너편에 있는 남의 밭 참외, 무, 고구마 서리 등 여러 가지가 있었다. 물론 잡히면 따끔한 훈계와 몇 대 얻어맞는 것이 보통이었다. 그리고 산에서 새알을 꺼내다가 구워 먹는다든가 칡뿌리를 캐 먹는 등 영양 보충하는 수단은 다양했다.

지금 생각하면 못 먹던 시절 시골 아이들의 자급자족(?)은 자연식 그 자체였다. 하지만 그중에서도 참새를 잡아 구워 먹는 것이 일품이었다. 구워 먹으면 맛도 좋았지만 두세 마리만 먹어도 금세 어린 배가 불렀기 때문이다.

그러나 참새는 약아서 잘 잡히지 않았다. 어른들은 공기총이나 그물을 쳐서 잡았지만 아이들에게는 고무줄 새총이 고작이었다. 고무줄 새총으로 새를 잡는다는 것은 한강에서 체로 붕어를 잡는 것만큼이나 어려운 일이었다. 끊임없이 움직이는 참새를 눈깔사탕알만 한 돌멩이로 맞춘다는 것은 정말 거의 불가능했다.

그런데 어린이들도 참새를 쫓아다니다 보면 쉽게 잡는 방법을 터득해내기 마련이다. 나름대로 노하우와 지혜가 생기는 것이다. 초가을이 되면 참새들이 부쩍 늘어나는데 참새들은 몰려다니면서 벼논을 망치기도 한다. 그런데 저물녘이 되면 참새들도 보금자리를 찾는다는 것을 알게 되었다. 참새들은 겨울에는 초가지붕 처마 밑 같은 데서 자지만 여름서부터 가을까지는 들판에 높이 솟은 포플러에서 주로 잔다. 서편에 빨간 노을이 물들 때 참새들은 포플러 가지마다 수백 마리가 모여 둥지를 틀고 저녁놀이 사그라지고 어둠이 깔릴 때까지 마치 어린애 잠투정하듯이 시끄럽도록 재잘댄다.

어느 날 철부지였던 나는 참새를 잡아 구워 먹으려고 들판으로 나가서 포플러 중심부 가지를 향해서 고무줄 새총을 마구 쏘아댔었다. 주머니에 가득 주워 넣은 작은 돌멩이들이 다 없어질 때까지 공중을

참새 두 마리

향해서 무작정 쏘아댄 것이다. 그런데 뜻밖에 참새 두 마리가 내 앞에 떨어지는 것이 아닌가.

고무줄 새총을 만들어서 처음으로 참새를 잡아보는 순간이었다. 그런데 그처럼 날쌔고 예쁜 새가 죽어 축 늘어진 것을 보는 순간 신기하고 기쁘기보다는 불쌍하다는 생각이 먼저 들었다. 참새 두 마리가 하루의 피로를 씻고 포플러 가지에서 편안한 잠을 청해보려는 순간 운수 사납게도 내 고무줄 새총에 맞아 떨어진 것이라는 생각을 하니 마음이 아팠다. 그 순간 산 그림자가 지고 어둠이 깔려왔다.

나는 죽은 참새 두 마리를 들고 집으로 돌아왔다. 지척인데도 돌아오는 길이 멀기만 했다. 집에 들어서니 여느 때와 달리 뭔가 웅성거리며 집안 분위기가 심상찮았다. 할머니가 긴장된 얼굴로 들락거렸고 저녁밥상을 차려줄 어머니 모습이 보이지 않았다. 방에 들어가려니까 형이 막아섰다. 어머니가 동생을 낳으셨다는 것이다.

순간 어린 나는 가슴이 덜컥 내려앉았다. 이런 경사스런 날에 참새를 죽여 잡았다는 죄책감 때문이었다. 솔직히 참새를 구워 먹겠다는 생각은 잡는 순간 내게서 사라졌지만 그것을 잡았다는 생각조차 하기 싫어서 죽은 참새를 슬그머니 울타리 밖에다가 멀리 던져버렸다. 그 후에도 내가 참새를 잡았다는 이야기를 누구에게도 하지 않았음을 두말할 나위 없다.

그런데 얼마 뒤 문제가 생겼다. 어여쁜 여동생이 세상에 나온 지 9개월여 만에 갑자기 이승을 떠난 것이다. 어린 나는 그때부터 말 못 할 죄책감에 시달리기 시작했다. 내가 여동생이 태어나는 날 참새를 잡은 탓으로 부정 타서 일찍 천국으로 간 것은 아닌가 생각했기 때문이다.

죽은 여동생에게 미안하고 부모님께도 큰 죄를 지었다는 생각으로 유년 시절을 보낸 후 지금까지 나는 해충이나 물고기 외에 살아 있는 동물을 잡아본 일이 없다. 시골에서는 집에서 기르는 닭을 누구 생일이나 제사 때 잡지만 나는 평생 닭 한 마리를 잡아본 적이 없다. 나는 동물을 특별히 사랑하는 것은 아니지만 잡지는 않는다. 장성하여 서울로 유학 와보니 노점상들이 많았고, 그 주된 품목이 참새구이였다. 술 좋아하는 친구들은 저녁만 되면 노점상을 찾아 소주와 참새구이로 삶의 흥취를 돋구었다. 그럴 적마다 나는 혼자 그늘진 추억에 젖어 맨소주만 몇 잔 마시고 돌아오곤 했다. 절대로 참새구이는 먹지 않았다.

언젠가 도시 아이들이 가지고 놀던 병아리들을 아파트 옥상에서 밑으로 떨어뜨리는 놀이를 한다는 보도를 보고 충격받은 적이 있었다. 그런 아이들은 어떤 환경 속에서 자라고 있을까. 짐작해보건대 놀이터도 없는 콘크리트 골목에서 자동차를 요리조리 피하면서 딱총이나 쏘고 PC방이나 만화방에 앉아서 폭력적이거나 외설스런 게임이 아니면 만화 읽기에 빠지고 집에 가서도 저질 텔레비전 프로그램이나 보면서 유소년 시절을 보내는 것은 아닌지.

그렇기 때문에 요즘 젊은이들은 시끄러운 기계음에 익숙하고 그런 소음 속에서 편안함을 느낀다. 그들은 솔바람 소리, 새소리, 풀벌레 소리, 물소리가 가져다주는 안온함을 모른다. 그들에게 푸른 하늘은 너무 멀리 있고 해와 달은 없으며 별과 속삭거릴 줄을 모른다. 그들의 가슴속에는 푸른 들판 대신에 문명의 긴박하고 소용돌이치는 듯한 소음이 스며있을 뿐이다. 끊임없이 죽이고 죽는 전쟁놀이, 폭력 경쟁이 가져다주는 긴박감과 잔인함에 정서가 마비되면 생명에 대한 외경심이 생겨나지 않는다.

내 유년 시절 참새 두 마리를 잡은 뒤 오랫동안 죄책감에 시달리고, 그것이 나를 성숙하게 하는 교훈이 되고 또 더 나아가 창조주를 만나게 해주는 계기를 만들어주었으며 노년기에 들어서까지도 아픈 기억으로 남아 있는 것은 역시 내가 광대무변한 이 우주의 품속, 있는 그대로의 자연 속에 살아 남아 있기 때문이 아닐까.

애총(兒塚)

    우리 어머니는 아이를 여덟 명이나 낳으셨다. 그중에 셋은 죽었고 그 과반수인 다섯 명은 장성하였다. 그런데 죽은 세 명의 아이들은 모두가 유아 때 죽었고, 돌이 되기 전에 죽은 아이도 있었다. 나는 그 아이들이 무슨 병으로 죽었는지 잘 모른다. 나보다 손위가 하나고, 둘이 손아래였는데 두 명의 동생의 죽음 전후에 관해서는 어렴풋한 기억과 아픔이 지금도 마음 한구석에 남아 있다. 어린애가 아플라치면 으레 집안 분위기부터 암울했다. 왜냐하면 당시에는 우리 마을이나 그 주변 백 리 안에는 어디에도 병원이란 것이 없어서 아이의 장래가 불안했기 때문이다.

    아직 돌도 되지 않은 내 여동생은 유난히 맑고 예뻤다. 혼자서 뒤집고 기려고 애쓰는 모습은 웃음까지 자아내곤 했고 우리 집안의 꽃이었다. 나는 그 해맑은 아기가 하늘에서 보내준 천사라고 생각했다. 학교에서 돌아오면 아기부터 찾았고, 아기를 바라보고 앉아 있으면 그 까만 눈동자에 빨려 들어가는 느낌이 들 정도로 매료되어 있었다. 그런 아기가 아프기 시작한 것은 안성에 사시는 가까운 친척 할머니가 다녀간 뒤부터였다.

멀쩡했던 아기가 갑자기 젖을 빨지도 않고 울기만 하고 살색이 퍼렇게 변하는 것을 보고 우리 할머니는 살(煞)을 맞은 것 같다고 했다. 나는 당시 그 말이 무슨 뜻인지 알 수가 없었다. 많은 시간이 흐른 뒤에 대강 알아낸 것이지만 아기가 예방주사 같은 것을 전혀 맞아보지 못하고 그대로 노출된 상태에서 친척 할머니가 이상한 균을 아기에게 전염시킨 것이 아닌가 싶었다. 당시 우리 부모님들로서도 속수무책으로 천명만을 기다릴 수밖에 없었던 것 같다.

그 며칠 뒤 학교에서 돌아오니 집안 분위기가 침울의 극에 달해 있었다. 어린 동생이 죽은 모양이었다. 눈이 퉁퉁 부은 어머니는 부엌 아궁이 앞에 쪼그리고 앉아 딸꾹질 같은 것을 자꾸만 삼키고 있었고, 아버지는 툇마루에 걸터앉아 줄담배를 연신 피우고 계셨다. 그날은 집안에서 한마디의 말도 오가지 않는다. 어둠이 내려앉아도 한동안 불도 켜지 않는다.

하루 뒤에 짐꾼 같은 사람이 오면 우리는 밖으로 내보내진다. 안방에서는 무거운 음성으로 간간 수군거림이 들려오고 새끼줄이 연신 방으로 들어간다. 얼마 후 짐꾼은 가마니 같은 데 하얀 천을 덮은 것을 지게에 지고 어디론가 사라진다. 어머니는 부뚜막에 엎드려 울고, 아버지는 짐꾼을 따라 나선다. 물론 산으로 가는 것이다.

나는 그날 사랑하던 여동생이 죽어 너무 애석하여 학교에 결석까지 했었다. 나는 그 애의 죽음을 도저히 실감할 수가 없었다. 나는 지게꾼을 멀리서 뒤따라가서 그 아이가 정말 땅속에 묻히는가를 확인하고 싶었다. 물론 부모님 몰래였다. 내 동생을 짊어진 지게꾼은 십여 리 떨어진 산으로 갔다. 도착한 산은 내가 봄이 되면 산딸기를 따먹고 여치를 잡던 야산이었다. 관목(灌木)이 드문드문 서 있는 돌산이다. 억새풀과 가시나무만이 우거진 빈 산이다. 그 지게꾼은 아버지가 지켜보는 가운데 멧장을 거두고 흙을 얕게 파고 동생을 묻는 것이었다. 나는 그 광경을 보고 땅에 풀썩 주저앉고 말았다.

멀리서 보이는 아버지는 담배를 연신 피우시면서 이따금 하늘을 올려다보곤 했다. 일을 다 마친 지게꾼과 아버지가 돌아간 뒤에 나는 동생이 묻혀 있는 곳에 가보았다. 그런데 동생의 무덤은 여느 무덤과는 결이 달랐다. 가시나무들이 엉켜 있는 평지보다 약간 높은 둔덕이어서 무덤으로는 도저히 생각되지 않았다. 유리같이 맑고 연약했던 천사와 황량한 돌산의 가시덤불과는 도저히 조화가 되지 않았다. 그런데 주변에는 동네 아기들도 여럿 묻혀 있는 듯 보였다. 하늘은 파랗고 산새들의 울음소리는 요란했지만 죽은 동생은 다시 돌아올 수가 없었다.

나는 그 동생을 그런 곳에 혼자 두고 집으로 돌아갈 수가 없어 그 옆에서 해가 기울 때까지 울고 또 울었다. 날이 저물면서 무서움에 등골이 차가워졌다. 나는 할 수 없이 동생을 가시덤불 사이에 두고 집으로 돌아와야 했다. 한동안 나는 그곳을 찾아갔었다. 험산이지만 가시덤불에도 하얀 꽃은 피어났고 나비와 산새들도 날아들었다. 그래서 동생은 외롭지 않았을 것도 같았다.

이런 어린아이 무덤을 가리켜 시골서는 애총(兒塚)이라고 부른다. 시골에는 이처럼 아이들만 묻히는 산이 따로 있는 데가 간혹 있다. 대개는 들꽃도 별로 없고 억새풀과 가시나무만이 무성한 돌산이다. 그렇기 때문에 자기 집 아이를 묻은 경험이 있는 사람들은 애총이 촘촘한 돌산을 생각할 때마다 처량함과 비애를 느끼게 된다. 이는 사실 지난 시절 우리네 어른들 대부분이 느끼는 공통적 감정이고 슬픔일 것이다.

수년 전에 한국에 왔던 『25시』의 작가 게오르규는 시골을 여행하는 동안 산비탈의 올망졸망한 토분(土墳)들을 바라보면서 한세상 살다가 자연으로 귀속하는 인간들의 마지막 길치고는 한국 산하의 토분들이야말로 가장 아름답고 바람직한 모습이라고 했다지만 그가 눈에 잘 띄지도 않는 애총의 애화(哀話)를 들었다면 무어라 말했을까. 얼마 전에 이러한 가련한 애총의 슬픔을 인지한 어느 목사님이 아이들만을 위한 공동묘지를 마련하겠다고 선언해서 반가웠는데 그 뒤에는 소식이 없다.

인간은 모두 자연에서 나와 자연으로 돌아가는 것이 섭리라지만 아름다운 이 세상 구경도 제대로 못하고 애총에 영원히 잠들어 있는 원혼들을 생각하면 애연(哀然)하기 이를 데 없다. 예전에 우리 어버이들이 다산했던 것은 부귀 귀천을 떠나 자연의 순리를 따른 것이었다. 옛날 그렇게 다산을 했어도 인구가 폭발하지 않았던 것은 의학의 미발달로 인하여 상당수가 애총에 귀숙(歸宿)한 때문이라고도 볼 수가 있지만 다른 한편 자랄 것은 자라고 일찍 갈 것은 가게 마련이라는 자연의 섭리와 법칙에 따른 것이 아니겠는가. 왜냐하면 그렇게 많은 피임약이 나오고 불법 낙태가 성행해도 아이는 태어나고 자라며 피임과 낙태를 모르던 선인들이 그렇게 많이 낳았어도 알맞게 남아서 성장했기 때문이다.

따라서 낙태당하는 생명들이 실제로 이 세상에 나온다 해도 무지몽

매한 인간들의 악행으로 애총으로 직행해야 할 운명에 처했을지도 모른다. 지금도 세계 도처에서 어린 생명들이 빈곤에 따른 영양실조와 질병, 그리고 인간의 잔혹함 등으로 수없이 애총으로 떠나고 있다.

'사람은 제 밥그릇을 가지고 태어난다'는 옛말이 있음에도 불구하고 정부가 한때 경제난에 따른 인구 조절을 위하여 산아 제한 정책을 폈었지만 곧바로 인구 감소라는 역현상이 나타나 다시 출산 장려 정책으로 180도 전환했다. 이처럼 인위적으로 산아 제한을 한다든가 출산 장려를 꾀하는 등의 정책은 자연의 순리를 어기는 단견에 불과하다고 생각한다.

따라서 당장 시급한 것은 정부가 출산 장려라는 명목으로 이래저래 낭비 말고 태어난 생명들을 존중하여 엄격하게 보호해주는 데 투자하고 불법낙태를 막는 것이다. 그것만 해도 인구는 크게 증가할 것이다. 요행히 이 험난한 세상에 태어나서 생명을 부지하고 있는 인간들은 누구나 다 선택받은 존재로서 고귀하고 강인한 생명력의 소유자인 것이다. 우리가 절대자에게 감사해야 하는 이유도 바로 거기에 있다. 이와 같이 생명체란 인지와 과학이 제아무리 진전된다 하더라도 자연의 섭리와 법칙만은 크게 넘어설 수 없는 것이 아닌가 싶다.

애총(兒塚)

정처를 향한 긴 도정(道程)

　나는 전적으로 촌놈이었다. 집이 서울에서 그렇게 먼 곳도 아니었지만 소년 시절의 내게 서울이란 하나의 환상의 도시, 또는 머나먼 가상의 섬같이 느껴질 정도였다. 기차는 구경도 못 하고 해 질 녘에 기적 소리만 은은하게 듣는 정도였으니 아프리카 소년과 다른 점이라면 옷을 제대로 갖춰 입는 것 외에 특별히 나은 점이 없었다. 책이라고는 교과서 이외에 본 적이 없다. 그저 하늘, 구름, 산, 냇가, 웅덩이, 들판, 솔바람 소리, 그리고 개구리 소리와 철따라 우는 산새 소리를 들으며 태양이 내리쬐는 산하를 뛰어다녔을 뿐이다. 어릴 적에 처음 서울 숙부댁에 바지저고리를 입고 올라와 역전에서 라디오 소리를 듣고 고막이 조정되지 않아 귓속이 터지는 것 같은 체험을 했으니 얼마나 촌놈이었던가를 짐작할 수 있을 것이다. 이런 촌놈이 소설이라는 것을 처음 읽었을 때, 그 재미가 얼마나 있었겠는가. 그것도 중학교에 입학하고 나서였다.

　집에서 시골 중학교까지는 자그만치 20리(8킬로미터) 길이었으니 아이들이 걸어 다니기에는 적잖이 먼 거리였다. 처음에는 혼자 다니기

지루해서 고무줄 새총으로 산새도 잡으며 다녔다. 그러다가 우연하게 조숙한 옆자리 친구 덕분으로 춘원(春園) 이광수의 소설책을 빌려보게 되었다. 집에서 읽으려니 농사 잡일 도우라는 아버지의 호통으로 중단될 수밖에 없었고, 따라서 20리를 다니며 길거리에서 춘원을 읽게 된 것이다. 첫 작품은『무정』이었고, 이어서『유정』과『흙』을 읽었는데 두 가지 책은 온통 씁쓸한 '사랑과 이별' 때문으로 해서 소년으로 하여금 길바닥에 뜨거운 눈물깨나 빠뜨리게 했지만 세 번째 책은 정신을 번쩍 뜨게 만들었다. 문학작품이 허구라는 것을 잘 몰랐던 나는 그 주인공들의 슬픈 종말을 나의 일로 착각하고 울며 다니다가 청년이 되면 나도 남을 위해서 뭔가를 해야겠다는 생각을 했었다.

춘원의 소설 덕분으로 10대 사춘기의 내 마음속에는 인도주의가 조금씩 싹터갔는지도 모르겠다. 그때 나는 산길을 오가면서 장차 남을 돕는 일을 하겠다고 결심했으니 말이다. 일제 말엽과 전쟁을 겪으면서 지독히도 배를 곯았건만 장차 자라서 돈 벌어야겠다는 생각은 전혀 하지 않았던 것도 그 때문이 아니었겠는가.

서울에 와 고교를 다니면서 소위 독서라는 것을 조금씩 하기 시작했다. 그런데 고등학교 때부터 남의 집에 들어가 중학생을 가르치는 가정교사로 지내야 했기 때문에 여유시간이 별로 없었다. 그런 속에서도 내가 수시로 시간을 내어 읽었던 책이 한 권 있었는데, 그 책이 다름아닌 톨스토이의『인생독본』이었다. 그 책은 하드커버로 장정되어 두툼했는데, 1월 1일부터 12월 31일까지 매일매일 마치 일기처럼 내용이 달랐다. 그러니까 그 책은 러시아 정교를 바탕으로 하여 톨스토이가 평생 살아오면서 사색했던 명상록이었다. 따라서 내용은 그대로 삶의 지혜로 가득 찬 훈육 교과서여서 성장기의 내게 도덕적인 면에서 절대적인 영향을 미쳤다고 말할 수가 있다.

이처럼 고등학생 때까지 읽은 책이라야 고작 우리나라 작가들이 쓴 소설 몇 권과 톨스토이의 『인생독본』 정도였으니 얼마나 빈약한가. 그러나 대학 시절은 전혀 달랐다. 물론 남의 집 가정교사로 여전히 시간에 쫓겼지만 휴강이 많아서 도서관에 앉아 책 읽을 낮 시간이 넉넉했다. 대학 초년 시절 나를 사로잡았던 것은 단연 헤르만 헤세의 소설이었다. 헤세는 특히 『데미안』이라든가 『페터 카멘친트』, 그리고 『크눌프』 등과 같은 청춘 고뇌를 다룬 작품을 많이 썼기 때문에 인생관 정립이 안 된 방황기의 소년들에게 절대적인 영향을 주었다. 그리고 춘원과 헤세는 매우 비슷한 정서를 안겨주었다. 그것은 곧 나의 마음을 빡빡하지 않고 윤택하게 해주었으며 오히려 이완시키기까지 했다. 어떻게 보면 다감한 소년을 염세적으로 흐르게까지 했다. 그만큼 소설이 흡수력이 강했던 것이다. 워낙 마음속에 가득 찬 것이라곤 하늘, 별, 달, 구름, 산, 들판과 같은 미간(未墾)의 자연뿐이었으므로 인간의 아름답고 슬픈 얘기는 그대로 100퍼센트 흡수되었던 것이다.

그때 우연히 몇 년간 절[寺]에 있게 되어 불교의 그윽한 분위기 속에서 불경을 읽기 시작했다. 원시 불경인 『수타니파타』(법정 역)도 그때 읽은 책이다. 불교를 조금 아니까 동양 불교의 영향을 받은 헤르만 헤세의 구도자적 소설은 더욱 좋게 느껴질 수밖에 없었다. 그래서 한때는 출가도 생각해보았다. 이는 구도에 대한 갈망이라기보다는 오히려 정신적 방황의 한 징표라 볼 수 있다. 느슨하면서도 서정적이며 낭만적인 분위기의 작품들을 탐독하다 보니 자연 마음이 풀어지고 방만해져갔다.

마음의 공허가 더욱 심해졌을 무렵 투르게네프의 소설을 만나게 되었다. 그리하여 청년답게『첫사랑』이라든가『처녀지』 또는『부자』 같은 것을 읽을 수가 있었다. 러시아 작품들은 우선 스케일도 크지만 음울한 대설원에서 펼쳐지는 사랑과 증오, 이별의 허무가 나를 완전히 사로잡았다. 특히 견고한 인습에 도전하여 새로운 길을 찾아보려다 좌절하는 젊은 지성인 바자로프(『부자』의 주인공)의 극적인 삶은 나에게 깊은 충격을 주었다. 그런데 헤세의 절망적 주인공 크눌프(소설『크눌프』의 주인공)나 바자로프가 전혀 반대의 인물이지만 인생에 대한 절망과 깊은 회의에 빠지는 점에서는 공통점도 있었다. 이때부터 러시아 작품에 빠져들기 시작했다. 톨스토이, 도스토옙스키, 푸시킨, 체호프 등 19세기 작가들을 탐독했다. 봉건제의 몰락과 새로운 세계의 도래 사이에서 고민하는 지식인상은 이 시기 작가들이 즐겨 그린 주인공들이다. 그러나 이들 작품은 벅찬 감명과 함께 굉장한 사유의 부담을 안겨주었다. 그래서 지겨워질 때가 많았다.

나는 다시 독일 작품을 읽기 시작했다. 슈테판 츠바이크라든가 슈트롬, 뮐러, 특히『토니오 크뢰거』를 쓴 토마스 만 등의 진지하고 매우 도덕적인 서정이 적성에 맞았다. 크뢰거의 경우 방랑과 사랑과 실의, 그리고 다시 초극(超克)의 과정으로 가는 도정이 너무나 좋았다. 따라서 자연히 괴테의『빌헬름 마이스터의 수업시대』와『젊은 베르테르의 슬픔』, 그리고 그 유명한『파우스트』에서 정점을 찍게 되었다. 왜냐하면 이들 소설의 주인공들을 모두가 코스모폴리탄으로 완성해가는 인생 역정을 밟아가기 때문이다.

정처를 향한 긴 도정(道程)

그런데 사람의 마음이란 것이 간사스러워서 자주 돌변했다. 우연히 친구에 이끌려 교회에 한두 번 나가면서 성경을 접하게 되었다. 그러나 성경은 별 재미가 없었다. 기독교도 제대로 이해가 되지 않았다. 그만큼 종교에 깊이 젖어들지 못했던 것이다. 그렇지만 앙드레 지드의 『좁은 문』 같은 종교적 색채가 강한 소설은 내 마음을 정화시켜주었고, 에밀 졸라와 발자크, 모파상 등은 사회를 보는 눈을 깊고 넓게 만들었다. 특히 졸라의 경우 창녀의 딸이 또다시 어린 나이에 창녀로 나아가는 과정의 『목로주점』과 『나나』의 이야기는 리얼리즘의 절정을 보여주는 듯했고, 보들레르의 삶과 시와도 자연스레 연결되기도 했다. 그러다가 만난 작가들이 다름 아닌 사르트르와 카뮈였다.

이는 아무래도 전후에 불꽃처럼 타올랐던 실존주의의 영향 때문이 아니었나 싶다. 전쟁과 함께 밀려 들어온 실존주의는 당시 젊은이들에게 적잖게 영향을 미쳤었다. 사르트르와 카뮈의 소설들은 그 감각이 우리들에게 맞았다. 카뮈는 소설뿐만 아니라 『시지프의 신화』라든가 『반항적 인간』 같은 철학적 담론으로 나를 지적으로 단련시켰다.

이때부터 프랑스 문학에 더욱 심취하기 시작했다. 그리하여 인간의 절대고독을 다룬 생텍쥐페리의 『야간 비행』이라든가 『인간의 대지』, 앙드레 말로의 『인간 조건』 등에 큰 공감을 느꼈다. 뫼르소 같은 회의 인간에서 청(淸)(『인간 조건』의 주인공)과 같은 혁명적 니힐리스트가 마음에 들었다. 정(情)으로부터 지(知)로 옮겨가는 징조였다.

그런 때에 영국 소설이 눈에 들어왔다. 브론테 자매의 슬프고 아름다운 소설들, 즉 『폭풍의 언덕』과 『제인 에어』가 바로 그런 작품들이었다. 그러나 남녀의 성(性)에서 삶의 본질을 찾는 듯한 토마스 하디의 소설은 재미는 있었으나 내 취향과는 맞지 않았다. 이는 자연히 셰익스피어로 옮겨가게 만든다. 희곡은 잘 읽히지 않지만 셰익스피어는 예외였다. 왜냐하면 문장 하나하나가 시이고 동시에 잠언이기도 했기 때문이다.

그런데 영국 문학 읽기는 곧바로 미국 문학으로 옮겨가게 만들었다. 왜냐하면 전쟁을 겪은 우리들은 일찍이 전쟁소설『무기여 잘 있거라』를 쓴 헤밍웨이에 매력을 느끼지 않을 수 없었고, 극작가 손튼 와일더와 유진 오닐도 삶을 넓고 진하게 보는 작품세계가 대단히 좋았기 때문이다.

이때부터 딱딱한 철학서를 닥치는 대로 읽었다. 잘 이해도 되지 않은 칸트의 비판 시리즈로부터 쇼펜하우어, 야스퍼스, 하이데거까지 읽어내려 갔다. 다시 프랑스에서 독일로 옮겨간 것이다. 파스칼의『팡세』를 제쳐놓고 갈 수는 없었다. 그러나 연극이나 문학 등 예술을 경시한 파스칼은 별로 좋지 않았다. 그리고 철학책은 재미가 없어서 더 읽을 수가 없었다. 역시 소설이 좋았다. 내의 대학 시절에는 겨우 세계문학전집이 나올 때였으므로 읽을 만한 책이 많지 않았다. 책 살 돈도 없었지만 역서도 부족했었다.

따라서 독서회에서 대략 1년 계획으로 책을 읽어나가면 책 구하기가 힘든 상황이었다. 책이 넘쳐나는 오늘날과는 너무나 달랐다. 개화가의 춘원 소설로 시작된 나의 독서 편력은 세계문학, 그것도 구미의 정신세계로 확대되었고, 겨우『삼국지』와『초한지』정도 읽은 나로 하여금 다시 동양고전으로 돌아오게 만들었다. 그 계기를 만들어준 책이

정처를 향한 긴 도정(道程)

바로 로마 제16대 황제 마르쿠스 아우렐리우스의『명상록』이었다. 특히 서두에 나오는 조부모와 부모로부터 받은 깊은 지혜의 서술부터 시작해서 스토아 철학자다운 구구절절의 잠언들은 잠든 내 영혼을 두드려주었다.

우주의 외경으로부터 시작해서 그는 인간 존재, 혼, 웅혼한 자연관, 우주관을 펼쳐 나갔는데 읽는 동안 체증이 시원스럽게 뚫어져 나가는 것 같았다. 그는 황제이기 전에 대철학자였다. 그가 어떻게 그처럼 세상을 넓고 깊게 바라볼 수 있었는지 그동안 읽었던 무수한 책들이 참으로 무가치하게 느껴지기도 했다. 그 책 속에서 반복되다시피 하는 '육체도 명성도 권력도 부귀도 영혼조차도 영원한 시간 속에 소멸한다'는 말은 현상적인 모든 것을 뒤덮어버리기까지 했다. 이것은 결국 현상적인 것에 집착하지 말라는 불교와 통하는 진리이기도 했고, 순리에 맞춰 물 흐르듯 살라고 한 노자(老子)의『도덕경(道德經)』을 관통하는 자연관과도 연결되는 것 같았다. 하기야 동서의 진리가 다를 리가 있겠는가.

이처럼 아우렐리우스의『명상록』은 내 독서 편력을 일단락 짓게 만들었다. 젊은 날 누구나 남독(濫讀)의 시대를 갖지만 진리의 보고 같은 단 한 권의 고전을 못 만나면 방향 정리를 못 할 수도 있는 것이다. 위대한 책 한 권의 무게는 잡서 한 트럭의 무게보다 더할 수 있지 않을까. 그 후에도 나는 수많은 책을 읽었고 또 읽고 있지만 상당수는 전공과 관련 있는 책들이다. 따라서 내 젊은 날의 독서 편력은 아우렐리우스의『명상록』이 일단 종결시켜준 셈이다. 그로부터 내 딴에는 세상을 깊고 대범하게 본다고 생각하고 협량(狹量)함도 극복했다고 자부한다.

이 난세에 남을 가르치는 직업을 갖고 별 탈 없이 살아온 것도 그런 젊은 시절의 독서 편력 덕분이 아닐까.

나는 헤세 덕분에 망했다(?)

　나는 한적한 농촌에서 태어났음에도 농사꾼 기질이 못 되었다. 체질 자체가 강건하지 못한 데다가 생각이 많고 성품도 느슨하여 어릴 적에 부모님을 도왔던 농사일이 매우 힘들고 고통스러운 기억으로 남아 있다. 공부에는 조금 취미가 있어 형제들 중 유일하게 대처에 나와 고등교육을 받는 특혜를 누리긴 했지만 그나마도 배고프고 밤잠 제대로 못 잔 고학생이었으니 아름다운 추억이라곤 예쁜 여학생들 혼자 좋아하다 만 것밖에 없다.

　연애도 시간적인 여유와 주머니에 자장면 값이라도 있어야 가능한데, 고등학교 때부터 대학 졸업할 때까지 이 집 저 집 책 보따리 싸 들고 가정교사를 다녔으니 그 고달픔이야 해본 사람이 아니면 잘 모른다. 그것도 팔자려니 하면서 세상에 대한 불만이나 한탄은 별로 해본 적이 없고, 부자가 되겠다든가 권력자가 되겠다는 생각도 아예 없었다. 한학자였다는 요절 조부의 DNA를 받았는지 막연히 학자가 되고 싶었는데, 국어책에 실린 일석(李熙昇) 선생이라든가 외솔(崔鉉培) 선생 같은 분을 동경하여 국문학과에 들어갔다.

웬걸, 국어학은 아무나 할 수 있는 학문이 아닌지 좀처럼 재미가 붙지 않아 괴로웠다. 솔직히 국어학이 훌륭한 학문이긴 한데 거기에는 인생이 없어 너무 무미건조하다는 생각밖에 들지 않았다. 그 시절에는 휴강이 많아서 갈 곳이라곤 도서관과 조조할인 영화관뿐이었는데 아무래도 돈 안 드는 도서관이 최고였다. 닥치는 대로 책을 읽었는데 역시 허무적인 러시아 문학과 독일 문학이 취향에 맞았다. 그런 중에도 헤르만 헤세가 유난히 내 영혼을 흔들어댔다.

그럴 수밖에 없었던 것이 전쟁의 폐허 위에서 남의 집 전전 타향살이 10여 년에 등 따숩게 머물 곳 없고, 미래조차 제대로 안 보였으니 헤세의『크눌프』같은 소설이 마음에 꽂히는 것은 극히 자연스런 현상이 아니었을까 싶다. 그리고『싯다르타』『나르치스와 골드문트』『황야의 늑대』등에서 나타나듯이 정처를 못 찾고 방랑하면서 구도의 행각을 벌이는 주인공들이 나 자신과 엇비슷하다고 생각이 들곤 했다. 그래서 한때는 머리 깎고 출가를 할까도 생각했었다.

더욱이 내가 헤세를 막연히 로망으로 삼았던 것은 그에게 많은 인세가 들어온다는 것은 상상도 못 한 채 18세 연하의 저명한 미술사학자였던 세 번째 부인(니논)과 스위스의 한적한 마을 몬타뇰라에 은거하면서 거친 세상사 뒤로한 채 정원을 가꾸며 낚시하고 술 마시며 자유롭게 여행하며 사는 모습이 너무 멋져서였다.

게다가 낭만주의와 실존주의가 혼효(混淆)되어 풍미하던 시절에 프랑스 드뷔비에 감독 영화나 이탈리아의 네오리얼리즘 영화 등에 빠지고 박인환 시인의「세월이 가면」을 애창하며 마르쿠스 아우렐리우스의『명상록』까지 읽었으니 나도 모르게 나사가 풀리고 축 처진 애늙은

나는 헤세 덕분에 망했다(?)

이가 되어갔다. 그래서 대학 시절 친구들이 나에게 불명예스럽게도 '유 노인'이라는 별명을 붙여주기도 했다. 당시만 하더라도 각박했던 이 땅에서 살아가려면 독일 병정 같아야 하는데, 헤세 덕분에 애당초부터 싹수가 노란 '중도 속한도 아닌 어정쩡한 느림뱅이'가 되어간 것이다.

졸업반에 4·19를 겪고 1961년에 대학원에 진학하여 고등학교 선생으로 겨우 생계를 꾸리면서 먹고사는 일이 해결 단계에 접어들었으나 교사 생활도 간단치 않았다. 특히 교감과 교무주임의 사소한 동어반복의 훈시는 하잘것없을 만큼 시시해서 외면했더니 당장 '일소(一笑)선생'이라는 별명이 따라붙는 것이 아닌가. 매일 버스를 몇 번 갈아타고 먼 학교로 가려니 지각을 밥 먹듯 하고 재미가 없어 이따금 결강까지 하는 선생이 되어 학생들의 인기마저 없었다면 교사직에도 쫓겨날 판이었다.

그나마도 5·16쿠데타가 일어나는 바람에 병역 미필로 한 학기도 다 못 채우고 실직자가 되었다. 그 당시 병역 기피를 한 것도 아니었는데도 무조건 직장에서 퇴출시키는 것이 아닌가. 그야말로 타의에 의해서 크눌프가 되어버렸다. 내 평생의 단짝친구로서 싱클레어 같던 J군(그는 나중에 기자와 장관도 했다)도 마찬가지로 실직당해 고향인 충남 입장 집에 머물고 있어 거기에 찾아가 도랑에서 미꾸라지도 잡아 끓여 먹고 낭만적인 협궤열차(당시에는 인천 천안 여주로 다니는 기차가 있었다)를 타고 〈가고파〉를 부르며 여주를 왔다 갔다 했는데, 철로 변에는 코스모스가 흐드러지게 피어 있었다.

그러나 그런 낭만, 크눌프 같은 방랑도 잠깐이었다. 나와 J군 모두 늦가을 들어 자원 입대하였기 때문이다. 그때는 학보병과 교보병 제도가 있어서 단기복무에 전방 근무였다. 나는 중부전선에, 그리고 J군은 동부전선에 배치되었다. 나이도 든 데다가 '가짜 헤세'였던 나는 군대에서도 적응 못 하는 고문관으로 찍혀서 1년 반 동안 힘들게 병역을 마쳐야 했다.

제대 후 강사를 거쳐 대학에 자리 잡았으나 거기도 적응하기 힘들기는 마찬가지였다. 대학 시절 유명할수록 휴강 많이 하는 교수들에게 잘못 길들여져서 나도 겉멋으로 휴강을 한두 번 했다가 독일 병정 같은 학장으로부터 혼쭐이 나기도 했다. 다행히 학생들의 인기가 괜찮아서 쫓겨나지는 않았고, 신문과 잡지에 자주 글을 쓰고, 논문도 많이 발표하니까 오히려 인정받는 교수로서 남보다 진급도 빨랐다.

혈기 방장한 학생들에게는 역시 전공 못잖게 소설, 영화, 연극 이야기가 더 잘 먹혔던 것 같다. 헤르만 헤세 이야기는 어느 전공 학생이나 다 좋아하여 그들에게 읽히면서도 절대로 빠지지는 말고 비판적으로 접근하라고 했다. 왜냐하면 독일 병정 같아야 살아갈 수 있는 우리 사회에서 나사를 조여야 할 나이에 나사가 풀리면 안 되겠기 때문이었다.

나는 성년이 되어서도 나사를 제대로 조이지 못해서 손해가 많았다. 내가 무슨 속세를 초탈이나 한 것처럼 돈에 대한 애착이 적었다(헤세는 그렇지 않았을 텐데). 가령 나는 80이 넘도록 내 통장을 가져본 적이 없다. 재벌이야 비서들이 다 처리하니까 그런 것이 애당초 필요도 없겠지만 소시민이 통장 하나 안 갖는 것이 말이 되는가.

그런 태도로 나도 정말로 돈 좀 벌 수 있었던 호시절을 건너뛰고 말았다. 가령 70, 80년대에 너나없이 땅 투자를 많이 할 때도 노후 대비 내 땅 한 평을 사지 않은 것이다. 월급 외에 여기저기서 원고료가 제법 들어올 무렵 속초와 제주도 등에 사는 제자들이 값싼 땅 많으니 노후를 대비해서라도 조금 사두는 것이 좋을 것이라고 여러 번 권유했을 때도 나는 건성 대답만 하고는 곧장 잊어버렸다. 그러니 노후에 아내와 그 흔한 크루즈 여행 한 번 못 갔다.

그래도 괜찮다. 정부에서 공시지가를 아무리 올린다 한들 나와 상관없으니 속 끓일 일 없고, 자식들 나 세상 떠난 뒤 유산 상속으로 싸울 일 없을 터이니 이 얼마나 속 편한가. 여지껏 내 욕심 채우려고 남과 악다구니로 다툰 적 없고, 마음을 쉽게 비울 줄 아는 것도 헤세에게 은연중 영향 받은 것이 아닌가 싶다. 어차피 인생은 공수래공수거(空手來空手去) 아닌가.

그 외에도 헤세처럼 소박하고 웬만한 일에 덤덤하며 흘러가는 흰 구름 사랑하고(광주 사는 시인에게 백운(白雲)이란 아호를 지어주었다), 헤세처럼 간단한 행구를 차려 훌쩍 여행 떠나거나 낚시는 못 하지만 대신 안방에 편안히 앉아서 TV의 〈세계테마기행〉과 낚시 채널로 마음껏 즐기고 있으니 되었지 않은가. 헤세는 세상을 떠날 때까지 넓은 집에서 정원 가꾸고 지적인 아내와 예술 토론하며 세계인들을 감동시키는 글을 쏟아냈지만 나는 시골 실버타운에서 세계인은커녕 한국인도 몇 명 읽지 않는 전공책 쓰면서 잔소리 많이 하는 파뿌리 아내의 손을 빌려 병원 다니기에 바쁘다. 헤세가 평생 만성적인 관절염, 우울증, 치통 등으로 고생했다지만 나는 그보다도 만성질환의 가짓수

가 더 많다. 그래도 나는 헤세 덕분에 일찍 철들고 성숙했으니 그를
탓할 수가 없다.

나는 헤세 덕분에 망했다(?)

유성(流星)처럼 스쳤던 첫 직장

지금부터 60여 년 전에 나는 대학 졸업과 함께 대학원에 진학했지만 건강이 좋지 않아 요양 겸해서 지방, 즉 Y여중고에서 잠시 교편을 잡은 일이 있었다. 책 몇 권과 옷가지 한두 벌을 보퉁이에 싸 들고 말로만 들어 알고 있던 여주(驪州)를 향해 시외버스에 몸을 실었다. 사실 여주는 서울에서 2백여 리도 안 되지만 꾸불꾸불한 산과 들길을 뿌연 먼지를 일으키면서 거의 세 시간 이상이나 걸려서 가야 하는 곳이었다.

학생 티도 벗지 못한 데다가 뽀얀 먼지까지 뒤집어쓰고 교문을 들어서니 마침 휴식 시간이었는지 창밖을 내다보고 있던 학생들이 내 꼴을 보고 깔깔대고 웃었다. 나는 잠시 얼굴이 화끈 달아올랐다. 4월 말의 아카시아 꽃내음이 내 부끄러움을 잊게 해줄 정도로 조그만 학교는 온통 아카시아꽃으로 뒤덮여 있었다.

이튿날 부임인사를 하고 첫 시간에 전날 학생들이 나를 보고 웃은 이유를 물은 결과 학생들의 대답이 걸작이었다. 어느 하찮은 회사에 갓 입사한 세일즈맨이 순진한 여학생들에게 가짜 화장품을 팔려고 온

줄 알았다는 것이 아닌가. 솔직히 내 초라한 행색에 학생들이 그렇게 볼 수도 있을 것 같았다. 왜냐하면 제대로 먹질 못해 바람 불면 날아갈 것같이 삐쩍 마른 체구(당시 169센티미터에 51킬로그램이었다)에 대학 시절 입고 다니던 옷인 미군복 검게 물들인 바지와 다 낡은 상의를 걸쳤으니 학생들이 그렇게 봄 직도 했다. 그리하여 교실에는 또 한 번 떠나갈 듯 웃음꽃이 피었고, 그 사건(?)은 나와 학생들이 쉽게 친해지는 계기가 되었다.

그 학교는 중학교 3학급 고등학교 3학급이었고, 교실 또한 6개밖에 되지 않았다. 미술교사가 체육까지 가르치고 있었다. 시간 수가 적어 체육까지 맡아야 했던 그 미대 출신의 가냘픈 미술 교사는 몸이 약해 학생 시절 체육 시간에는 양지 쪽에 앉아서 시간을 때웠다고 한다. 지적(知的)이지만 깐깐하고 사나워 보이는 할머니 교장과 전당포 주인 같은 인상의 교감, 그리고 온종일 발을 떨고 있는 교무주임 등의 지도부는 여기에 오래 머물러서는 안 되겠다는 생각이 들게 했다.

학교 바로 뒤로는 북한강이 유유히 흐르고 있었다. 교사(校舍)를 둘러싸고 있는 아카시아 숲속에는 벤치가 몇 개 놓여 있었다. 나는 시간이 빌 때마다 숲속 벤치에 누워 유년 시절에 많이도 따먹었던 아카시아꽃내음에 흠뻑 젖곤 했다. 그럴 때마다 앞산의 솔밭에서는 뻐꾹새가 울곤 했다.

출근해서 학생들을 가르치는 일은 즐거웠지만 일상은 괴로운 편이었다. 왜냐하면 숙소가 너무 열악하고 세 끼 밥 먹는 일이 번거롭고 불규칙했기 때문이었다. 당시 여주에는 하숙집이 없었다. 그럴 수밖에 없는 것이 시골에서 그동안 하숙 찾는 사람이 있을 리 만무해서 그곳

유성(流星)처럼 스쳤던 첫 직장

사람들은 하숙이라는 용어 자체를 모르는 듯했다. 그래서 겨우 여관을 한 곳 찾았는데 번화가 길 옆집 문간방이었다.

방에 들어가보니 아무것도 없는 텅 빈 방 한구석에 이부자리만 덩그러니 놓여 있었다. 그리고 방 한가운데 공중에 희미한 백열등 하나가 매달려 있을 뿐이다. 탁자라도 하나 있었으면 좋으련만 그 집에서는 구경조차 할 수가 없었다. 일찍이 소크라테스는 책상 없이도 살 수 있으면 그렇게 살라고 단순함을 강조한 바 있지만 현실의 세상에 갓 나온 젊은 나로서는 견디기 힘들었다. 적막한 방에서 움직이는 것이라곤 벽에 기어다니는 빈대 몇 마리뿐이었다. 이렇게 아무것도 없는 방은 솔직히 스님들이 외부와의 일체 단절을 꾀하고 수도하는, 하안거와 동안거에나 적합할 듯싶었다.

오후 다섯 시가 지나면 학교는 텅 비지만 갈 곳 없었던 나는 백열등 하나 걸려 있는 하숙방으로 들어가기 싫어서 교실 뒤 아카시아 숲속의 벤치에 누워 북한강 물소리를 들으며 사색하거나 책을 읽으면서 시간을 보내곤 했다. 대학 시절에 남의 집 가정교사로 전전하다 보니 친구들과 술집 한번 가본 적이 없어 술을 마실 줄도 모르고 담배도 피워본 적 없으니 외지에서 시간을 때우기가 정말로 쉽지가 않았다.

그런데 한두 달이 지나면서 빼꼼히 뚫린 창 너머로 분홍색 편지가 들어오기 시작했는데 뜯어보니 숙성한 여학생들이 써 보낸 이성적 내용으로 가득 차 있었다. 실제로 당시 지방 여학교에는 나이 들어 입학한 여학생들이 학급에 몇 명씩 있었다. 처음 나는 당황하기도 했지만 곧바로 미소로 넘겼고 교실에 들어가서는 전혀 모르는 듯 시치미를 딱 떼었다. 그랬더니 한두 번 던지곤 무반응에 실망했는지 편지 수가 줄어들었지만 끝까지 편지 공세를 하는 여학생도 더러 있었다.

당시 그 학교에는 중년의 교사들이 주류였고, 내 또래 여교사 두 분이 근무하고 있었다. 젊은 남자 교사가 나 하나뿐이어서 여학생들이 그런 편지를 보내는 것이 아니었던가 싶었다. 동년배의 두 여교사들도 가까이하고 싶어 하는 것 같았지만 좁은 바닥의 학교에서는 서로 조심하는 것이 좋을 성싶었다. 다행히 미술 교사의 두 동생이 고2와 고3 학생이어서 셋이 사는 그 집에서 이따금 내게 맛있는 밥을 대접해주곤 했다. 즉 그 미술 교사는 학부형이기도 해서 쉽게 가까워질 수가 있었다.

날이 더워지면서 밤이면 하숙방이 찜통이 되어갔다. 어느 무더운 날 영어를 가르치는 멋지고 젊은 여교사로부터 느닷없이 잠시 다녀가라는 학생의 전갈이 왔다. 머뭇대다가 가보았는데, 그 여교사가 잠옷 같은 여름옷을 입고 근사하게 치장된 큰 방에 수박과 몇 가지 과일을 탐스럽게 차려놓은 것이 아닌가. 그곳은 초라한 나의 삶과는 전혀 차원이 달랐다. 주늑이 들었지만 교사로서보다는 과거의 학생 같은 기분으로 실컷 먹고 하숙방으로 돌아오니 내 처지가 더욱 초라해 보였다.

어떤 때는 그 멋진 여교사가 밤에 철길을 함께 걷자고도 했다. 딱한 번 함께 걸었는데, 내가 너무 소심해서인지는 몰라도 낭만은커녕 누가 볼까 봐 겁부터 났던 것이 사실이었다. 솔직히 여주에는 학생들 외에는 나를 아는 사람이 전혀 없었는데도 불구하고 누가 볼까 봐 걱정했다는 자체가 촌스럽기 이를 데 없었다.

밤새껏 가까운 무논에서는 개구리들이 울어대면서 산새들의 울음과 조화를 이루곤 했다. 이러한 자연의 멋진 화음을 깨는 것이 야밤의

유성(流星)처럼 스쳤던 첫 직장

독특한 기적(汽笛) 소리였다. 그 당시만 해도 수원에서 여주까지 하얀 연기를 뿜으면서 다니는 협궤열차가 있었다. 그 기차가 내는 삐~삐~ 소리는 문명적이라기보다는 오히려 향수를 불러일으키고 이국적이기까지 했다. 나는 동화 속에나 나올 듯한 그 기차를 좋아했고, 더욱이 그 기적 소리를 좋아했다.

여주 학교 근무 중 한 번 서울에 볼일이 생겨서 그 협궤열차를 타고 수원을 거쳐 올라가보았다. 기차가 좀 느리긴 했지만 정말 멋졌다. 그래서 여주로 돌아갈 때도 그 열차를 또 탔다. 그해에는 한국 현대사를 바꾸어놓고 많은 사람들의 삶까지 변화시켰던 5·16군사혁명이 있었다. 그로 인하여 나 역시 삶이 바뀌어갔다. 나는 대학 시절 영장이 나오지 않아 군대를 안 갔는데, 그 당시 혁명정부가 병역미필자들을 모조리 직장에서 몰아낸 것이다.

나는 대학원에 적을 두고 있었기 때문에 어차피 지방에 오래 머물 생각이 없었던 터라서 해직이 별로 충격적이지 않았다. 그렇지만 한 학기를 다 채우지도 못했는데, 학생들과 헤어져야 하는 것이 조금 아쉬웠다. 곧바로 방학이 닥쳐서 나는 특별히 갈 곳도 없고 하여 여주에서 그럭저럭 여름을 보내고 군 입대를 위하여 초가을에 서울로 올라와야 했다. 또다시 내가 좋아하던 협궤열차를 타고 수원으로 향했다. 서너 사람이 기다리고 있는 간이역마다 코스모스가 만발했다. 나는 갑자기 아무 목적도 방향도 없이 떠돌던 크눌프의 신세가 된 것 같았다. 그리고 서울에 와서 10월에 군에 자원입대했다.

수유리 사는 재미

　요즘은 약간 뜸하지만 1970년대는 누구나 이사를 많이 다닌 시절이었다. 특히 70년대 후반에는 강남에 아파트라는 새로운 주거시설이 들어서면서 그것이 젊은 사람들을 매혹시킴과 동시에 잦은 이사라는 도시의 신개념이 활개를 치기 시작했다.

　비교적 꼼짝하기 싫어하는 나까지도 10년 사이에 세 번을 옮겨 다녔으니 부지런한 사람들이야 얼마나 자주 왔다 갔다 했으랴. 우리 역사상 70년대는 분명히 민족의 대이동 같은 이사의 계절이었다.

　동에서 서로, 북에서 남으로, 중앙에서 변두리로, 단독주택에서 아파트로, 종횡무진 달리고 또 달렸다. 남이 달리니까 덩달아 보따리를 싸가지고 달린 사람도 많았다. 그런데 나도 달렸지만 동서나 남북이 아니고 수유리라는 변두리 막다른 골목을 향해 뛰었다. 1960년대 후반에 오로지 산이 좋고 전세지만 집값이 싸서 교통수단 나쁜 수유리에 발을 들여놓은 이후 도저히 빠져나가지를 못했다.

　수유리는 분명히 부처님 손바닥이었고 나는 손오공이었다. 당초 나는 공해 같은 것을 생각해본 적이 없었다. 워낙 깡촌 출신이어서 그런지는 몰라도 서울에 살면서도 고향과 비슷한 곳에서 살고 싶은 본능 때문에 산 밑을 찾은 것뿐이지 무슨 맑은 공기 마시려고 수유리에 간 것은 아니었다. 또한 싼 집을 찾는 서민 주제에 맑은 공기 같은 사치스런 생각을 할 여유가 있겠는가.

그러나 수유리에 살다 보니 그곳대로의 매력이 적잖았다. 내가 수유리를 좋아한 것은 두말할 나위 없이 잘생긴 산 때문이었다. 우이동 산은 마치 시골의 큰 둑 같았다. 소년 시절에 항상 미끄럼 타고 놀던 시골의 큰 둑 같아서 좋아했다.

계절의 변화를 가장 빨리 알 수 있기로는 수유리 사람들을 못 따를 것이다. 무슨 온도의 차이 때문이 아니라, 순전히 산빛 때문이다. 아무리 더운 여름이라도 산빛이 꺼멓게 변해가면 가을이 오고 있다는 것을 짐작할 수 있다. 봄이나 여름이나 겨울도 마찬가지로 그때마다 산색이 달라진다.

수유리는 특히 자연의 소리를 들을 수 있는 곳이어서 좋다. 구태여 집에서 새를 기를 필요가 없다. 우선 먼동이 터오는 새벽이면 꿩 우는 소리부터 들려온다. 낮이 되면 뻐꾹새도 운다. 그뿐이랴, 철쭉꽃이 피기 시작할 때 밤새도록 우는 소쩍새 소리는 정말 고향의 소리 같다. 소쩍새 소리가 은은히 들려오는 기적(汽笛) 소리와 함께 화음을 이루면 정말 슬프도록 아름답다. 더욱이 그 소리가 잠 안 오는 자정을 지나 들려올 때, 삶의 애연함마저 느끼는 것이다.

이러한 소리 못지않게 내가 좋아하는 소리는 무논의 개구리 소리다. 그 시절만 하더라도 수유리에는 논밭이 꽤 있었다. 6월서부터 무논에서 밤새도록 우는 개구리 소리도 도시 생활의 풍진(風塵)을 털어

버리게 해준다. 그러나 소리의 절정은 저물녘에 골짜기 산사(山寺)에서 울려오는 은은한 종소리와 비구니들의 예불 소리일 것이다. 사찰의 예불 소리는 근처에 자리 잡고 있는 가르멜 수녀원의 낭랑한 저녁 종소리와 좋은 콘트라스트를 이룬다. 그 소리는 자신을 도덕적으로 성찰케 하고, 인생을 깊게 생각게 해주는 울림이기 때문에 산새 소리나 솔바람 소리와 함께 내겐 영성(靈聲)으로 흡인되곤 했다.

이러한 소리를 들으면서 사랑하는 내 가족 즉 아내와 혜령, 재령, 이령 등 어린 세 딸과 함께 골짜기를 산책하는 것도 수유리 사는 최고의 재미다. 골짜기의 산책은 건강에도 유익하지만 그보다도 정신을 맑게 하는 마음운동이라는 점에서 더없이 좋다. 세 딸의 노랫소리와 솔바람 소리를 들으면서 골짜기의 황혼을 걸으면 사람들에게 가졌던 섭섭함도 미움도 분노도 모두 떨쳐버릴 수 있다. 게다가 문 안 사람들처럼 산을 찾기 위해 며칠씩 벼를 필요도 없고, 비싼 등산복으로 거추장스럽게 차릴 필요도 없다. 운동화만 신고 문 밖을 나서면 바로 산골짜기이기 때문이다.

그리고 만나고 싶은 친구들을 찾아 번잡한 시내에 갈 필요가 없다. 왜냐하면 집 안에 가만히 들어앉아 있어도 좋은 친구들이 자청해서 소풍 삼아 찾아오기 때문이다. 나의 영원한 친구 주돈식 조선일보 편집국장을 비롯하여 유명한 극작가 윤대성, 당대의 명배우 김동훈, 언제나 활기찬 연극평론가 이태주, 그리고 시인 김영태 등이 이따금 느닷없이 찾아오면 더없이 반가웠다. 이들과 함께 맑은 물이 흐르는 골짜기로 가서 물소리 산새 소리를 들으며 얼큰한 닭볶음탕에 소주 한잔 들이켜면서 세상에 대한 우국충정과 연극 발전에 대해 목청 돋구는 재미는 신선이 따로 없다.

그런저런 재미로 10년 이상을 그곳에 붙박이처럼 살면서 전세를 벗어나 내 집도 장만했고, 재직하고 있던 한양대학교의 특별 배려로 빈대학 유학도 다녀왔으며 세 딸도 명문 한신대학교 부속 초등학교를 졸업시킬 수도 있었다.

물론 수유리 사는 것이 좋은 점만 있는 것이 아니고 불편한 점도 많다. 우선 멀어서 교통 사정이 안 좋고 길바닥에서 오랜 시간을 보내는 불편함이 있다. 통금이 있어 시내에서 친구들과 늦도록 일을 볼 수가 없고, 술도 늦도록 마실 수가 없다. 집값도 다른 곳에 비해 많이 오르지 않으며 밤에 연탄불 가는 것도 간단한 일이 아니다. 그래도 좋은 점이 더 많다

수유리가 봄여름엔 번잡하지만 초겨울부터는 적막해지기 시작한다. 찬바람이 귀 밑을 스치는 초겨울부터는 적막하다 못해 태초의 공간같이 쓸쓸하기까지 하다. 온갖 추억을 불러일으키는 늦가을, 인적 드문 쾌적한 골짜기를 걷는 재미도 괜찮다. 수돗물만 먹고 사는 도시인으로서 바위틈에서 젖처럼 솟는 약수를 떠 마시는 재미는 수유리 사람들이 누리는 행복이다. 시골 같은 도시, 그것이 모든 문명국가들에서 꿈꾸는 미래상이 아닐까.

서울에서는 아마도 수유리가 바로 그런 지역에 가까운 성싶다. 수유리 사람들은 고속버스와 기차, 그리고 비행기 타러 가는 불편 외에는 여러 가지 복을 누리고 산다. 도시에 살면서도 도시 사람들이 누리기 힘든 것을 쉽게 누리며 사는 수유리 사람들이야말로 행복한 분들이 아니겠는가.

그처럼 아름다운 자연 속에서 목가적(牧歌的)인 삶을 누리는 데 집 값쯤 안 오른들 무슨 상관이랴. (1980)

수유리 사는 재미

보리(菩提)의 죽음

교편 생활을 하다 보면 수많은 젊은이들과 만나고 헤어진다. 대부분의 학생들은 내게 별 흔적도 남기지 않고 떠나가지만 학문이나 어떤 인연으로 해서 오래도록 교류를 갖는 제자도 여럿 남게 된다. 그런 중에 H라는 한 여승이 있다. 그녀는 졸업 후에도 간간 소식이 들려왔고 시를 쓴다고 했다. 열두 살에 빠알간 샐비어꽃이 만발한 집을 떠나 입산했다는 H스님은 얼굴도, 눈동자도, 마음도 샘물같이 맑아서 그 모습 자체가 시와 같았다.

그녀는 섬세하고 예민해서 어린애처럼 잘 기뻐했고 잘 슬퍼도 했다. 한번은 재학 시 H스님과 절친했던 한 제자로부터 전화가 걸려왔다. 그 스님이 나를 매우 만나고 싶어 한다는 것이다. 과년한 여승이니 정적(情的)으로 무슨 상심스러운 일이라도 생긴 게 아닌가 하는 예감이었다. 시간 관계로 차일피일하다가 5월 어느 청명한 날 자하문 밖 산골짜기를 휘적휘적 걸어 그녀의 절 ○○사(寺)에 도착했다.

만나자마자 그녀의 첫마디는 "오늘 골짜기 물소리가 유난히 크게 들리더니 선생님이 오시려고 그랬나 봐요"였다. 나는 껄껄 웃으면서

"세간의 모든 건 다 마음에 달렸거니" 했다. 그녀는 대뜸 마음이 몹시 슬프다고 했다. 사유를 물은즉, 처음에는 주저하다가 이야기를 꺼냈다. 어떤 신도가 하얀 복슬강아지를 선물로 주어 서너 달 애지중지 길렀다고 한다. 강아지 이름을 보리(菩提)라고 지었단다. 매일 목욕시키고 끌어안고 자고, 신앙을 빼고는 자기 인생의 전부였다고 한다. 그러던 어느 날 마음이 울적하여 계곡을 헤매다 돌아와 보니 사랑스런 보리가 죽어 있더라는 것이다. 그녀가 간간 잠 못 이루는 밤에 복용하던 수면제 몇 알을 보리가 방바닥에서 주워 먹고 죽었다는 것이다.

한참 있다가 나는 위로 비슷하게 이야기를 했다. "수도자이기 전에 성숙한 처녀로서 그 복슬강아지를 사랑한 것은 충분히 이해하고도 남지만 세간과의 인연 끊는 것을 중시하는 비구니가 그깟 강아지 한 마리로 해서 그렇게 오랫동안 상심한다는 것은 아직 견성(見性)의 길이 멀었다는 이야기밖에 안 되네"라고 말했더니 그녀도 고개를 끄덕끄덕했다. 나는 이어서 농담조로 "그 보리가 말야, 혹시 그대가 어느 날 그 수면제를 많이 먹고 어쩔까 봐 자기가 미리 먹어치워버리고 극락으로 간 거 아닐까?"라고 말했더니 그때서야 깔깔 웃었다. 그런 일이 있은 몇 달 후 H스님이 미리 연락도 없이 연구실로 나를 찾아왔다.

그녀가 한참 동안 이런저런 공부 이야기(그녀는 당시 D대학교 대학원 불교학과에 재학 중이었다)를 하면서 내 눈치를 살피다가 느닷없이 한 남성 때문에 고민한다는 것이었다. 내가 대뜸 스님더러 그 남자를 사랑하느냐고 물었다. 그녀는 실제 그런 건 아니고 그 남자가 자기를 지나치게 생각해주어서 당혹스럽다는 것이었다. 내 생각에 그녀가 분명 세간과 출세 간의 기로에 서서 방황하고 고뇌하는 것이 분명해 보였다.

문득 그녀의 죽은 보리에 대한 애련(哀戀)이 한 남성, 즉 세속(世俗)으로 바뀌어가는 것 같은 생각이 들었다.

　나는 말했다. "우리 집안에도 천주교 신부와 수녀가 있어서 여러 가지 이야기를 들은 바 의하면 수도자란 끝없이 시련의 둔덕을 넘는 것인데 그것을 어떻게 지혜롭게 넘느냐 하는 것이 문제란다. 종종 고결하고 신비스럽게 느껴지는 수도자를 동경하는 세속인이 있는 것으로 알고 있다. 만약 그대가 지금 환속(還俗)하여 머리 기르고 빨갛게 루즈 바르고 장바구니 든 아낙네가 되어 있어도 그 남자가 좋아할까? 그대가 열두 살 때, 우연히 산에 갔다가 어떤 계시를 받고 출가했다고 들었는데, 지금 환속한다면 20여 년간의 어려웠던 수도 생활이 남가일몽(南柯一夢)이 되는 게 아닌가? 인생이랑 한갓 물에 비친 달에 불과하다던 그대가 그렇게 고민하는 걸 보니 내 마음도 아프다." 그리고 나는 이어서 "복슬강아지 보리가 아니라 진짜 그대 마음속의 보리가 죽어가고 있는 것 같다."고 했다. 한참 동안 아무 소리 않고 앉아 있던 그녀는 머리 숙여 인사하곤 다시 산사로 발길을 돌렸다. 돌아서 가는 그녀의 뒷모습은 아름다웠지만 더없이 쓸쓸해 보였다. 그러나 한편으로는 부처님의 모습이 환하게 환영 지어지는 것 같기도 했다. 얼마 후 그 스님은 자기의 절 ○○사를 나와 어느 시골의 작은 암자로 간다며 서울을 떠났다.

*

　그리고 수십 년이 흘렀다. 각자 바쁘게 사느라고 서로 잊어버리고 산 것도 같다. 특히 그녀가 수도승이어서 뭐든지 잘하고 있으려니 하고 의도적으로 관심을 갖지 않았던 것도 같다. 신촌 이화여대 뒤쪽에는 유명한 절 봉원사가 자리 잡고 있다. 거기에서는 이따금 학술 행사가 열린다. 우리나라 고전, 특히 예술 분야는 불교의 영향을 많이 받아왔음을 누구나 안다. 문학은 말할 것도 없고 미술, 음악, 연희 등은 불교를 빼놓고 이야기를 할 수 없을 만큼 그 영향이 막대하다. 따라서 불교의 영향을 절대적으로 받은 공연예술에 대한 학술 행사를 봉원사에서 자주 연다. 그런 행사가 열릴 때, 내가 이따금 주제 발표도 하고 사회자로서 학술 행사를 주재하기도 했었다. 그런 학술 행사에는 반드시 D대학교 불교학과 교수 스님들이 발제자로 자주 참여해왔다.

어느 가을날, 봉원사에서 온종일 학술 행사가 열렸고 불교학과 교수 스님 몇 분이 주제 발표와 토론자로 참여했다. 평생 신앙인으로서 불교를 학문의 대상으로까지 삼아온 교수 스님들의 해박한 지식은 일반 학자들과는 차원이 다를 정도로 깊어서 학술 행사를 더욱 빛나게 하곤 했다. 그런데 교수 스님들이 불교학에 능통한 데다가 화통해서 좌중을 압도하기도 했다. 이분들이야말로 정말 득도한 것 같았다. 이날도 행사가 끝나고 시내로 나와 저녁식사 자리가 마련되었다. 스님들과 이런저런 이야기를 하던 중에 갑자기 H스님 생각이 떠올랐다. 왜냐하면 과거에 이 교수 스님들이 봉직하고 있는 대학 대학원에서 H스님이 공부한 것이 생각났기 때문이었다. 나는 곧바로 그 교수 스님에게 제자들 중에 H스님이 있었느냐고 물었다. 그랬더니 한 교수 스님이 나보고 H스님을 어떻게 아느냐고 되묻는 것이 아닌가. 그래서 나는 H스님과의 관계를 소상하게 이야기하면서 한때 그녀가 환속할 뻔

했는데 너무 훌륭한 수도자여서 내가 극구 만류했었다는 일화도 털어놓았다.

그랬더니 그 스님 대뜸 "에그, 그때 그냥 시집가게 놓아두지 왜 막았어요?"라고 말하는 것이 아닌가. 나는 그 교수 스님의 의외의 반응에 어안이 벙벙해서 아무 말도 나오지 않았다. 이어서 그 교수 스님이 H스님에 대한 그동안의 이야기를 들려주었다. 즉 H스님은 훌륭한 수도자로서 미국으로 포교를 떠나 뉴욕에서 많은 불자를 확보했는데, 아무래도 이들을 수용할 절이 필요하여 무리하게 절을 짓다가 과로로 수년 전에 입적(入寂)했다는 것이었다. 그러면서 그 교수 스님은 "선생께서 그때 그녀의 환속을 막지 않았더라면 시집가서 지금까지 잘 살고 있지 않았겠어요?" 하는 것이 아닌가. 나는 너무 놀라고 당혹스러워서 안절부절했었다. 내 모습이 이상했는지 그 교수 스님은 나를 안심시키려는 듯 H스님은 부처님을 너무 사랑한 나머지 멀리 타향에서 불꽃같이 살다가 일찍 부처님을 따라간 것이라고 했다.

(1995)

북구행 열차의 창가에 앉아

1987년 방학을 맞아 극단 산울림 임영웅 대표의 요청으로 오랜만에 유럽 여행을 하게 되었다. 한국 연극단체로서는 처음으로 프랑스 측의 초청으로 아비뇽 연극제에 참석하는 것이어서 큰 의미가 있었기 때문에 단원들과 조선일보 정중헌 문화부장, 일간스포츠 구희서기자, 그리고 내가 옵서버로 동행케 된 것이다. 알다시피 7월 중순부터 한 달간 열리는 세계 최대의 연극제인 프랑스 아비뇽 페스티벌은 세계연극의 현 주소와 미래상을 짚는 축제여서 많은 연극인들이 동경한다.

10여 일 동안 하루에도 여러 단체들의 공연을 구경하고 경탄하면서 우리나라 연극뿐만 아니라 세계연극이 어떤 방향으로 가야 하는지를 생각게 하는 작품들이 많았다.

사실 유럽은 나에게 낯선 지역이 아니다. 이미 오래전에 빈에서 공부하면서 주로 남부 쪽을 여행한 일이 있었기 때문이다. 그러나 가난한 시절이어서 진정으로 보고 싶었던 북구를 가지 못했다. 연극제의 주요 작품을 관극한지라 임 대표의 허락을 받고 차제에 유럽 북부를 여행하기로 한 것이다. 내가 북구에 유독 동경심이 강했던 이유는 지

극히 먼 곳이라는 막연한 호기심과 입센을 위시한 비욘슨, 스트린드베리, 베르히만, 작곡가 그리그 등과 같은 세계적 작가와 음악인을 배출한 곳이기 때문이다.

남불(南佛) 아비뇽으로부터 기차로 북구를 도는 것은 너무나 머나먼 여정이었다. 지도를 펴놓고 보면 그렇게 넓게 보이지 않는 유럽 대륙이지만 막상 기차를 갈아타고 독일 북부 도시 함부르크를 거쳐 덴마크 수도 코펜하겐, 다시 스웨덴을 거쳐 노르웨이의 수도 오슬로에 도달하는 데는 꼬박 3일이나 걸렸다. 온종일 기차를 타고 저녁에 내려서 잠을 자고 다시 아침에 떠나고 하는 반복의 열차 여행은 지루함을 넘어서는 것이었다. 기껏 서울에서 부산까지 네 시간 타는 기차도 지루하다고 책 한 줄 못 읽고 발을 동동 구르던 자신을 생각하면서 어쩌면 그렇게도 참을성이 없고 조급했었던가를 자탄하지 않을 수 없었다.

유럽 사람들은 조급하지 않았다. 어디서나 줄을 서서 아무 불평 없이 자기 차례를 기다렸다. 오랫동안 이 땅에서 조급함으로 길들여진 나로서는 정말 신경질이 나서 견딜 수가 없었다. 차표 한 장을 사는 데도 한 시간 이상 기다릴 때가 적지 않았다. 매표원은 전혀 서두르지 않고 커피 마실 것 다 마시면서 차근차근 일을 했다. 그래도 줄을 서서 기다리는 사람들 중에 한 사람도 불평을 하지 않았다. 그러한 현상은 유럽의 어디를 가나 마찬가지였다.

아비뇽에서 만난 프랑스의 어떤 교수가 나에게 "자기는 사회주의자 미테랑 대통령을 싫어하지만 어떻게 하겠는가. 7년 임기를 기다릴 수밖에……"라고 하던 말이 자꾸 떠올랐다. 그의 말에 내가 우스갯소리로 "뒤엎어버리지."라고 했더니 그는 입을 딱 벌렸다. 나는 유럽이 평화로운 이유를 단 두 가지 현상, 즉 줄을 서서 묵묵히 기다리고 서 있는 사람들의 모습과 그 교수의 한마디 말에서 금방 찾을 수 있었다. 저들에게도 무슨 정치라는 것이 있을 텐데, 아무리 돌아다녀보아도 정치를 발견할 수가 없었다. 거리를 다녀도 텔레비전을 틀어보아도 도대체 정치 현상이 눈에 띄지 않았다.

저들은 선거도 안 하는가. 저들은 군중 동원을 할 줄도 모르는 것인가. 거친 정치에 시달려온 나로서는 너무나 이상하고 심심했다. 지난 봄 내내 붉은 머리띠를 두르고 합창하고 구호를 외치며 획일적으로 손놀림하는 것만 보아온 나에게 유럽은 정말 정적의 땅이었다.

그런데 북구행 열차에 앉아 창밖에 전개되는 도시와 농촌 풍경을 보면서 분노와 억울함과 슬픔이 마음속에서 교차되는 것은 어쩔 수 없었다. 가령 프랑스나 독일 같은 나라는 땅이 넓고 기후가 온화해서 잘 산다고 하자. 그러나 덴마크에 들어서면서부터는 한여름인데도 날씨가 춥고 찌푸린 하늘에 비바람이 쉬지 않았다. 그럼에도 불구하고 끝없는 누런 밀밭과 푸른 들판의 젖소 떼와 말 떼, 그리고 울창한 숲속에 지은 아름다운 집들이 마치 세잔의 그림처럼 펼쳐지는 것이 아닌가.

누가 북구를 가리켜 지상낙원이라 했던가. 누가 이 척박했을 땅을 옥토로 만들고 낙원을 건설한 것일까. 노르웨이의 수도 오슬로에서 나는 그들의 역사를 더듬어보기 위해서 박물관을 열심히 둘러보았다. 그들의 역사는 대체로 바이킹사가 주종을 이루는 듯싶었다. 그것은 내 예측대로 맞아떨어졌다. 이순신 장군의 거북선만도 못한 배 몇 척을 복원해놓은 것이 그들이 자랑하는 역사 박물관이었다.

그런 저들이 어떻게 그처럼 지상낙원을 만들어놓았을까. 그것은 아

북구행 열차의 창가에 앉아

무래도 근면한 국민성과 훌륭한 정치 때문이 아니었던가 싶다. 덴마크는 스웨덴이나 노르웨이에 비해 훨씬 땅이 좁지만 어느 곳보다도 지상 낙원이었다.

북구행 열차의 창변에 앉아 있는 나의 마음은 그래도 그리운 고국으로만 달렸다. 식민지 시대에 유년기를 보내면서 배고팠던 기억, 동족상잔의 쓰라림 속에서 죽음의 공포와 추위에 떨었던 소년 시절, 전쟁의 폐허 위에서 대학 시절을 보냈던 기억, 연속되는 혁명의 와중에서 방황했던 청년 시절, 조금 살 만해졌다는 오늘의 혼란스런 상황, 우리는 언제 평화스런 시절을 가져볼 것인가.

할아버지, 아버지가 들판에서 농부가를 부르실 때, 할머니와 어머니는 물레를 돌리시며 구성진 민요를 불렀었다. 그들은 일하는 것을 즐거워하면서 자식 키우는 것을 인생 최대의 보람으로 삼았다. 그들은 그렇게 살다가 모두 고향의 산언덕에 묻혀 있다. 한 번도 남의 나라를 침범한 적이 없는 우리 조상들이 묻힌 이 땅은 얼마나 평화스럽고 아름다운가. 대륙처럼 넓은 평야는 없어도 보리와 벼를 심을 전답이 있고 사이사이로 높지 않은 산들이 있다.

그런가 하면 골짜기마다 맑은 샘물이 흐르고 넓지 않은 내는 강을 이루면서 삼면이 탁 트인 바다로 흘러 들어간다. 동쪽으로 가나 서쪽으로 가나 남쪽으로 가나 모두가 짙푸른 바다다. 이 한반도의 바다야말로 얼마나 푸르고 호한(浩瀚)한가. 철따라 분명하게 변하는 사계절, 봄, 여름, 가을의 산야에서 피고 지는 온갖 아름다운 들꽃들, 청아한 새들과 풀벌레 소리, 상큼한 맛의 과일들, 시원한 물맛과 가을 하늘의 높푸르름……. 이 측정할 수 없이 아름다운 우리 조상들의 땅에, 나는 눈물겹도록 고마움을 느끼지 않을 수 없다.

이런 땅의 백성은 착할 수밖에 없다. 그런데 어인 일인가. 누가 이런 땅을 외세에 짓밟히게 했고 이데올로기라는 죽음의 그림자를 드리우게 했으며 사사건건 아집과 파당, 분열, 증오의 소용돌이로 만들었던가. 그것은 민족성에 있지 않다. 소위 정치라는 이름의 위선과 이욕을 몰아내야 한다. 민족의 장래보다는 자기 보신과 욕망에 사로잡혀 있는 정상배들과 깨끗이 이별할 때가 되었다. 자기와 자기 정파를 위해서 우리의 희망찬 새싹인 청소년들을 정치에 이용하는 부도덕한 정객들에게 등 돌릴 때가 된 것이 아닐까. 우리가 추구해야 할 것은 단 한 가지, 대한민국의 번영이다.

국가 장래에 대한 아무런 비전 없는 정책만을 가진 민족은 불행하다. 총명한 두뇌와 근면한 국민성, 그리고 평화만을 추구해온 이 민족이 형극의 길만을 걸어가게 하는 것은 가장 낙후된 정치 때문이다. 이런저런 생각을 하니 북구의 외로운 나그네는 슬프기만 했다. 간간이 차창을 때리는 빗발이 나그네를 슬픈 상념에서 깨어나게 했다. 적어도 우리의 2세들만이라도 나쁜 정치의 희생물이 되어서는 안 되겠다는 생각을 하는 동안 기차는 어느덧 종착지 오슬로에 도착했다.　　(1987)

북구행 열차의 창가에 앉아

상실의 계절

포항에는 원로 연출가 김삼일 교수가 산다. 울산 출신의 김 교수는 드물게 만날 수 있는 입지전적인 연극인이다. 수산대학교를 다녔지만 배우가 되고 싶어 연극이란 것이 전혀 없는 포항에서 MBC 성우로 시작하여 KBS 부장까지 지내고 뒤늦게 영남대를 거쳐 단국대 대학원에서 석사를 마친 뒤 대경대 석좌교수까지 한 전국적으로 이름 높은 연출가이다. 나와는 1983년 제1회 전국지방연극제에서 처음 만나 지금까지 평생의 연극 동지이자 사제지간으로 지내는 사이다. 그래서 나는 이따금 그를 만나러 포항을 간다.

어느 날 간단한 행구를 차리고 김포에서 포항행 비행기를 탔다. 가을은 분명 바다로부터 오는 것일까. 공항에 내리는 순간 갑자기 싸늘한 바람이 전신을 휘감아왔다. 코스모스와 갈대가 뒤섞여 바람에 일렁였고 멀리 검은 바다가 눈에 들어오면서 갑자기 가을이 가슴에 와닿다. 망연히 기다리고 있던 김 교수 부인이 운전하는 차를 타자마자 그들의 계획에 따라 북쪽으로 달리기 시작했다. 도시를 벗어나면서 좁은 길 양편에는 끝없는 화원이 전개되었다. 들국화와 코스모스가 오색의 이름 모를 들꽃과 한데 어우러져 열정의 접문(接吻)을 하는 것만 같았다.

길옆으로는 누런 벼논이 잇닿았고 그것은 다시 저 멀리 저녁연기가 솟아오르는 조용한 마을로 연결되었다. 마을 어귀마다 감이 노랗게 익어갔고 농부들이 소를 몰고 귀가를 서두르고 있었다. 멀리 여객기 한 대가 금빛 양 날개를 반짝이며 지나갔다. 가을은 분명히 돌아가는 계절인 것 같다. 그것도 부지런히 돌아가는 계절인가 보다. 낮은 곳으로 돌아가고 흙으로 돌아가며 영원 속으로 돌아간다.

갑자기 라이너 마리아 릴케의 시 「가을」이 생각났다.

　　나뭇잎이 떨어집니다. 아슬한 곳에서 내려오는 양

　　하늘나라 먼 정원이 시든 양

　　거부하는 몸짓 하며 떨어집니다.

　　그리하여 밤이 되면 무거운 대지가 온 별들로부터 성숙 속에 떨어집니다.

　　우리도 모두 떨어집니다. 여기 이 손도 떨어집니다.

　　그대여 보시라, 다른 것들을, 만상이 떨어지는 것을.

30분쯤 달리니까 탁 트인 바다가 눈앞에 펼쳐졌다. 지난여름 노르웨이 수도 오슬로로 가는 동안 간간이 만났던 대서양은 흑갈색이었는데 동해바다는 왜 이처럼 푸르른가. 푸른 바다가 파란 가을 하늘과 맞닿으니까 온통 쪽빛이 눈에 가득 찼다. 해가 서산에 지면서 바다는 검은색으로 변해갔고 금성인지 토성인지가 동편에서 반짝이기 시작했다.

멀리 어선들도 뱃고동을 울리며 한두 척씩 돌아가고 있었다. 어디로 가는 걸까. 그들이 출범한 곳으로 돌아가는 것일 게다. 거기는 이미 바닷가가 아니었다. 창 너머로 불빛이 새어 나와서 나그네로 하여금 안식의 유혹을 느끼게 했다. 확실히 가을의 방랑은 사람의 마음을 처연케 한다. 잊었던 기억이 되살아나고 사람을 용서하게 만들며 짧은 인생길을 되돌아보게 한다. 술에 흠뻑 취하고 싶은 것도 가을이다. 우리 일행이 들어선 허름한 식당 안은 생선 굽는 냄새와 찌개 끓는 냄새로 가득 찼고 흑백 텔레비전에서는 템포 빠른 서양풍 대중가요가 율동에 맞춰서 귀를 시끄럽게 했다. 삶에 찌든 안주인이 내온 생선찌개와 소주 한 잔은 구미를 돋우고도 남음이 있었다.

이번 여행에서는 김 교수와 약속한 대로 내가 소년 시절에 고향에서 딱 한 번 구경했던 서커스단이 경북 영덕에서 공연 중이라 하여 함께 관람키로 했다. 소년 시절 내게 인간이 창조해놓은 최고의 아름다움으로 마음 벅차게 하고 꿈마저 심어주었던 그 서커스, 거의 40여 년만에 다시 만나게 되어 흥분마저 되는 것이 사실이었다. 그러나 솔직히 나는 별 기대는 걸지 않았다. 왜냐하면 내가 우연찮게 무대예술 연구를 평생의 업으로 함으로써 동서양의 탁월한 예술작품들을 두루 섭렵한 터라서 웬만한 예술품은 안중에도 들어오지 않을 만큼 단련되어 있었기 때문이었다. 그 점에서 평생 연출을 해온 김 교수도 마찬가지였다.

그런데 막상 가보니 보잘것없는 가설무대와 낡은 텐트는 내가 소년 시절에 보았던 거대한 포장과는 거리가 멀었다. 과거의 서커스단은 트럼펫으로 사람의 애간장을 녹였는데 지금은 카세트 확성기로 사람을 불렀다. 음악은 여전히 옛날처럼 구성지긴 했다. 8시가 되니까 관중도 30여 명쯤, 아녀자와 찌들어 보이는 노인들 앞에서 외발자전거를 타는 것으로 시작하여 불을 삼키고 비루먹은 원숭이가 재롱을 떨었다. 다음에는 아슬아슬한 그네타기였고 피에로의 팬터마임과 관객을 웃기려는 요설이 지루하기 이를 데 없었다. 서툰 대로 볼거리는 되었지만 서커스단의 레퍼토리가 왜 이처럼 초라해졌을까. 소년 시절에 보았던 서커스는 웅장 현란하고 다양했으며 참으로 경탄스러울 정도로 멋졌었는데……. 그때는 확실히 관중을 웃기고 울리고 아슬아슬해서 보는 이가 입을 다물 수 없고 순식간에 끝나는 것 같아 아쉽기까지 했었는데. 특히 그 시절 그네 타던 아름다운 소녀들은 다 어디로 간 것일까.

그녀들은 혹사당하다가 다치고 증오하다가 한탄하며 운명을 한탄하는 겉늙은 아주머니가 되어 있을까. 이 서커스단에도 그네 타는 여자들은 있었지만 옛날 슬픈 표정의 앳된 소녀들과는 달리 나이가 들어 보였다. 나는 그 서커스를 보면서 마치 도시의 화려한 요정에서 시골 주막으로 팔려온 여인 같은 생각이 들어 슬펐지만 그런대로 아름다웠다.

나는 현대문명에 밀려서 쇠퇴해가는 서커스를 보면서 남사당패가 떠올랐다. 남사당패는 근대문화에 밀려서 사라졌고 서커스단은 현대문명에 밀려서 사라져가고 있는 것이 아닌가. 80대 이상 노인들에게는 남사당패의 추억이 있고, 60대 이상의 장년은 서커스단의 아련한 추억을 못 잊는다.

문명! 그것은 무엇인가? 우리들의 삶 속에 깃들어 있는 서정을 앗

상실의 계절

아가기도 한다. 현대인들은 문명의 이기 속에 살면서 가장 중요한 것을 잃어가고 있는지도 모른다. 그것은 다름 아닌 낭만이고 서정이다. 그것은 인간에 대한 끈끈한 정이고 순정의 눈물이며 승화된 시심이다. 이것이 없어져가기 때문에 세상은 물질적으로 풍요해져가는데 마음은 언제나 공허하고 살벌하며 각박해져만 간다. 제자가 스승을 내동댕이치고 자식이 부모에게 칼부림하며 수십 년 지기(知己)가 하루아침에 배신자가 되는 것도 마음의 황폐에서 오는 것이 아니겠는가. 날라리를 불면서 산하를 떠돌던 남사당패가 사라진 것과 구성진 트럼펫으로 구경꾼을 부르는 서커스단이 사라져가는 것은 우리들이 가졌던 따사로운 시정(詩情)이 사라져가는 것이며 나이 먹은 사람들의 추억이 소멸해가는 것이기도 하다.

우리의 마음밭을 풍요롭게 했던 것들이 사라져가고 있다. 현대인들은 정서적 고향을 잃어가고 있는 것이다. 바꾸어 말하면 시심을 잃어가는 것이며 그것은 곧 인간에 대한 끈끈한 정을 잃어가는 것이다. 꽃이 없는 들판이 황막하듯이 서정이 없는 마음은 황폐할 수밖에 없다.

이런저런 생각을 하면서 호텔에 들어갔다. 불을 끈 채 창문을 여니 어둑한 들판이 펼쳐졌다. 그믐이어서 그런지 까만 하늘에서 쏟아져 내리는 별빛이 유난히 영롱했다. 인생은 아름다움을 찾고 발견하며 만들어가는 여정이란 생각이 문득 들었다. 오랜만에 만난 초라한 서커스였지만 소멸해가는 것 같아 애련하면서도 아름다웠으며 어린 시절의 추억도 떠올리게 해주어 잠시나마 행복했다. 그래서 이 가을의 짧은 여행도 그런대로 의미가 있었다.   (1987)

매미

시골에서 애들이 주로 시간을 보내고 즐겁게 노는 방식은 대체로 비슷하다. 봄서부터는 학교가 끝나면 주로 마당에서 제기차기, 자치기, 땅따먹기 등을 하고 논다. 그러다가 여름이 되면 마당을 벗어나 산과 들에서 대부분의 시간을 보낸다. 그중에서도 개울이나 웅덩이에서 많은 시간을 보내게 마련이다. 왜냐하면 거기에는 모처럼 겨울 때도 벗겨내고 영양을 보충할 물고기 떼가 득실대는 데다가 종합운동인 수영을 마음껏 즐길 수가 있기 때문이다.

그러다가 간간이 들판이나 산으로 가게 되는 것은 두 가지 곤충의 강렬한 유혹과 함께 운이 좋으면 꿩 같은 산새들의 알을 주울 수도 있어서다. 여기서 두 가지 곤충의 유혹이란 매미와 여치의 울음을 의미한다. 두 가지 곤충 중에서 매미는 큰 나무 위에서 울기 때문에 좀처럼 잡기가 쉽지 않지만 여치는 보리, 밀밭이나 야산 초입의 관목에서 울기 때문에 잡기가 쉽다. 따라서 아이들은 여치 잡기를 좋아한다.

그뿐이 아니다. 매미는 잡아도 키우기가 불가능하지만 여치는 집을 만들어 처마 끝에 매달아놓으면 집에서도 상당 기간 생존하기 때문에 마루에 앉아서 청아한 울음소리를 들을 수가 있어 좋다. 바로 이 지점에서 아이들이 두 곤충에 접근하는 태도에 차이가 있음을 알 수가 있다. 즉 매미는 소리는 크고 예쁘지만 연약하고 먹이도 줄 수가 없어 키울 수가 없는 반면, 여치는 작은 소리에 비해 거칠고 사나워서 물리면 피가 날 정도지만 집에다 잡아놓고 한동안 키우는 재미가 있다.

지난 시절 시골에서 자란 사람들은 거의 여치집을 만들어보았을 것이다. 밀대나 보릿대로 엮는데 여기에도 손재주가 있는 사람이 만든 여치집이 반듯하고 예쁘다. 밑은 넓고 차차 올라가면서 좁아지게 나선형으로 만드는 기술은 간단치가 않다. 역시 솜씨가 좋은 사람이 예쁜 여치집을 짓는다.

성미가 급하고 사나운 여치지만 일단 아이에게 잡혀서 여치집에 갇혀도 제대로 밥만 주면 한동안 울어준다. 여치는 잡식이지만 싱싱한 상추를 제일 좋아하는 것 같았다. 여치가 인지능력은 희미해 보이는데도 갇혀 답답한 것은 못 견뎌서인지 여치집 안에서는 야생처럼 오래 살지를 못한다. 그런 현상은 생명체의 본능인 것도 같다.

이처럼 곤충도 약간의 인지능력은 있어서 좁은 공간에서는 오래 살지를 못하고 몸부림치다가 결국에는 죽고 만다. 여치와 매미는 생존 능력이 가장 뛰어난 편이다. 가령 여치는 잡으러 가면 먼저 알고 툭 떨어져 풀숲에 가만히 숨어 있고, 매미는 날아가거나 살살 돌아 나무줄기 뒤로 돌아 숨는다. 여치와 매미의 수명은 다른데 여치가 조금 더 긴 것 같다. 즉 4~5월에 태어나 7월쯤 해서 알을 낳고 죽으니까 몇 달을 사는 데 비해 매미는 2~3주, 길어야 한 달 정도 산다. 한여름뿐만 아니라 가을에도 우는 매미가 있어 수명이 길어 보이지만 가을매미는 따로 있다.

 나는 시골에서 자랐지만 매미를 별로 잡아본 기억이 없다. 그런데 장성하여 서울에 살면서 특별히 매미에 관심을 가진 것은 두 가지 이유 때문이다. 그 하나가 서울 사람들이 대체로 매미를 싫어하는 것 같다는 생각에서였다. 매미가 밤낮없이 울어 시끄럽기 때문에 수면을 방해한다는 민원을 올리곤 한다. 실제로 서울에는 나무가 많아 한여름에는 매미가 많이 우는 것이 사실이다. 밤에도 전깃불이 환하게 켜 있어 매미들은 낮인 줄 알고 계속 울어댄다. 예민한 사람들은 불평할 만하다는 생각이다. 그런데 시골에서 자라서 그런지 나는 매미가 아무리 울어도 수면과는 무관하다. 복잡한 세상사로 인하여 잠 못 이룬 날은 많아도 매미 소리 때문에 잠을 설친 경우는 단 한 번도 없었다. 내게는 오히려 매미 소리가 수면을 도와준다.

 고향에서 뛰놀 때, 들판의 포플러 숲에서 우는 매미 소리는 베토벤의 교향악 제5번 〈전원〉이나 제9번 〈합창〉을 듣는 듯 시원하고 아름답기까지 했었다. 매미 소리는 쏴쏴~ 바람소리처럼 들려서 찌득찌득한 한여름에도 더위를 잊을 수가 있어 좋았다. 더위를 잊고 아름다운 음악을 들을 수가 있으니 얼마나 좋은가.

 그래서 조선 후기 최고의 학자 다산 정약용도 강진에서 유배 생활을 하면서 제시한 여덟 가지 피서법 가운데 '동편 숲속에서 매미 소리 듣기(東林聽蟬)'를 포함시켰던 것 같다. 그와 관련하여 그가 한시로 읊은 매미 소리 찬양시가 있다.

  자줏빛 놀 붉은 이슬 맑은 새벽하늘에

적막한 숲속에서 첫 매미 소리 들리니
괴로운 지경 다 지나라 이 세계가 아니요
둔한 마음 맑게 초탈해 바로 신선이로세.

그런데 다산이 매미 소리 듣기를 피서법으로 제시하기 전 평소에 이미 매미에 대하여 특별한 관심과 애정을 가졌음이 흥미롭다. 왜냐하면 그가 여러 가지 곤충들 중에 유일하게 매미에 관한 시를 쓴 바 있기 때문이다.

허물은 벗어버려 나무 끝에 매달고
억센 발톱으로 나무를 단단히 잡고 있나니
그대가 날개 돋아 신선이 되는 날
예로부터 하늘로 올라가는 걸 본 사람이 없다오
이 미천한 몸은 본래 공이라
잿더미 썩은 흙 속에서 굴러 나왔으니
혀 닳고 입술 타는 걸 어찌 애석해하랴
죽을 때까지 오직 하늘을 송축할 뿐이로다.

매미를 신선화하면서도 천주교 신자답게 은연중 구세주를 암시하게끔 읊음으로써 더욱 주목된다고 하겠다.
서양에서도 매미를 찬미하는 좋은 경우가 있다. 가령 프랑스 남부 프로방스 지방에서는 타 지역 사람들에게 자신들이 사는 고장을 아름답게 소개할 때 매미를 끌어들였다. 즉 그들은 유독 여름 풍경이 아름다운 자기 고장을, '라벤더가 만발하고 매미가 울면 그곳이 바로 프로방스다'라고 선전해왔다. 이처럼 매미는 시끄러운 존재가 아니라 아주 오래전부터 세상 사람들에게 매우 경이롭고 이로운 존재로서 대접받아왔음을 알 수가 있다.

다음으로 내가 매미에 대하여 뒤늦게 새삼 관심을 갖게 된 또 하나의 동기는 지극히 사랑하는 외손자 승규의 매미 사랑 때문이었다. 그는 이상스럽게도 네댓 살 때부터 매미를 잘 잡고 풀어주곤 했었다. 그의 매미 잡기는 초등학교 입학 전 그러니까 네댓 살 때부터 시작되어 수년 동안 이어졌던 듯싶은데 혹시 매미를 잡아 죽이는 줄 알고, 그것을 말리기 위하여 내가 매미 잡기에 대하여 진지하게 물어본 적이 있었다. 그랬다니 그는 놀란 표정으로 그동안 단 한 마리도 죽인 일이 없고, 모두 날려 보냈다면서 왜 그렇게 신비롭고 예쁘고 소중한 생명체를 죽이느냐고 나를 의아하게 쳐다보는 것이 아닌가. 그러면서 그는 아름다운 소리로 자신을 매혹시킨 매미에 대한 궁금증을 풀어보려고 그동안 연구했다면서 생물학자들 못지않게 내가 모르고 있던 여러 가지 새로운 사실을 알려주기도 했다.

그동안 나는 '매미는 눈 내리는 겨울을 모른다'는 중국 속담을 알고 있었기 때문에 매미가 겨울이 오기 전 가을까지 수개월 동안을 사는 줄 알았는데, 승규 얘기로는 2주 정도 산다고 했다. 생물학자들은 매미가 알에서 깨어나 굼벵이로 3~5년(7년으로 알고 있었다) 동안 땅속에서 살다가 밖으로 나와서 한 달 정도 산다고 했는데, 승규얘기로는 10종이 넘는 종류에 따라 다르지만 우리나라의 참매미와 말매미 등 여름 매미들은 기껏 2주 정도 산다고 했다. 그가 직접 관찰해서 얻은 확실한 결론이라는 것이다.

그 외에도 매미는 자연계의 매우 이로운 존재로서 새들의 먹이가 되거나 알을 까고 죽어 땅에 떨어져 개미들의 겨울 식량도 된다고 했다. 그러니까 아름다운 소리는 인간과 큰 동물들에게 피서의 기능을 하고 육체는 새들과 개미들의 영양소로 바친다는 점에서 드물게 이로운 곤충이라는 것이다. 나는 외손자 승규에게서 그동안 몰랐던 매미에 대한 놀랍도록 새로운 지식을 많이 얻을 수가 있었다.

따라서 나는 섬세하고 학구적이며 자연생태계의 변이에 궁금증이 많았던 승규가 장성하면 생태학자의 길을 걸으려나 했는데, 그는 의과대학에 진학하여 현재 본과에서 열심히 공부하고 있다. 아마도 그는 매미 등 작은 곤충보다는 더 웅장한 인류의 건강을 위해 헌신하려고 의과대학을 택한 것이 아닌가 싶다.

나의 서재

요즘 대학에 보면 자기 연구실을 제대로 활용하지 않는 교수들이 꽤 있다. 이유를 물어보면 자기 집 서재나 작업실에 앉아야만 안정이 되어서 일을 할 수 있다는 것이다. 그런 경우는 대체로 대학에 부임한 지 몇 해 안 되는 젊은 교수들에게 많다. 이는 마치 우리 집 아이들이 넓은 자기 방을 두고 굳이 독서실을 다니는 경우와도 상통하는 듯이 보인다. 그런 교수들이 부럽기도 하지만 한편 다른 면에서는 한심한 생각도 든다. 왜냐하면 벌써 그 나이에 넓은 집과 자기 서재를 가진 것에 대한 부러움도 있지만 복에 겨워서 어엿한 학교 연구실에 대해서 투정 부리는 것 같아 밉기 때문이다.

부끄러운 이야기이지만 나는 오랫동안 학자로서 제대로 된 서재를 못 가져보았다. 아니 우리 집 전체가 서재라면 서재일 것이다. 빈 구석만 있으면 책을 쌓아두거나 꽂아놓았기 때문이다. 내 책이 없는 곳은 주방과 아이들 방뿐이다. 그러나 차츰 아이들 방에까지 내 책이 살금살금 침범하기 시작했다. 아마도 빨리 시집가지 않으면 머지않아 딸들의 방도 내 책으로 가득 찰지도 모를 지경이었다. 내가 대학에 적을 두고 있으면서도 변변한 서재를 못 갖게 된 연유는 두말할 것도 없이 집이 좁았기 때문이다.

젊은 시절에는 집이 없어 전셋집을 전전했으니 서재는 꿈도 못 꾸었지만 작은 집을 산 후에는 방이 부족해서 서재를 꾸밀 수가 없었다. 이사 다닐 적마다 잡지와 같은 허드레 책들을 버렸음에도 내 집을 가질 즈음에는 벌써 장서가 수천 권에 달했다. 대학 연구실로 상당수를 옮겨놓아도 집의 책들은 늘어나면 늘어났지 줄지는 않았다. 물론 절약을 해서 점차 집도 커지고 방의 수도 늘어났지만 좀처럼 서재를 못 가진 것은 집이 커져가는 것보다 아이들이 더 빨리 장성한 때문이다. 즉 집이 좁을 때는 아이들도 작아서 한 방에 몰아넣었지만 아이들이 자라서 방을 한 칸씩 쓰게 되니까 내 방을 따로 갖는다는 것을 엄두도 못 냈던 것이다.

그렇기 때문에 나는 좋은 서재를 갖고 있는 지인 집에 가거나, 가끔 잡지에 실려 있는 학자, 문사들의 서재 사진을 볼 적마다 부러움을 느끼곤 한다. 넓은 책상 위에 값나가는 골동품도 몇 점 놓여 있고, 창 너머로 보이는 장미꽃이 드러워진 정원이 참으로 멋졌다.

그러나 나는 별로 내 처지에 부끄러움을 느끼지는 않았다. 서재가 곧 그 사람의 업적과 직결되는 것은 아니기 때문이다. 물론 훌륭한 환경에서 공부하거나 창작을 하면 열약한 환경에서 악전고투하는 사람보다는 나을 것이다. 하지만 1970대 이후 사람들은 대체로 식민지 시대를 거치고 또 6·25전쟁 등을 겪느라고 쪼들렸고 대부분 시골에서 자랐기 때문에 악조건 속에서 공부를 해야 했다.

그래서 이제 겨우 안정이 되었나 보다 했을 때는 이미 중년기에 접어들어 있었던 것이다. 그러니 언제 그렇게 멋진 서재를 꾸며볼 여력이 있었겠는가. 이러한 경우는 옛날 사람들이 더욱 심했지만 우리나라뿐만 아니라 가난했던 아시아인들 모두 비슷했던 것이 아닌가 싶다. 가령 진(晉)나라의 차윤(車胤)과 손강(孫康)이 너무 가난한 나머지 반딧불(螢)과 눈빛(雪)으로 책을 읽었다는 고사(古事)야말로 그 단적인 예가 아니고 무엇이겠는가. 러시아에서 10월 혁명을 앞당겼다고 평가되는 작품 「밤 주막」을 쓴 극작가 막심 고리키도 젊은 날 주인의 눈을 피해 밤중에 지붕 위에 올라가 책을 읽었다고 하지 않나.

나 또한 한촌(寒村)에서 비슷하게 자랐지만 그래도 등잔불 밑에서 배를 쭉 깔고 엎드려 책을 읽었으니까 고리키나 차윤, 손강보다는 나았을지 모른다. 그러나 서울로 유학 온 뒤로는 가정교사로 여러 집을 전전하느라 변변한 방 하나 제대로 못 써보았다. 결혼 후의 잦은 이사 때문에 서재를 못 가진 것은 당연한 것이고.

그렇지만 나는 항상 자위하는 선인의 교훈을 떠올리곤 한다. 그것은 다름 아닌 소크라테스의 말이다. 소크라테스는 위대한 철학자답게 인간 완성은 곧 단순화의 길이라는 말을 했다. 이는 불교나 다른 종교와도 통하는 말로서 될 수 있으면 무엇이든 갖지 말고 버리라는 것이다. 책상이 없어도 살 수 있으면 책상마저 없애라는 것이 소크라테스의 주장이었다. 나는 젊은 날에 읽은 소크라테스의 교훈을 불편한 연구 환경을 대할 때마다 떠올리곤 했었다.

여하튼 변변한 서재 없는 생활을 40여 년 해오다 보니 괜찮은 습관이 생긴 것도 사실이다. 그것은 아무거나 먹는 촌(村)입과 아무 데서나 자는 촌부(村夫)답게 어디서든 앉아서 책을 읽고 글을 쓸 수 있는 점이라 하겠다. 즉 나는 국내·국외 할 것 없이 여행 중 아무 호텔 방에서도 글을 쓰겠다고 마음만 먹으면 글을 쓸 수가 있다. 그러니까 어디에서나 마음을 안정하고 정신을 집중시킬 수 있다는 이야기이다. 이러한 결심과 집중력을 못 길렀더라면 나는 책을 별로 못 썼을 것이다. 변변치 못한 책을 그래도 30권 이상 펴내고, 간간이 신문이나 잡지 귀퉁이를 더럽힐 수 있는 것도 그러한 마음 안정과 집중력 덕택이 아닌가 싶다. 물론 몇십 년씩 지닐 수 있는 널따란 서재에서 작업을 한다면 오죽이나 좋겠는가.

이처럼 연구실, 안방, 거실, 호텔 방 등 아무 데나 머무는 곳에서 글을 쓰다 보니 좋지 못한 습관도 생겼다. 이는 정신 집중과는 또 반대되는 것으로서 방랑벽 비슷한 것이라고 하겠다. 육체가 머무는 곳이 서재이다 보니 마음은 항상 구름처럼 떠다니게 되니 말이다. 예술가도 아닌 학자가 떠돌면 그만큼 손실이 크기 마련이다. 학문은 시간 싸움이 아닌가. 그러나 딸들의 방을 탈취(?)할 수도 없으니 정년퇴직까지는 서재 없이 지내야 할 판이었다. 그래도 나는 가끔 사랑하는 딸들에게 내가 평생 서재 없이 지내도 좋으니 제발 시집 늦게 가고 아빠와 함께 살자고 말하기도 한다.

그렇지만 점차 서재가 없음으로 해서 쌓이는 불편은 이루 말할 수가 없다. 적어도 오늘날에 와서는 소크라테스의 수양철학(修養哲學)도 통하지 않게 되는 것 같다.

첫째로 매일 쌓여가는 책을 주체할 수가 없다. 이제는 대학 연구실과 집의 빈 공간마저 없는 상태이다. 좀처럼 책을 제대로 정돈할 곳은 없고 구석만 있으면 차곡차곡 쌓는데 그렇게 하다 보니 막상 꺼내보려면 불편하기 이를 데 없다. 세간살이와 함께 섞이다 보니 책을 찾아 내기가 어렵다. 책이나 자료 하나를 찾는 데도 온종일 걸릴 때가 있다. 이쯤 되니 두 번째로 따라오게 되는 고통은 바로 집안 식구들 그중에 서도 결벽증이 있는 내자의 불평이다. 우선 집 안이 깨끗하지 못하고, 청소하기 어려우며, 겨울이면 가뜩이나 건조한 아파트를 수천 권의 책 이 더욱 건조하게 만든다는 것이다. 더욱이 고서(古書)에서는 미세한 책벌레까지 나와서 내자의 잔소리를 넘어 눈총까지 받아야 하는 고충 을 누가 알랴.

하지만 그보다 더 고통스러운 것은 문명의 이기(利器)의 침입이고 그 처리이다. 오늘날 컴퓨터를 모르면 원시인이나 마찬가지라고 극 언하는 사람까지 있을 정도로 컴퓨터는 현대인이 가져야 할 필수품 이 되었다. 더욱이 글줄이나 쓰는 사람에게는 자가용 이상으로 필요 한 물건이다. 그러니 나도 안 살 수가 없었다. 그런데 이 컴퓨터가 차 지하는 공간이 결코 좁지 않다. 조그만 책상 두 개를 붙여놓아야 하니 책으로 좁아진 방이 더 좁아진 것이 아닌가. 이제 내자는 그나마 침실 마저 잃고 거실로 쫓겨나지 않을 수 없게 된 딱한 처지다. 불평으로 출발한 식구들이 절망을 넘어 이제는 체념 단계에 와 있다.

그래도 나는 좋다. 식구들이 건강하고 딸들이 시집 늦게 가면 얼마 나 좋은가. 번듯한 서재가 없어도 좋은 책을 펴낼 수 있고, 만인을 감 동시킬 명문만 쓸 수 있다면 더 이상 행복이 없다. 차윤도 있었고 고리 키도 있었는데 환한 형광등 불빛 아래서 컴퓨터로 글을 쓰는 것은 천 국과 같은 것이 아니고 무엇이겠는가.

내게는 널찍한 정원이 내다보이는 서재가 없어도 괜찮다. 내가 서재를 평생 못 갖는 한이 있어도 나는 딸들에게 아늑한 방 하나씩을 오래도록 주고 싶다. 아니, 그 애들이 시집가고 난 다음에도 그 애들이 쓰던 방을 비워두고 싶다. 시집살이가 고달프고 범용한 인생살이에 지칠 때, 친정에 와서 자기가 처녀 적 쓰던 방에서 며칠 동안 부족한 잠을 메우고 쉬다 가는 것도 괜찮을 성싶었다. 어차피 인생살이는 고달픈 것이 아닌가. 부모 그늘에서 공부나 하고 편하게 지내다가 아이를 낳아 기르고 살림살이를 펼치다 보면 무척이나 힘들 테니까.

그런데 이런저런 이유로 해서 평생 이렇다 할 서재를 갖기는 애초에 글렀다고 체념한 나는 정년퇴직할 때쯤 해서 확 트인 동해안 한적한 곳에 스무 평 초막(草幕)을 마련하려는 꿈을 가졌다. 그리하여 노르웨이 작곡가 에드바르 그리그나 극작가 유진 오닐처럼 바다와 고독을 벗하며 무거운 책만이 아닌 가벼운 수필도 쓰려는 계획을 마음속으로 남몰래 간직하고 하고 있었다.

그런데 뜻밖에 우리 집에서는 큰 변화가 일었다. 즉 평소 결혼 이야기를 별로 않던 딸들이 든든하고 명민한 배필들을 만나 출가를 하기 시작한 것이다. 그리하여 내가 정년퇴직하기도 전에 모두 헌 집을 떠나 새 집을 차린 것이 아닌가. 우리 집은 갑자기 텅 비어 마치 이사 간 집처럼 썰렁하고 딸들이 복작이던 빈 방은 서재고 뭐고 아예 들어가기조차 싫었다. 그런 즈음에 정년퇴직까지 닥쳐와서 나와 내자는 정신적 공황 상태에 빠져버린 듯싶었다.

그러자 내자는 차제에 나의 고향 근처로 이사 가자고 했다. 그리하여 정년퇴직에 맞춰 광교산 밑으로 전격 이사를 했다. 나는 참으로 오랜만에 넓은 아파트에 살게 되면서 평생의 소원이었던 널찍한 서재를 꾸밀 수가 있었다. 이어령 선생 서재처럼 컴퓨터 여러 대를 설치할 만큼 넓지는 않았지만 책상 위에 컴퓨터와 복사기도 올려놓고 값나가는 골동품이 없으니 책은 수북이 올려놓을 수가 있었다. 창 너머로는 광교산 자락도 보였고, 제자들과 서재에서 오랫동안 담소하면서 와인도 한잔 마실 수가 있었다. 대학으로부터 석좌교수직 까지 제의받아 한 강좌만 강의하고 온종일 들어앉아 책을 읽고 써서 묵직한 책을 몇 권 펴냈고, 광교산도 자주 오르곤 했다. 이제 겨우 나는 만족한 서재 생활을 즐기게 된 것이다.

그러나 박복한 놈은 어쩔 수가 없는 모양이다. 70대 들어 버쩍 늙은 내자가 어느 날 건강상 더는 살림을 못 하겠다면서 시니어타운으로 이사 가자는 것이 아닌가. 솔직히 평소 하얀 머리에 관절마다 안 아픈 곳이 없는 할매가 부엌에서 쭈그리고 앉아 삼시세끼 밥상 차리는 것이 안되어 보인 것도 사실이었다. 그동안 내자가 나를 위해 살았으니 이제부터는 내자를 위해 살아야겠다는 생각으로 용단을 내리게 되었다. 시니어타운은 비좁아 서재를 꾸밀 수 없는 곳이니 가장 먼저 내 분신 같은 책부터 정리해야 했다. 대학에 두 트럭분을 보내고 꼭 필요한 책 천여 권만 가져가 거실 한 모서리에 책상과 컴퓨터, 그리고 책을 쌓아 놓은 미니 서재로 만족해야 하는 신세가 된 것이다. 이처럼 평생의 소원이었던 멋진 서재 생활은 겨우 10년으로 만족해야 했고, 확 트인 동해변에 초막을 짓고 바다와 고독을 벗삼으려던 노학자의 오랜 소망도 한갓 남가일몽(南柯一夢)으로 끝나고 말았다. 아뿔싸, 세상만사 내 마음대로 되는 일은 별로 없도다!

잃어버린 고향

    세상이 어지럽고 심신이 지치게 되면 누구나 다 고향을 많이 생각하는 것 같다. 요즘 만나는 여러 사람에게서 시골에 가서 땅이나 파면서 살고 싶다는 이야기를 자주 듣게 되는 것도 실은 아무래도 어지러운 세태에 대한 염증과 도피하고픈 심정의 발로라 할 것이다. 시골에서 자란 나 역시 예외가 아니다.

    그런데 얼마 전 조부의 이장 관계로 고향에 간 일이 있었다. 서울에서 멀지 않은 곳이지만 세상의 잡사에 시달리다 보니 자주 들를 수 없어서 근 50여 년 만에 간 꼴이 되었다. 50여 년 만에 본 고향은 너무나 달라져서 꼭 타향처럼 느껴졌다. 집도 마을도 논밭도 들판도, 심지어 산과 내는 물론 사람들까지 변한 데는 놀라지 않을 수 없었다.

    마을 가까이에 고속도로가 나서 먼빛으로는 여러 번 보았지만 마을에 직접 들어가서 돌아본 고향은 너무 변해서 완전 타향이 되어 있었다. 뒷산 중턱이 잘려 나가고, 여름철에는 온종일 친구들과 헤엄치면서 피라미를 잡고, 장마 때면 저편으로 건너가 참외 서리하던 앞내는 쪼그라들어서 겨우 실개천을 면했으며 동네 초가들은 모두 양옥으로 바뀌어 있었다. 내가 태어나 자란 고가도 2층 집으로 바뀌어 있었고, 뒷문 앞에 있던 우물도 온데간데없었으며 지금 그 집에는 낯선 사람이 살고 있는 것 같았다.

그리고 우물가에 모여서 시어머니 흉보느라 재잘대던 아낙네들은 모두 어디로 갔는지 종적을 알 길이 없었다. 없어진 것은 그 아낙네들 뿐이 아니었다. 소꿉장난하고 노는 아이들도 보이지 않았고, 정지용 시인이 「향수」라는 시에서 기억해낸 얼룩백이 송아지도, 꼬리 흔드는 강아지도, 모이를 주워 먹는 닭들도 전혀 보이지 않았다. 꿀꿀대는 돼지도 보이지 않는 것으로 보아 집집마다 기르던 가축들을 사그리 처치한 것 같았다.

그렇기 때문에 마을을 돌아다니는 동안 애 우는 소리, 닭 우는 소리, 개 짖는 소리, 음매! 소 우는 소리 등을 전혀 들을 수가 없었다. 또 안 보이는 것은 큰 집들 뒤에 서 있던 살구나무, 밤나무 등이었다. 우리의 옛집에도 큰 밤나무가 있어서 내가 키운 때 까치가 찾아오곤 했었는데, 그 나무도 온데간데없었다. 나무들이 없어지니까 새들도 떠나갔는지 그 흔한 까치 소리조차 들리지 않았다. 또 안 들리는 것은 풀벌레 소리였다. 마을이 풀포기 하나 없이 깨끗해지긴 했지만 봄서부터 가을까지 이상야릇한 소리를 내는 풀벌레들까지 모조리 사라진 것이 아닌가.

따라서 마을은 황지우 시인이 읊었던 「새들도 세상을 뜨는구나」라는 시가 떠오를 만큼 적막감으로 가득 차 있었다. 대낮인데도 도대체 사람이고 짐승이고 간에 무슨 소리가 전혀 없어진 것이다. 그런데 소리만 없어진 것이 아니었다. 마을의 독특한 냄새조차 사라진 것 같았다. 축사들에서 나는 독특한 냄새를 비롯하여 청국장 끓이는 냄새, 술

익는 냄새, 인분 냄새 등등 우리 마을에서만 맡을 수 있었던 독특한 냄새조차 맡을 수가 없었다. 그래서 옛 고향은 마치 사람이 살지 않는 시범마을 같았다.

소학교 다니던 마찻길과 꾸불꾸불한 논두렁길은 일자로 시원스레 쭉쭉 뻗어 있었고, 빨래하고 송사리 잡던 태영이네 집 앞 도랑은 아예 메워지거나 시궁창으로 버려져 있었다. 동네 앞의 푸르렀던 논밭에는 하얀 비닐들이 뒤덮여 있어 벼농사는 별로 안 짓는 것 같았다. 이따금 가위 치는 엿장수나 오던 마을에는 구멍가게가 들어섰고 거기에는 울긋불긋한 과자 상자와 주스 깡통들이 다양하게 진열되어 있었다. 50여 년 전까지만 해도 라디오 소리조차 들을 수 없었던 한적한 동네에서 어떤 젊은이는 대낮에 대형 컬러 텔레비전에서 나오는 트로트 가수의 열창을 따라 부르고 있었다.

그렇게 풍요롭고 개명되어 보이는 고향에서 내가 특히 쓸쓸하게 느낀 것은 아는 얼굴이 거의 없었다는 점이었다. 지난날 우리 집 옆에는 내 동갑의 김태중과 윤태영이 살고 있어서 함께 삼총사로 초등학교를 붙어 다녔는데, 유난히 가난했던 태영이는 오산 미군 기지가 생겨날 때 일거리가 많다고 해서 일찍 고향을 떠났다가 사고로 일찍 세상을 떠났다고 들었다. 한편 태중이는 고향 지킴이로서 열심히 농사지으며 아들딸 낳고 잘 살다가 겨우 환갑 넘기고 세상을 떠났다고 했다. 이처럼 같이 자란 친구들이 주변 읍내로 나가버렸거나 세상을 일찍 떠나 옛날이야기를 나눌 죽마고우가 단 한 명도 없었다. 알 만한 친구의 자녀들도 군 입대나 서울 유학으로 없고 낯선 아이들 한두 명이 이따금 경계의 눈으로 나를 흘깃 쳐다보고 지나갈 뿐이다.

잠시 뒤 내가 미역 감고 피라미를 잡던, 1킬로미터 남짓 떨어진 개울가로 나가보았다. 큰 둑을 따라 포플러나무들이 줄지어 숲을 이루어서 있어 내 사촌 형님은 숲속을 거닐며 하모니카를 불었고 여름에는 매미들이 우렁차게 울어댔었는데, 지금은 모조리 베어져 황량했다. 일찍이 독일의 저명한 시인 횔덜린은 「고향」이란 시에서 "그 옛날 나를 길러준 저 소중한 강기슭이여/그대들은 사랑의 괴로움을 달래줄 수 있는가?/내 어릴적 저 숲들이여, 내가 돌아오면/다시 한 번 그대들은 평안을 나에게 약속할 수 있겠는가?"라고 읊었는데, 갯가 둑의 포플러 숲이 사라졌으니 그런 시조차 노래하지 못하게 되었다.

그렇게 맑고 깊던 앞내는 물이 조금밖에 흐르지 않았고, 피라미, 불거지, 모래무지, 메기 등도 보이지 않았다. 여름 큰장마 때는 물이 넘쳐 동네를 온통 물바다로 만들기도 했던 앞내가 지금은 실개천보다 조금 큰 개울이 된 것이다. 전처럼 하늘은 푸르렀고, 흰 구름은 여전히 흘러갔지만 하얀 모래밭에서 여름을 나는 철새 꿀륵이(도요새의 일종)도 종적을 찾아볼 수 없었다.

산과 들이 파헤쳐지고 냇물마저 줄어든 것을 보니 '산천은 의구하되 인걸은 간 데 없네'란 옛 시인의 말도 100퍼센트 옳은 말은 아닌 듯 싶었다. 왜냐하면 오늘의 고향은 '산천도 허물어지고 풍정도 간 곳 없으며, 죽마지우들도 간 곳 없는' 죽어 있는 듯 적막한 동네가 되어 있었기 때문이다. '십 년이면 강산도 변한다'는 옛말을 이해는 하면서도 너무 소멸과 부재의 방향으로 변한 고향은 나를 막막하고 슬프게 했다. 나는 솔직히 그런 고향에는 다시 오지 않으련다. 왜냐하면 나를 포근하게 기다려주는 목가적인 고향은 이제 없어졌기 때문이다.

해 저물어가는데 홀로 여인숙 찾기

늙어가다 보니 전화 오는 데 별로 없고 딱히 전화 걸 데도 없어졌다. 또한 젊은 날 그렇게 여기저기 걸쳐놓은 공적 일에서도 거의 손놓다 보니 공적인 전화 역시 드물다. 가족이나 제자들의 연락도 대부분 메시지로 오기 때문에 전화기 너머로 낭랑한 음성을 듣기가 쉽지 않다. 그래서 우리 집은 언제나 조용하다.

내가 평소에 전화를 자주 건 곳은 순전히 친구들이었다. 집 전화로도 하고 휴대폰으로 했으며 인터넷 전화까지 썼었다. 그러다가 집 전화기부터 없애고 다음으로 인터넷 전화기는 있는 둥 마는 둥 온종일 울리지 않고 휴대폰 역시 전화벨 소리를 듣기가 쉽지 않아졌다. 그러니까 전화가 조용해지는 과정은 친구들의 투병과 천국행에 비례하는 것 같다.

그래도 지난해 봄까지는 내가 자주 전화기를 돌리고 또 전화기 울림도 이따금 있었는데, 여름부터 차차 전화기 사용이 줄어들었고 그것은 내 마지막 친구의 병세와 비례했다. 그러다가 그 친구가 천국행을 하면서 내 휴대폰은 있으나 마나 한 애물단지가 되고 말았다. 따라서 내 전화기는 주된 기능이라 할 연락의 기능은 사라진 채 오로지 무료를 달래는 인터넷 뉴스를 들여다보는 도구로 전락한 것이다.

솔직히 나는 친구 복이 있는 편이었다. 초등학교 때부터 대학까지 그리고 사회에 나와서까지 매우 신실하고 의리 있고 유능한 친구들이 내 곁을 지켜주곤 했었으니까. 그런데 이들이 대부분 세상을 떠났거나 투병 중이다. 가령 퍽이나 만나고 싶었던 초등학교 시절의 죽마고우 이용익은 고향 지킴이로서 3년 전에 세상을 떠났다고 했다. 솔직히 그는 초등학교 단짝이었지만 중학까지 같이 다니고는 전혀 만나보지 못했다. 왜냐하면 활동 지역과 직업이 전혀 다르기 때문에 바쁜 세상에서 만나기가 쉽지 않았기 때문이다. 그럼에도 불구하고 그를 죽마지우의 첫자리에 놓는 이유는 그와의 인연이 깊었던 데다가 잊지 못할 추억이 있어서다.

학교를 중심으로 그와 나는 동서 정반대 동네에 살고 있어서 교정에서만 단짝이었다. 그런데 초여름 졸업식 날 초저녁에 졸업파티를 열었던 바 주인공이었던 내가 학질로 열이 40도에 가까워서 파티장에서 꿍꿍 앓고 있었다. 그때 용익이는 놀기보다는 찬 물수건을 반복해서 내 이마에 얹어주는 등 병 치다꺼리에만 열심이었다. 그리고 한밤중에 나를 업다시피 5리 길을 걸어서 우리 집에 데려다주고 간 일이 있었다. 그런 죽마고우를 평생 잊을 수가 없어 죽기 전에 꼭 만나보려 여기저기 수소문해보았더니 이미 세상을 떠나 이승에 없었던 것이다.

중학교 시절 죽마고우로는 사총사로 통했던 박건식(경찰공무원)과 이승희(국토건설부 공무원), 그리고 이용휘(제약회사 전무)가 있었다. 시골 학교라서 한 반에 학생이라고는 남녀 합해서 겨우 40명을 넘을 정도였

해 저물어가는데 홀로 여인숙 찾기

다. 전쟁통에 학교를 다니다 보니 공부는 뒷전이고, 점심시간 전에 도시락 다 까먹고 책상도 없는 마룻바닥에서 이리저리 밀치고 당기는 장난치기가 전부였다.

사총사가 겨울이면 학교에서 제일 가깝고 부자이기도 한 이승희 집에 몇 번 가서 자곤 했는데, 저녁 실컷 먹고 야밤중에 살살 기어 나와 엿판을 통째로 들고 와서 이빨 빠지도록 먹었던 추억이 있다. 의리 있는 사나이인 그는 다복한 가정을 꾸리고 남들보다 많은 자녀를 두어 내가 두 딸의 주례를 서주기도 했을 정도로 대가족의 가장이다.

그런데 사총사 중 박건식이 연전에 세상을 떠남으로써 사총사의 추억의 재회는 물 건너갔고 이승희와 이용휘하고만 전화 연락 중이다. 지척이 천 리라고 그렇게 멀리 사는 것도 아닌데, 만나자고 전화로만 약속하면서도 그동안 코로나 핑계로 차일피일했고 이승희는 허리병으로 선뜻 나서기 어려워하고 있다. 같은 서울 하늘 아래서도 삼총사끼리도 격조했던 것은 아무래도 직장의 성격이 다르고 각자 분주하게 살았기 때문이다. 이제는 모두 은퇴해서 시간 여유가 생겼지만 이미 몸도 늙고 마음마저 늙어서 적극성이 떨어지는 데다 아픈 데도 많아 병원에만 개근하는 처지가 된 것이다.

고교 친구로는 국사학자로 유명한 이성무와 이병선이 있었다. 이들 중 이성무는 검정고시로 1년 먼저 대학에 갔기 때문에 적조하다가 대학에 가서 다시 만나 어울렸고, 성인이 되어서는 전공은 달랐어도 같은 인문학이어서 멀게 느껴지지 않았다. 게다가 한 해 선배 주종현이 나와 같이 대학원에 다니면서 자연스럽게 고교 삼총사가 된 것이다. 따라서 늘그막에는 몇 달에 한 번씩 정기적으로 만나 인사동에서 점심을 먹는 즐거움이 있었다. 저명 국문학자인 주종현은 명문 수필가로도 이름을 떨친 이로서 셋이 만나면 이야깃거리가 무궁무진했었다.

그런데 늦은 여름에 점심을 먹으면서 신수가 좋았던 이성무가 다음 해에 학술원 회장에 출마하겠다고 했는데, 늦가을에 갑자기 중태에 빠졌다는 소식이 들려왔고 가족이 병원을 알려주지 않아서 궁금하던 차 3년여 지나 슬픈 소식이 전해져온 것이 전부였다.

안중 출신의 이병선은 일찍 공군을 다녀와 경기도청에서 평생 모범 공무원으로 근무했고, 용인의 마지막 군수를 역임하고 은퇴했다. 은퇴하자마자 수원에서 오랫동안 살던 집을 허물고 새 집을 짓는다는 소식을 들었는데, 얼마 후에 그가 갑자기 쓰러졌다는 전갈이 온 것이다. 평소 술은 입에도 대지 않는 그가 왜 한여름에 갑자기 쓰러졌는지 도저히 이해할 수가 없었고, 급히 그가 입원해 있다는 건국대학교 병원으로 달려갔었다. 그런데 그는 이미 의식이 없이 링거를 꽂은 채 숨만 헐떡이고 있었다. 참으로 황당하고 어처구니없었다. 내가 갔을 때는 병실에 가족도 없었고 간호사도 자리를 비워둔 채 홀로 누워 있었다. 누구와 이야기를 나눌 계제가 아니어서 혼자 우두커니 앉아 있다가 돌아 나올 수밖에 없었다. 그 후에 수원 아주대학교 병원에 있다는 소식을 듣고 달려갔으나 이미 어느 작은 병원으로 옮겼다는 퉁명스런 간호사의 말만 듣고 돌아서야 했다. 어디로 연락을 할 수 없는 막막함이 앞을 가렸을 뿐 속수무책이 전부였고 그것이 그와의 마지막이었다. 수십 년 죽마지우와의 마지막이 이렇게 허무할 수가 있는가.

내 평생의 마지막 친구는 대학 동기생인 홍천(弘泉) 주돈식이다. 출생지와 출신 학교는 달랐지만, 주시경 선생과 같은 한글학자가 되겠다

해 저물어가는데 홀로 여인숙 찾기

는 꿈을 갖고 국문학과에 입학했다가 단 1년여 만에 적성이 맞지 않아 방황했던 공통점을 지녔던 친구여서 특별히 각별했었다. 그는 나와 달리 우량아라 할 만큼 건장했다. 겨우 50킬로그램을 넘을까 말까 할 나와 달리 70킬로그램을 넘을 만큼 듬직했다. 고교 때 레슬링을 했다고 들었다. 잘생기고 인성이 좋아 그의 주변에는 항상 친구들이 모여들었다. 그런 중에서 우연히 나와 의기투합했는데, 우리 두 사람은 헤르만 헤세의 소설 『데미안』의 두 주인공 싱클레어(주돈식)와 데미안(나) 관계처럼 우정이 진전되어 갔었다. 물론 결론은 사뭇 달랐지만 적어도 대학 시절에는 그렇게 보였던 것 같다. 그만큼 친했다는 이야기다.

졸업하고 직장을 잡았지만 5·16군사쿠데타가 일어나면서 그해 가을에 우리 모두는 군대에 입대하게 되었고, 나는 경기 북부에 배치되었고 홍천은 강원도에서 군생활을 하게 되었다. 내가 그보다 몇 달 앞서 제대하여 고교에 재직하고 있었는데, 몇 달 뒤 그가 제대하고 기차로 온다고 하여 청량리역에서 기다려 2년여 만에 재회하고 중국집에 가서 모처럼 청요리에 배갈 한잔 했다. 그도 곧바로 고교에 취직하고 얼마 후 내가 재직하고 있던 학교로 데려와 함께 근무했다. 그가 평소 잠이 많은 걸 알고는 있었지만 쉬는 시간이면 잠에 빠지곤 해서 아마도 그가 무슨 다른 준비를 하고 있는 듯이 느껴졌는데 아니나 다를까 어느 날 메이저 신문사의 기자 시험에 수석 합격했다는 것이다.

그가 신문사에 입사하면서 언론인의 길로 접어들었고, 대학원에 적을 두었던 나는 학자의 길로 갈리면서 각자 너무 바빠서 전처럼 자주 만나지 못했다. 그는 국문과 출신으로는 의외로 엘리트코스라 할 정치부에서 차장, 부장 등으로 승진하여 명기자로 확고하게 자리 잡아갔다. 그가 평소 인품이 훌륭하고 글재주가 뛰어났기 때문에 신문사에서도 인재로 대우한 것 같다. 그처럼 잘나가던 그가 갑자기 신문사에서 근무 중 쓰러져 큰 수술을 받는 인생의 중대고비를 넘기기도 했다. 그가 병을 이겨낸 다음 생활 패턴을 바꿔야겠다는 생각을 했고, 산이 가까운 대치동으로 이사를 했는데, 마침 내가 살고 있던 곳이라 더욱 좋아했다.

그러나 그가 워낙 기본적으로 건강체여서 회복 후에는 편집국장까지 맡아 어려운 시기였음에도 신문을 업그레이드하는 데 크게 기여했다. 그러다가 문민정부가 들어서자 그는 청와대의 호출을 받고 정무수석과 공보수석을 번갈아 맡으면서 워낙 포용력 있고 무탈하여 자기의 어려운 책무를 매끄럽게 잘 수행했다.

이 시기에 내가 그를 새롭게 본 일화가 있다. 우리가 앞뒷집에 살고 있어도 그가 정부 일이 바빠서 이따금 일요일에 만나 대모산을 함께 오르는 게 전부였다. 그런데 어느 날 그가 묻지도 않았는데 자기가 매일 새벽 출근 전에 성경을 몇 페이지씩 읽고 간다고 했다. 그래서 이유를 물은즉, 그는 '중대한 나랏일을 수행하는데 혹시 잘못하지 않도록 다짐하는 자세'로 성경을 읽는다고 했다. 그 이야기를 듣자마자 아! 이런 공무원도 있구나 생각하면서 내 친구가 대견스럽고 존경스럽기까지 했다.

그는 얼마 뒤 내각 개편 때 문화관광부 장관으로 영전되어 조선총독부 건물 해체 작업을 지휘했고 유창한 영어로 유엔에서 연설도 한 바 있다. 그리고 1년여 뒤에는 정무장관으로 자리를 옮겨 근무한 뒤 퇴직했다. 퇴직하자마자 그는 미국으로 연수를 떠나 1년 만에 귀국

해 저물어가는데 홀로 여인숙 찾기

했다.

그가 4년여 정부 일을 하고 나서는 잠시 머뭇거리는 듯했다. 그때 내가 학구적인 그에게 아직 젊으니 대학에 가서 후진 양성에 힘써보는 것이 어떠냐고 했다. 그래서 간 곳이 세종대학교였고 언론대학원장을 맡아 10여 년 동안 열심히 후진을 양성했으며, 결국에는 건강이 좋지 못해 은퇴할 수밖에 없었다.

은퇴 후에 우리는 자주 만나 밥 먹고, 여행도 다녔다. 본래 가만히 못 있는 성격이라서 그는 동네 화방에서 한동안 그림을 그리면서 책도 몇 권 썼다. 그러나 그나 나나 늙어가면서 병치레를 했고, 특히 그는 당뇨가 심해져서 자주 입원도 했다. 그가 술을 마시기는 했지만 좋아하는 편은 아니었는데, 공직에 있으면서 폭음을 한 것이 원인이 되어 당뇨가 심해짐으로써 결국 지난해 여름에 86세의 나이로 소천했다. 그가 병원에 있을 때는 마침 코로나가 유행하여 면회를 할 수 없어 자주 전화로 안부는 물었으나 얼굴은 볼 수가 없어 답답하기 이를 데 없었다.

부지런한 그가 잔병치레를 하면서도 여러 권의 책, 이를테면 『문민정부 1천 2백 일』을 비롯하여 『우리도 좋은 대통령을 갖고 싶다』 등을 상재했는데, 그중에서도 압권은 그의 인생론이라 할 『어머니의 꽃밭』이 아닐까 싶다. 그가 원래 문재가 뛰어나 신문사에서도 높은 자리에 올랐지만 이 책은 조탁되고 절제된 언어로 인생의 정수를 묘사함으로써 독자의 절찬을 받은 바 있다. 이처럼 그가 은연중에 인생 정리를 깔끔하게 할 줄은 미처 몰랐었다. 그는 언제나 시작과 끝이 분명했고 삶과 죽음도 그러했다. 친구여! 모두 떠나고 몸도 마음도 아프고 적적한

데 어떻게 살아야 하나. 해는 저물어가는데 낯선 곳에서 홀로 여인숙 찾는 심정이니 말일세. 곧고 깐깐하기로 이름난 명시인 이산 김광섭이 만년에 쓴 시「저녁에」의 한 구절이 갑자기 머릿속을 스쳤다. .

밤이 깊을수록
별은 밝음 속으로 사라지고
나는 어둠 속에 사라진다

이렇게 정다운
너 하나 나 하나는
어디서 무엇이 되어 다시 만나랴

해 저물어가는데 홀로 여인숙 찾기

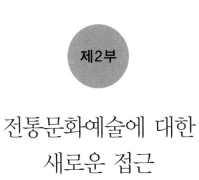

제2부

전통문화예술에 대한
새로운 접근

유랑예인단의 애환과 흥망성쇠

— 남사당패를 중심으로

유랑극단 대신 유랑예인단이라고 이름 붙인 것은 지난 시절 동서양을 막론하고 일정한 거처 없이 하늘을 지붕 삼아 떠돌아다닌 이들의 예능이 좁은 의미의 연극이 아니라 소위 가무백희(歌舞百戱)라 할 여러 가지 기예였기 때문이다. 그런데 동서양의 유랑예인단의 시발은 많이 달랐다. 즉 고대 인도의 집시들이 서양으로 흘러 다니면서 먹고살기 위해 가무와 인형극을 한 것이 서양의 유랑예인단이라면, 한국의 유랑예인단은 조선 초 불교와 깊은 관련을 갖고 있는 점에서 색다르다. 그리고 기원 면에서도 서양의 경우 아주 오래전부터 유랑예인단이 존재했지만 이 땅에서는 민속학자들에 따라 신라 기원설(李能和)과 고려 기원설(일본인 大江匡房), 그리고 조선조 임진란 직후기원설(宋錫夏) 등이 전한다.

이들 중 조선조 임진란 기원설이 가장 설득력 있지만 유랑예인단이 꼭두각시 인형극을 하는 것이라든가 고려가요 「청산별곡」의 시구 "사슴이 장대에 올라 해금을 혀거늘 드로라" 등을 보면 고려 기원설도 없지 않다. 조선조 임진란 기원설을 제시한 송석하는 당시 연예인들의 명칭들, 이를테면 연예단의 핵심 멤버들이라 할 사당(社堂)과 거사(居士)에 근거하여 그 시원을 푼 바 있다. 당초 사당이란 술자리나 잔칫집에서 가무로 흥을 돋구는 기생역으로서 매음도 했다. 그런 사당의 매니저 겸 남편이 바로 거사다.

거사는 승려가 되지 못한 불자로서 사찰에 거주하며 잡일을 돕고 자신의 재산과 수시로 생기는 이익을 절에 시주했으며 때때로 자신의 내처인 사당으로 하여금 젊은 승려들에게 몸을 허락하게 하는 등 상부상조하는 관계였다. 불교가 탄압받고 또 임진란을 겪으면서 사회경제가 어려워지자 각 사찰들도 운영이 힘들어졌다. 물론 사찰에는 평소 불자들이 바치는 시주가 있지만, 절의 신축이나 개보수 등 비용이 많이 드는 일이 다반사로 생겨난다. 그런 일에는 거사들이 몸으로 때울 수 없는 재원이 필요했기 때문에 생각해낸 것이 연예단체를 조직하여 돈을 벌자는 것이었다. 실제로 유랑예인의 모습이 16세기 이후 고찰들의 감로탱에 자주 등장하는 것만 보아도 사찰과 깊은 관련이 있음을 짐작할 수가 있다.

그 조직을 보면 가부장적 시대에 맞게 모갑(某甲)이라는 강력한 통솔자 겸 매니저 밑에 예능 전문의 사당들이 모였는데, 그들의 남편인 거사들은 단원들이 생활하고 이동하면서 생기는 잡사 등을 뒷바라지했다. 대체로 10여 명 내외로 구성된 사당패들이 돈을 벌려면 대중의 마음을 사로잡을 만한 볼거리가 있어야 했다. 사당들은 평소 술자리나 회갑 잔치 등에서 각종 춤과 노래로 흥을 돋궈왔기 때문에 기본적인 레퍼토리를 갖고는 있었다. 그러나 그것만 가지고서는 관중을 오랜 시간 즐겁게 할 수가 없었기 때문에 새로운 레퍼토리를 개발해야 했고,

주로 전 시대부터 연행되어 왔던 산악백희(散樂百戱) 안에 들어 있는 풍물, 줄타기, 땅재주, 아크로바트, 인형극, 마임 등을 변형시켜서 재미있게 꾸며갔던 것이다.

당시만 하더라도 도시가 발달하지 않은 부락 중심의 농경사회였으므로 극장이 없어서 이 마을 저 마을 떠돌아다니면서 포장 치고 야외 공연을 해야 했다. 당초 사찰에 재정적 도움을 주기 위해서 시작한 사당패들이 시간이 흐르면서 자연스럽게 직업 유랑예인단으로 정착해 갔다. 평소 예능에 목마른 대중은 어쩌다 들어오는 사당패의 가무백희에 열광했다. 그러자 사당패와 유사하면서도 조금 다른 예인단들이 경기 안성, 충남 당진, 경상 진주, 전남 강진, 황해도 장연, 평북 평양 등등 각 지역을 본거지 삼아 생겨나기 시작했다. 가령 생성 연대가 불명확한 남녀 혼성 또는 남성 중심의 연예단체들이라 할 솟대쟁이패를 비롯하여 걸립패, 남사당패, 대광대패, 풍물패, 대광대패, 초라니패, 풍각쟁이패, 굿중패, 그리고 날탕패 등등 조금씩 성격이 다른 10종 이상의 패거리들이 20세기 초까지 부침했다. 물론 가장 많은 유랑예인단들이 등장한 시기는 판소리가 대중예술로서 전성기를 이루던 1800년대를 전후한 시기가 아니었나 싶다. 왜냐하면 그 시기는 탁월한 예술이론가 신재효가 판소리를 공연예술로 업그레이드한 때였던 데다가 대중예술이 크게 번창했던 시절이어서 많은 연예인들이 자극받아 능동적 활동을 했었기 때문이다.

한편 사당패와 겨룰 만큼 인기를 끌었던 솟대쟁이패는 조선 중기에 진주 지방을 근거지로 삼아 출범한 것으로 전해진다. 마침 진주 지방은 오광대탈춤이 상존했을 뿐만 기생조합 같은 기녀 양성소까지 있어

유랑예인단의 애환과 흥망성쇠

서 인적 인프라가 넉넉하여 예인단 구성이 손쉬웠다고 말할 수 있다. 이 단체는 마을 수호신의 상징이라 할 솟대를 한가운데 세워놓고 풍물을 비롯하여 솟대타기, 죽방울 돌리기, 탈춤, 가무, 땅재주, 줄타기, 굿놀이, 곡예, 재담 등 각종 기예로 대중을 사로잡았다. 그들의 레퍼토리는 가무체기(歌舞體技)가 주를 이루었고 식자들에게는 하찮게 보일지 모르지만 해학과 풍자 속에는 당시 민중들의 사회관, 인생관이 함축되어 있었다.

이렇게 여러 형태의 유랑예인단들이 모두 비슷비슷한 레퍼토리들을 갖고 전국을 떠돌아다니면서 전제군주 시대의 억눌림과 가난, 차별, 그리고 더 나아가 세상과 불화하여 영육으로 고통받고 있던 민중에게 놀이로서 울화와 시름을 달래주고 즐거움을 선사함으로써 삶에 의욕을 돋궈주었다. 전 시대에 정재(呈才)와 같은 궁중예술도 있었지만 유랑단체들의 영향력이 단연 압도적이었다. 마치 오늘날 코로나로 고통 받고 있는 대중에게 트로트 가수들이 한몫을 하고 있는 것에 비유할 수 있을 것도 같다.

그런데 여기서 주목해야 할 것은 유교를 숭상한 조선 사회가 의외로 사당들의 매음 행위에 눈감음으로써 19세기 초에 남사당패가 등장하여 유랑예인단들의 리더 역을 그들에게 넘길 때까지 수백 년 동안이나 사당패가 존속할 수가 있었다는 점이다. 반면에 일본의 경우를 보면 무속에서 출발하여 여성 중심의 가부키(歌舞伎)극으로 번성했었지만 여배우들의 매음 행위 때문에 국가로부터 출연 금지됨으로써 남성 배우들이 오늘날까지 온나가다(女形俳優) 역할을 하고 있다.

유랑예인단들은 세습과 기생조합 출신들, 운명적으로 끌려들어간

사람들, 그리고 고아들을 데려다가 훈련시켜서 쓰는 방법으로 인적 자
원을 조달했다. 물론 이들은 모두가 일반 광대보다도 못한 최하층민으
로서 천대를 받았다. 그럼에도 불구하고 이들이 전 시대에 민중에게
정서적으로 미친 영향은 절대적이었다고 해도 과언이 아니다. 일찍이
여류시인 노천명(盧天命)은 「남사당」이란 시에서 유랑예인들의 행태와
애환을 읊은 바 있다.

> 나는 얼굴에 분칠을 하고
> 삼단 같은 머리를 땋아내린 사나이
>
> 초립에 쾌자를 걸친 조라치들이
> 날라리를 부는 저녁이면
> 다홍치마를 두르고 나는 향단이가 된다
>
> 이리하여 장터 어느 넓은 마당을 빌어
> 램프불을 돋운 포장 속에선
> 내 남성이 십분 굴욕된다
>
> 산 너머 지나온 저 동리엔
> 은반지를 사주고 싶은
> 고운 처녀도 있었건만
>
> 다음 날이면 떠남을 짓는
> 처녀야!
> 나는 집시의 피였다

유랑예인단의 애환과 흥망성쇠

내일은 또 어느 동리로 들어간다냐
우리들의 소도구를 실은
노새의 뒤를 따라
산딸기와 이슬을 털며
길에 오르는 새벽은

구경꾼을 모으는 날라리 소리처럼
슬픔과 기쁨이 섞여 핀다

　노천명이 유랑예인단들 중 굳이 남사당패를 콕 집어 시로 쓴 것은 이들을 독보적인 패거리로 보았기 때문이다. 실제로 남사당패는 등장하자마자 조직 면에서나 예능, 운용 면에서나 단연 뛰어났었다. 즉 이들은 꼭두쇠라는 리더 밑에 화극, 뜬쇠, 삐리, 가열 등 40~50명으로 탄탄한 직업 단체를 만들었고, 레퍼토리로서도 풍물을 비롯하여 접시 돌리기, 땅재주, 줄타기, 탈놀이, 그리고 꼭두각시 인형극 등 짜임새 있는 6종의 체기(體技)와 서사를 조화시켜서 관중을 사로잡아 유랑예인단의 최고봉으로 군림했다.

　그러나 유랑예인단들도 근대화의 거대 물결 속에서 쇠퇴의 길을 걸을 수밖에 없었다. 그 첫 번째 장애 상대가 다름 아닌 20세기 초에 일본을 거쳐 들어온 서구의 서커스와 신파극이었다. 이들도 일종의 유랑예인단이었지만 기예 면에서 조금은 근대성을 띤 것이어서 전통적인 유랑예인단들의 놀이를 촌스럽게 보이게 했던 것이다. 그보다도 유랑예인단들을 급격히 몰락시킨 것은 우리 고유 정서의 말살 정책을 쓴 일본제국주의자였다. 그로부터 유랑예인단들 대부분이 소멸했고, 한

두 남사당패가 근근이 명맥을 이어오다가 6·25전쟁 때 완전히 사라지게 된 것이다.

다행히 전통 회복을 추구하던 몇몇 문화인들의 노력과 정부의 배려로 1964년 남사당패를 국가무형문화재 제3호로 지정함으로써 오늘날까지 존속하게 되었다. 그러다가 1978년 2월 비원 옆에 있는 소극장 공간사랑이 문을 열면서 우연히(?) 젊은 국악인들이 모여 농악 중 타악기 네 가지, 즉 꽹과리·징·북·장구로 합주를 하여 관중의 호응을 얻으면서 소위 '사물놀이'라는 새롭게 변형된 유랑예인단이 그 모습을 드러냈다. 그런데 이들이 자국인은 물론이고 세계인들에게까지 크게 공감을 불러일으키는 요인은 아무래도 구름(북), 천둥(꽹과리), 비(장구), 바람(징) 등 자연을 이미지화한 악기가 내는 리듬의 보편성에 있지 않을까 싶다. 실제로 사물놀이는 가난과 천대 속에 주눅들어 떠돌던 지난 시대의 유랑예인단들과는 달리 여유롭게 전국은 물론 전 세계를 누비며 활기차게 공연 활동을 하여 가는 곳마다 큰 반향을 불러일으킨 바 있는 것이다.

이상과 같이 유랑예인단들은 천수백 년 동안 온갖 난관을 극복하고 끈질기게 생명력을 유지하면서 오늘날까지 자국인들의 정서를 순화시켰음은 물론이고 잠재적 예능인들을 자극하여 예술로 유인도 했으며 이들이 떨어트린 씨앗은 오늘날의 대중문화도 풍요롭게 했다고 말할 수가 있다. 특히 사물놀이의 경우는 이 땅을 벗어나 세계들에게 우리 고유문화의 우수성을 전파하고 있는 것이다. (2021)

유랑예인단의 애환과 흥망성쇠

기생, 전통사회의 여성 예술가

　좀 오래된 것이지만 초창기 민속학자 이능화가 쓴 『조선해어화사(朝鮮解語花史)』라는 책에 보면 기생(妓生)은 신라시대부터 있어온 것으로 되어 있다. 기생이 하나의 직업으로 존재해온 역사가 천 년이 넘는다는 이야기가 된다. 그런데 삼국 중에서 찬란한 문화를 꽃피웠던 신라에서만 기생이 존재했다는 것은 아무래도 예능과 유흥문화가 발전하면서 그런 직종이 생겨난 것이 아닌가 싶다.

　사실 기생이란 직종이 전 세계에서 한국과 일본에만 존재했지만 다른 민족들도 그와 비슷한 업종이 있어왔다고 볼 때, 접대문화와 깊은 관련이 있어 보이기도 한다. 천재적 시재(詩才)를 타고난 황진이(黃眞伊, 1520?~1560?)가 활동했던 16세기에도 상당수의 기생이 있었다니 그 이후 인구가 늘어나고 예능이 발전하면서 그 숫자 역시 증가하였을 것이다. 그런데 그녀들을 지칭하는 기생이란 명칭이 생겨난 조선시대 이전에는 '미인'을 뜻하는 '해어화(解語花)'라고 불리었는데, 이는 외모에 한정한 것이 아니라 '미의 창조자'(예술가)라는 뜻도 함축되어 있었다고 보아진다.

그럼에도 불구하고 예능과 접대를 주업으로 하는 기생이 성리학을 국가이념으로 삼은 조선시대에는 천한 직종으로 폄훼되어 소위 8천(사노비, 승려, 백정, 무당, 상여꾼, 광대, 기생, 공장)으로 취급당함으로써 현대에 와서까지도 그런 고루한 흔적이 적잖게 남아 있다. 물론 기생도 관기(官妓), 예기(藝妓), 창기(娼妓), 작부(酌婦) 등 여러 층으로 나뉘어져 있기는 하다. 그들의 주된 일은 전통사회에서는 궁중이나 주점, 축제장 등에서 주로 놀이판을 벌이고 남성들에게 서비스하는 것이었지만 여권(女權)이 발전되지 않았던 전통시대에는 기생이야말로 사회 전면에 나서서 연예 활동을 담당했던 여성들이었다.

기생이 접대 외에 사회 전면에 나서서 했던 중요한 두 가지 일은 국가사회를 위한 활동과 예술 활동이었다. 전자를 가리켜 의기(義妓)라고 한다면 후자는 예기(藝妓)라 말할 수가 있다. 다 알다시피 의기의 원조는 임진왜란 당시 적장을 안고 강물에 뛰어들어 익사시킨 주논개(朱論介, 1574~1593)다. 그녀는 경상우도 병마절도사 최경회의 후처로서 진주성이 함락되고 남편마저 순국하자 왜장 게야무라 로쿠스케(毛谷村六助)를 끌어안고 남강에 투신 순절한 의기였다. 조국을 위해서 그런 일을 해낼 수 있는 배경에는 그녀가 기생이 아니었을 것이라는 이설이 전할 만큼 반가 출신으로 문재에도 뛰어났다는 기록이 전한다.

이러한 의기의 전통은 면면이 이어져서 개화기와 3·1운동 당시, 그리고 이후에도 꾸준히 항일운동에 적극적으로 나선 사실에서도 잘 나타나고 있다.

1905년 을사조약 이후, 기생들이 적극적인 예술 활동을 통해 들어오는 수익금을 재정이 열악했던 고아원, 유아원, 각급 학교, 그리고 병원 등에 모두 기부하는 일을 지속적으로 벌여서 대중으로부터 열렬한 환영과 칭송을 받았다. 그녀들의 활동이 국민을 감동시키고 큰 호응을 얻자 악랄한 일본 경찰은 구제 음악회를 금지시키는가 하면 기생들에게 정기적으로 위생검사를 받도록 하는 치욕적인 조치까지 했다. 그리고 1919년 3·1운동 당시에도 각지의 기생들이 적극적으로 만세운동에 나섰으며 항일투사들에게 알게 모르게 독립운동자금을 보탰음도 잘 알려져 있는 사실이다(기생들이 3·1운동에 참여한 뒤에는 위생검사 외에도 네 가지 조건까지 달아놓아 활동을 극도로 억제했다). 그럼에도 불구하고 최근 모 언론사에서 3·1운동 특집기사에 기생들이 위생검사 받으러 가는 사진을 게재하여 핀잔을 받은 바 있다. 물론 마땅한 사진을 구할 수 없어서 그랬겠지만 역사를 모르는 상태에서 은연중에 기생에 대한 고루한 인식이 여전히 상존함을 단적으로 보여준 예도 될 듯싶다.

나라를 위해서 목숨을 바친다든가 독립운동을 하는 것은 그만한 지적 자질과 애국심이 강해야 가능한 것이다. 그럼에도 불구하고 우리가 기생에 대하여 일반적으로 갖고 있는 인식은 대체로 부정적이었다. 솔직히 모든 기생이 무식쟁이나 부도덕한 여성들은 아니었다.

예기의 맥은 최근까지 이어졌다. 조금 성격은 다르지만 기생 출신 김영한이 평생 피땀 흘려 모은 삼청동 땅과 건물 수천억 원 상당의 전 재산을 젊은 시절 깊은 사랑에 빠졌던 월북 시인 백석(白石, 당시 조선일보 기자)의 시 한 구절에도 못 미친다면서 조건 없이 법정(法頂) 스님에게 헌납하여 길상사(吉祥寺)를 만들게 함으로써 험난했던 자신의 삶을 지고지순의 삶으로 승화시킨 사실은 유명하다.

다음으로는 예기(藝妓)에 대하여 이야기해야겠다. 결론부터 말하면 기생은 전통사회의 여성 예술가들이었다는 사실이다. 알다시피 전통사회에서 여성들이 예술 활동을 할 수 있는 공간은 극히 협소했다. 가령 우리나라 공연예술, 이를테면 연극이라든가 무용, 음악 등을 놓고 볼 때, 삼국시대에는 종합예능으로서 남성들만이 참여했고 고려시대에도 별다른 변화는 없었다. 다만 조선 후기에 들어서 유랑예인 집단들이 생겨나 사당패와 같이 극소수 여성들이 예술 활동을 했으며 굿판에서 무당이 가무를 할 정도였으며 정재가 자리 잡으면서 기녀들이 궁중무를 추었다고 말할 수가 있다.

그리고 조선시대에 와서 가면극이나 판소리, 민속인형극(고려 때도 있었다), 광대소학지희, 그림자극 등 공연예술과 농악 등과 같은 민속놀이가 성행했지만 모두 남성들의 전유물이었다. 따라서 여성들이 참여할 만한 예능이라야 궁중무용과 사당패의 잡기가 고작이었다. 기생은 황진이의 경우에서처럼 시(詩)를 읊거나 궁중무용에 참여하는 정도였다. 조선시대 기생의 높은 수준을 극명하게 보여주는 경우는 단연 황진이다.

그녀의 시 중에 "동짓달 기나긴 밤을 한 허리를 베어내어/춘풍 이불 아래 서리서리 넣었다가/님 오신 날 밤이어 든 굽이굽이 펴리라"는 출중한 현대시 못지않으며 "청산은 내 뜻이요 녹수는 님의 정이/녹수 흘러간들 청산이야 변할손가/녹수도 청산을 못 잊어 울어예어 가는고"는 남도 육자배기 창으로도 불리어지고 있다. 그녀의 시는 유일하게 현대의 가곡으로 애창될 정도로 탁월하다. 그녀 외에도 유명한 기생 시인은 여럿 있었다.

그리고 조선 후기인 19세기에 들어서 남성들만의 전유물이었던 판소리계에 진채선(陳彩仙)과 허금파(許錦波) 등의 여류 명창이 등장함으로써 기생들의 본격 사회문화 활동이 전방위적으로 전개되었다. 이후 1902년 협률사라는 관립극장이 문을 열면서 기생들의 연예활동은 눈부셨으며 판소리는 말할 것도 없고 각종 민요, 무용 등 무대예술을 장악했을 정도였다. 예를 들어서 1914년 초『매일신보』가 당대 연예계를 주름잡던 '예단백인(藝壇百人)'을 선정하여 1월 28일부터 12월 말까지 이들의 활동 상황을 연재한 바 있는데, 놀랍게도 남성 예술인은 재담가 박춘재(朴春載)와 신파극의 선구자 임성구(林聖九) 등 두세 명이고 나머지는 모두가 기생이었다.

기생들의 눈부신 활동의 배경에는 탄탄한 교육이 뒷받침되어 있었다. 즉 그동안 기생조합이라는 이익단체하에 움직이던 그들이 1914년 들어서는 서구의 컨서버토리에 해당될 수 있는 권번(卷番)이라는 예술학교를 설립하고 나왔다. 그러니까 서울을 비롯하여 대구, 평양 등 전국의 주요 도시 수십 군데에 권번을 만들어 본격 교육에 나섰던 것이다. 교육기간은 3년이고 교과 내용도 기본 교양을 바탕으로 언어(한국어와 일본어), 예의범절, 서화, 음악, 무용, 연희 등의 이론과 실기를 균형 있게 배치했다. 이는 곧 오늘날의 예술전문학교와 매우 유사한 것이었다. 따라서 기생으로서 여러 가지 활동을 하려면 반드시 권번을 졸업하고 기적(妓籍)에 이름을 올려야 했다.

가령 1920년대의 유녀(遊女) 분포를 보면 일본 유녀가 4,891명이었는데 그중 예술 활동을 할 수 있는 예기는 1,651명이었고, 한국의 유녀 3,413명 중 예기는 1,303명에 불과했다. 일본 예기가 한국 예기보다 350여 명이나 많았다는 사실은 흥미롭다.

그런데 여기서 주목해야 할 것은 20세기 최고의 여류 명창이라 할 박녹주, 김소희 등도 권번 출신이고, 그 외에도 무용, 기악 등에 수많은 명인들을 배출함으로써 거대한 신문화의 물결 속에서 이들이 국악의 명맥을 견고하게 이어주었던 사실이다. 또한 신극 배우들인 김소진, 석금성, 복혜숙 등 여러 명도 기적에 이름을 올렸었다. 특히 김소진은 신극사상 최초의 여배우로서 1917년 신파극단 개량단에서 데뷔했고, 1920년대 초 신극단체 토월회의 주역 여우였던 석금성과 복혜숙은 당대 최고의 대중스타로서 사랑받았으며 1960~70년대까지 이름을 날렸던 전설적인 배우들이었다. 만약에 남녀 간의 성(性)을 문학의 본질로 보았던 영국작가 D.H.로렌스가 기생의 존재를 알았다면『채털리 부인의 사랑』보다 훨씬 격조 높은 소설을 남겼을지도 모른다. 이처럼 기생은 비천한 유녀가 아니고 전통사회의 사랑받는 여성 예술가였던 것이다.

기생, 전통사회의 여성 예술가

탈춤, 풍자의 춤사위에 민중의 소리를 담다

— 〈봉산탈춤〉을 중심으로

  탈춤이란 탈, 즉 가면을 쓰고 춤과 노래를 곁들인 연극을 일컫는 순수 우리말이다. 그렇기 때문에 보편적으로는 가면극(mask dance drama)이라 부르고 있다. 가면극은 우리나라뿐만 아니라 세계에 널리 퍼져 있는 전통적인 민속놀이의 일종이다. 그리고 가면은 원시시대부터 전 세계 대부분의 민족들이 공유하고 있는 일종의 부적(符籍)같은 것이다. 가면을 부적에 비유한 것은 그것이 잡신이나 재액을 물리치고 평안을 누리고자 하는 인간의 원초적 욕망에 근거하고 있기 때문이다. 그만큼 가면은 순전히 토테미즘과 애니미즘[有靈思想]에서 자연스럽게 발생한 것이다.

  이처럼 원시적 종교의식으로부터 생성된 가면이 역사 발전에 따라 티베트 지역의 불교의식 외에 상당수의 민족들에서는 민속오락물의 한 가지로 정착되었으며 우리의 경우도 삼국시대부터 널리 연행되어 왔다. 따라서 오늘날 우리가 볼 수 있는 탈춤은 아주 오랜 역사 속에서 내용과 형식이 계속 변화되어온 것이며 조선 후기(18세기)에 와서야 비로소 완성된 형태라고 말할 수 있다. 그런데 흥미로운 점은 탈춤의 명칭에는 전승되는 지역의 이름이 앞에 붙어 있으며 산대극, 별신굿놀이 등 이름도 조금씩 다르다는 사실이다.

황해도 지역의 경우를 보면 해주, 은률, 강령, 황주, 평산, 봉산 지역의 탈춤이 전승되었고, 중부 지역(서울, 경기)의 경우는 애오개(아현동), 노량진, 양주 지역의 산대극이 전하며 경상도의 경우는 낙동강을 중심으로 하여 세 갈래로 정착되었다. 즉 의령, 진주, 통영, 고성, 창원, 가산, 김해 등지의 오광대와 부산 지역의 동래, 수영 야류, 그리고 경북 하회 지방의 별신굿놀이가 전승되고 있다. 강원도는 통천가면극과 강릉관노가면극이 전한다.

물론 일부 가면극은 소멸되었는데, 북한의 경우는 함경도 지역의 북청사자놀이 가면극만이 전승되고 있다. 흥미로운 점은 호남 지역(전라와 충청)의 가면극이 부재한데 이는 백제의 멸망과 깊은 관련이 있는 듯싶다. 왜냐하면 백제가 멸망한 직후 미마지(味摩之)란 인물이 자국의 가면극인 기악(妓樂)을 일본에 전수한 사실이 있기 때문이다. 일본의 유명한 전통극인 노(能)의 뿌리도 미마지가 전수한 백제 기악에 닿아 있다는 것은 잘 알려진 사실이다.

탈춤은 어디에서 발생한 것일까? 그에 대하여는 대체로 외래설과 자생설로 갈리지만 한반도에 없었던 사자의 탈이 있다든가 불교와 깊은 관련이 있으며 9세기 때 신라의 최치원이 지은 관극시(觀劇詩)에도 중앙아시아 전래에 대한 이야기도 있어 외래설이 우세한 편이다. 그러니까 실크로드를 통한 교류가 상업을 넘어 우리나라 문화, 특히 탈춤에도 절대적인 영향을 미쳤으리라고 본다는 이야기다.

그렇다면 탈춤에 담겨 있는 내용은 무엇일까? 사실 전국에 산재한

탈춤, 풍자의 춤사위에 민중의 소리를 담다

탈춤의 내용이 대체로 비슷하지만 약간의 차이점은 그 지역의 특성을 강조한 점이라 하겠다. 그 이유는 탈춤이 전래되고 토착화하는 과정에서 지역성이 강화된 데 따른 것으로 보아야 한다. 하나의 예로서 가면에서 같은 피부질환을 표현하는 데도 중부 지역에는 옴 환자가 등장하지만 남부 지역에는 나병 환자가 등장한다. 이는 남부가 더운 지방이라는 점을 보여주는 경우이기도 하다. 그리고 종교성이 강한 중부 지역과는 달리 남부 지역에는 사회성이 강한 편이 색다르다. 그래서 중부 지역의 탈춤에는 주지스님, 먹중, 상좌 등등 여러 스님들이 많이 등장하는 데 비해 남부 지역에는 스님이 몇 명 등장하지 않는다.

그런데 사실 탈춤은 구비문학이어서 전승되는 과정에서 내용이 쉽게 변용되곤 했다. 따라서 채록 과정에서도 이본(異本)들 간의 차이점이 적잖다. 가령 봉산탈춤만 놓고 보더라도 남한의 극본은 7장면이지만 북한의 극본은 11장면으로 구성되어 있으며 진행 순서도 많이 다르다. 이런 현상은 탈춤이 순전히 입에서 입으로 전해져온 구비문학이라는 특성 때문이다. 그렇기 때문에 주제나 내용에서도 다양한 해석이 나올 수도 있는 것이다.

그러나 한 가지 분명한 것은 탈춤이 풍자극으로 누구에게나 각인되어 있다는 사실이다. 그렇다면 어떤 대상, 누구를 풍자한 것이냐가 문제로 남는데. 전국의 모든 탈춤이 공통적으로 파계한 스님과 허세 부리는 양반, 그리고 조강지처를 버린 영감을 풍자의 대상으로 삼고 있다. 그래서 학자들은 탈춤의 주제에 대하여 파계승 풍자, 양반 비판, 일부(一夫) 대 처첩의 갈등이라고 요약하고 있다. 반면에 북한 학계에서는 종교(불교) 배격과 봉건사상 청산이라고 사회주의 사상을 바탕으로 하여 계급적으로 확대 해석함으로써 남한과 차이를 두지만 탈춤의 본질이 풍자극이라는 점에서는 일치하고 있다. 여기서 나는 어떻게 일개 풍자극이 한국의 대표적인 고전극으로 수백 년 동안이나 존속되어 왔을까 하는 의심이 드는 것이다.

오늘날까지도 가장 많이 사랑받고 또 극적으로도 짜임새가 괜찮은 봉산탈춤을 놓고 볼 때, 한 사람의 전문 극작가가 쓴 서양 희곡들과 달리 스님들 이야기(불교 문제), 양반 이야기(사회 문제), 부부 이야기(가정사) 등 내용이 다른 세 가지가 옴니버스 형식으로 엉성하게 결합되어 있다. 물론 다른 지역의 탈춤들도 등장인물들의 숫자, 또는 순서의 차이는 있지만 대체로 비슷하다. 따라서 실제로 작품을 들여다보면 세 가지 이야기 중 맨 앞에 등장하는 스님들 모두가 수도자답지 않게 호색적 행동을 하기 때문에 파계승 풍자라고 규정해온 것이다.

그러나 좀 더 깊이 관찰해보면 스님들의 행위를 파계라고만 해석할 수 없는 요인이 내재되어 있음을 발견케 된다. 왜냐하면 파계했던 스님들이 나중에 자신들의 행위를 반성 참회하고 다시 절로 귀환하기 때문이다. 이 말은 곧 스님들의 여색놀이를 깨달아가는[見性] 하나의 시험 과정이라고 볼 수가 있다는 이야기다. 솔직히 불자들의 구도(求道) 과정에는 시험도 없지 않을 것이다. 신라시대의 위대한 스님 원효대사가 요석(瑤石) 공주와 사랑에 빠져서 설총을 낳은 역사적 사실도 있지 않은가?

그리고 파계승 장면을 구원 추구로 보아야 하는 배경에는 당초 티베트 지역의 탈춤 발생 과정에서부터 불교와 깊은 관련이 있는 데다가

탈춤, 풍자의 춤사위에 민중의 소리를 담다

조선조 초기까지만 해도 탈춤을 절에서 승려들이 해오다가 숭유억불 정책에 따라 불교가 탄압받으면서 그들이 환속한 역사적 사실에 근거한다. 바로 그 점에서 북한에서 파계승 이야기를 종교 배격이라 주장하는 것은 전혀 이치에 맞지 않는 이념적 확대 해석이라 하겠다.

거기에 또 한 가지 부연하자면, 조선시대 탈춤뿐만 아니라 시조라든가 민담 등에 승려를 풍자하는 내용이 많다. 이것을 단순히 불교에 대한 비판이나 배격으로 해석하는 것은 잘못된 생각이다. 가령 유럽에서도 천주교 신부를 '까마귀'라고 놀려대고 문학작품에서도 신부를 풍자하는 경우가 적잖다. 그러니까 신부나 승려들에 대한 놀림은 역설적으로 자신들이 신봉하고 존경하는 종교 사제의 권위와 경외심에 대한 민중의 아이러니 표출에 불과한 것이라고 볼 수 있다.

두 번째 이야기인 양반 장면에서는 하인(말뚝이)이 일방적으로 주인 양반을 놀리고 대중 앞에서 망신을 준다. 이것을 가리켜서 남한에서는 지도층에 대한 민중의 비판 내지 저항으로 해석하고, 북한에서는 봉건사상에 대한 부정으로 비약하고 있다. 그래서 그랬는지는 확실하지 않지만 군사독재정권 시절에 대학의 탈춤반 학생들이 어느 서클보다도 저항적이었던 기억이 생생하다. 그런 사실은 당시 내가 앞장서서 탈춤반을 조직하고 지도교수를 맡은 바 있어 잘 알고 있다.

그러나 탈춤의 양반·하인 장면을 그렇게만 보는 것은 옳은 자세가 아니라고 본다. 물론 조선시대에 민중이 양반층을 보는 눈은 곱지 않았고 매우 싸늘했던 것도 사실이다. 그렇다고 해서 비록 연극이라 하더라도 공중 앞에서 하인이 주인 양반을 마음대로 망신 주고 놀림감으로 삼을 수 있었을까? 바로 그 점이 탈춤에 등장하는 양반은 가짜 양반임을 짐작게 한다. 조선 후기인 18세기에는 화폐경제가 발전하면서 중인과 서민들 중에 부자가 많이 생겨났고 신흥 부자가 타 지역으로 이주하여 돈을 들여 족보를 새로 만들어 양반 행세를 하는 경우가 적잖았는데 이들이 바로 가짜 양반이었다. 그런데 이들은 양반 신분을 사는 데 그치지 않고 관직까지 매수할 정도로 관료사회의 부패와 도덕의 붕괴, 그리고 계층 간의 혼란이 심했다. 탈춤은 바로 이러한 조선 후기 상류사회의 가치관 전도와 혼란, 타락상을 양반에 초점을 맞춰 풍자한 것이다.

한편 세 번째 장면인 부부(영감 · 미얄할미) 이야기는 영감이 가출 수년 후에 젊은 첩을 데리고 귀가하면서 자연스럽게 벌어지는 격렬한 삼각 갈등 속에서 조강지처인 할미의 죽음으로 종결되는 내용이다. 이것은 곧 조선 후기의 피폐한 경제 상황과 민중의 빈곤 속에 야기되었던 가족 붕괴 내지 해체를 의미한다. 비근한 경우로서 문민정부 때, 갑자기 닥친 IMF를 만나 상당수의 가족 해체가 일어났던 사례에서도 유추가 가능하다. 솔직히 조선 후기의 경제 상황은 IMF 때와는 비교할 수 없을 정도로 피폐했기 때문에 민중은 극심한 가난 속에 고통을 겪었었다.

이상과 같이 봉산탈춤은 단순한 풍자극이 아니라 조선시대의 종교적 구도 문제와 격심했던 정치사회의 변동과 와해 문제, 그리고 가난에 허덕이던 서민 가정의 해체까지를 폭넓게 아우른 가면극인 것이다. 바로 그 점에서 조선시대 민중의 깊은 영혼 세계와 혼돈스럽고 부패했던 정치 사회 문제, 그리고 가정 문제를 경쾌한 춤과 노래를 곁들인 한 편의 놀이예술로 승화시킬 줄 알았던 우리 조상들의 지혜가 놀랍기 그지없다.

탈춤, 풍자의 춤사위에 민중의 소리를 담다

판소리 〈심청가〉는 효도극인가?

　우리나라 공연예술 중에서 유네스코 세계문화유산에 등재된 것은 영산재(靈山齋)와 판소리 두 가지뿐이다. 그중 영산재는 훌륭한 공연예술이긴 하지만 이따금 절에서만 연행되는 불교의례이므로 대중이 자주 접할 수 있는 공연예술은 판소리가 유일하다.

　판소리는 현대에 와서 지난 시절의 한 민속예능으로 푸대접(?)받고 있지만 19세기에는 오늘날의 뮤지컬이나 방송 드라마 이상으로 대중의 절대적인 사랑을 받았던 음악극이었다. 왜냐하면 판소리는 우리 민족의 정서를 가장 함축적으로 승화시킨 공연예술 양식이었기 때문이다.

　판소리는 남도 무속을 모태로 하여 오랜 세월에 걸쳐서 각종 민요, 불가(佛歌), 이언(俚諺), 양반가사 등을 용해시켜 18세기에 그 형태를 드러낸 민족예술의 정수이다. 어느 나라 누구도 흉내낼 수 없는 매우 독특한 예술 양식으로서 세계에 자랑할 수 있는 문화 형태인 것이다. 그런데 성리학을 국가 이념으로 삼은 조선시대에 판소리 담당층이 천민들이어서 자연스럽게 걸쭉한 해학과 에로티시즘이 밑에 깔리게 되었고, 이를 못마땅하게 생각한 인텔리들이 열두 마당 가운데서 상당수를 고의적으로 인멸(湮滅)시킴으로써 개화기 이후에는 다섯 종류만 전해지게 되었다.

그중에서도 〈춘향가〉와 〈심청가〉는 오늘날까지 어떤 작품보다도 사랑받고 있는 대표적 전통예술로, 누구에게나 잘 알려져 있다. 왜냐하면 두 작품은 영화로서뿐만 아니라 TV 드라마, 창극, 무용, 심지어 상품 광고 이미지로까지 광범위하게 활용되고 있기 때문이다. 특히 〈심청가〉는 효도 윤리가 점점 퇴색해가고 있는 현대에 와서 효심을 상기시키려는 의도로 자주 패러디되어 대중의 호기심을 자극하고 있다. 어떤 작가는 심청이가 중국 상인들에 의해 인당수에 던져지지 않고 청루(靑樓)에 팔려가는 것으로 묘사하기도 했다. 심지어 심청이를 늙은 아버지의 눈을 뜨게 하기 위해 젊은 청춘을 저버리는 어리석은 여자로 폄훼하는 개그까지 등장한다.

사실 고전은 현대 작가들의 상상력에 의해 여러 가지로 패러디할 수 있다고 본다. 그러나 원전의 깊은 의미를 도외하고 마구잡이로 패러디하는 것은 바람직해 보이지 않는다.

바로 그 점에서 〈심청가〉가 내포하고 있는 깊은 의미가 무엇인가를 천착해보는 것은 우리나라 고전을 이해하는 데 매우 중요하다. 사실 〈심청가〉의 줄거리는 학교에서 배우지 않은 사람들도 모두 알고 있을 정도로 보편화되어 있다. 〈심청가〉는 심 봉사 눈뜨는 이야기, 심청이가 중국 무역상에 팔려서 인당수에 던져져 죽는 이야기, 그리고 나중에 심청이가 용궁에서 환생하여 왕비가 되어 크게 성공하는 이야기 등 세 가지가 기둥 줄기를 이루고 있다. 그런데 이 세 가지는 모두가 현실성이 없는 이야기들로서 당시 민중의 소망 사항, 즉 설화임을 짐작할 수가 있지 않은가.

오늘날과 같이 의학이 발전한 현대에서도 불가능한 장님 눈뜨기가 수백 년 전 조선시대에 가능한 일인가? 바로 그 점에서 심 봉사 눈뜨기는 하나의 희망사항임을 알 수가 있다. 동해안에는 최근까지 '심청굿'이 전해져 내려왔는데, 굿을 하는 당골에게 왜 그런 굿을 하느냐고 물었더니 당골 왈 '마을 노인들이 자꾸 눈이 침침해서 하는 것'이라고 답했다. 노안(老眼)을 심청굿으로 치유해보겠다는 하나의 소망인 것이다. 결론적으로 말해서 의학이 발전하지 않았던 조선시대 민중들이 가진, 모든 질병의 고통으로부터 벗어나고 싶어 했던 소망을 '심 봉사 눈뜨기'라는 개안설화(開眼說話)로 압축한 것이다.

그렇다면 두 번째 이야기인 중국 무역상들은 왜 거금(쌀 300석)을 들여 처녀 심청을 사서 서해안 인당수에 제물(祭物)로 바쳤을까? 그것은 당연히 바다의 신에게 처녀를 공물로 바침으로써 태풍에 의한 격랑을 미연에 방지하려는 의도에서다. 예전에는 세계의 각 민족들이 자연신을 위하여 살아 있는 처녀를 공물로 바치는 의식이 있어왔다. 이는 곧 인간이 자연의 재해, 즉 태풍, 홍수, 한발, 맹수들의 공격 등등으로부터 안전을 누리기 위한 고육지책으로 행한 의식이었던 것이다. 이런 것을 가리켜서 희생설화(犧牲說話)라고 일컫는다.

세 번째는 죽은 심청이 용궁에서 살아나서 왕비가 되어 부친 심 봉사를 찾아 드디어 눈을 뜨게 하고 함께 모였던 장님들도 덩달아 모두 눈을 뜨는 종결 부분의 이야기다. 그런데 여기서 눈여겨볼 대목이 바로 인당수(물)다. 알다시피 기독교에서 사제가 신도에게 세례를 줄 때

최종적으로 정화(淨化)의 수단인 물을 사용한다. 그러니까 심청이 바다(물)를 통하여 재생하는데, 재생한 심청은 실존적 존재가 아니라 환상(꿈) 세계 속의 존재인 셈이다. 솔직히 용궁이 어디 있나. 조선시대의 문학작품들 상당수가 전반은 현실이고 후반은 꿈(환상 세계)으로 구성되어 있다. 이처럼 걸인에 가까울 만큼 밑바닥 인간(심청)이 왕비에 오를 만큼 출세하는 이야기를 문학에서는 영웅설화(英雄說話)라고 칭한다.

왜 이러한 영웅설화가 탄생했을까. 그것은 두말할 나위 없이 가난으로부터 벗어나고 싶은 당시 사람들의 욕망에서 비롯된 것이다. 만약에 심청이가 부자였다면, 부친이 눈을 뜰 수 있다면야 현금으로든 땅을 팔아서든 300석을 마련하여 부처에게 시주할 수 있었을 것이다. 그러나 심청은 가난해서 중국 무역상에게 자신의 몸을 판 것이다.

이러한 전후 사정을 감안하지 않고 사람들은 수백 년 동안 오로지 심청이의 효심에다만 초점을 맞춰서 〈심청가〉를 효도를 주제로 한 작품으로 해석하고 이해해왔다. 물론 그렇게 해석할 수 있는 부분도 없지는 않다. 그러나 〈심청가〉는 경제적으로 항상 빈곤하고, 의학이 발전되지 않아 온갖 질병에 허덕이고, 홍수·가뭄·태풍·맹수 습격 등 자연재난을 당해가며 살아야 했던 우리 조상들이 그런 고통으로부터 벗어나고 싶어 했던 꿈(희망)을 한 편의 예술작품으로 승화시킨 것이다. 좀 더 구체적으로 말하면 모든 사람들이 병도 말끔하게 낫고(심 봉사 눈뜨기), 태풍도 안 일어나 농어업이 순탄하며(처녀 심청 인당수 제물로 바치기), 가난에서 벗어나 유복하게 되는(심청이 왕비 되기) 소망을 결국에는 이루게 되는 행복한 결말의 이야기를 꾸며낸 것이다.

〈심청가〉의 작가 이름이 밝혀져 있지 않은 이유도 바로 거기에 있는 것이다. 그러니까 〈심청가〉는 조선시대에 어느 작가 개인이 쓴 것이 아니라 오랫동안 민중 속에서 자연스럽게 이야기가 만들어지는 과정에서 보태지고 빠지기도 하면서 형성되었다는 이야기가 된다(물론 19세기에 신재효가 판소리를 세련시키기는 했었다). 학교 국어 시간에 교사들은 그런 과정을 모르고 작가 미상으로 얼버무리고 지나가지만 '미상'이 아니라 '없다'거나 '무명의 다수 민중'이라고 말해야 옳다. 기원전 4~5세기 그리스에서 쓰인 〈오이디푸스 왕〉도 작가가 소포클레스라고 명확하게 밝혀져 있는데, 겨우 300~400년 전에 나온 〈심청가〉의 작자를 모른다는 것이 말이 되는가. 〈춘향가〉라든가 〈홍보가〉, 〈수궁가〉 등도 모두 비슷하다.

그런데 여기서 우리가 주목해야 할 것은 〈심청가〉를 포함하여 판소리의 모든 작품에서 보여주는 행복한 결말이다. 즉 가녀린 처녀의 사즉생(死則生) 효심으로 중국 무역상은 태풍 없이 장사를 잘 했을 것이고, 심청은 왕비가 되어 크게 출세했으며 심 봉사는 수십 년 만에 드디어 눈을 뜸으로써 광명을 찾았으니 이 이상 행복이 어디 있겠는가. 〈춘향가〉에서는 옥중의 춘향이가 정경부인으로 출세하고, 〈홍부전〉에서는 가난에 찌들었던 홍부가 벼락부자가 되지 않나.

이처럼 우리나라의 판소리는 물론이고 소설 등 모든 예술작품은 해피엔드로 마무리를 짓는다. 그렇다면 이것이 뜻하는 것은 무엇일까. 이는 두말할 나위 없이 한국인의 긍정적인 세계관과 낙관주의를 의미한다. 한국인들은 본래부터 질질 짜는 비극을 싫어했다. 오늘날 대중의 사랑을 받고 있는 방송 드라마도 대부분 해피엔드로 끝나지 않나.

주인공을 죽이면 시청자들이 난리를 친다. 이러한 낙관적 현세주의가 우리나라를 단시일에 세계 10대 무역 강국으로 만든 원동력이 되었다고 보아도 크게 어긋나지 않을 듯싶다.

꼭두각시 인형극에 대하여

　요즘은 세상에 없는 것이 없을 정도로 물질의 풍요가 지나치게 넘쳐나서 정신을 산란케 할 정도이다. 오락 또한 문명의 진보에 따라 영상기술과 IT기술까지 발달함으로써 변화무쌍하고 다양하여 어지러울 지경이다. 그런데 한 세기만 거슬러 올라가도 세상은 적요했다. 아이들은 주로 땅바닥에 앉거나 서서 자치기나 구슬치기, 땅따먹기, 줄넘기, 연날리기, 팽이치기 등 다분히 원시적인 놀이로 시간을 메꿨고 어른들은 화투나 바둑, 장기, 널뛰기, 그네타기, 윷놀이 등으로 세월을 낚았었다.

　따라서 어쩌다 마을에 들어오는 유랑극단은 정말 색다르고 호사스러운 구경거리였다. 본디 인간은 의식주가 만족되면 그다음으로 오락거리를 찾으니, 오락이야말로 의식주 버금가는 삶의 필수 요소라고 할 수 있다. 그 결과 선진 문명국가들은 다양하고 고급스런 오락, 즉 예술을 자랑하지만 비문명국가들은 여전히 원시적인 오락으로 만족하고 있다. 예를 들어서 서양 선진국의 고급 예술과 아프리카 오지의 단순한 무용은 좋은 대조를 보여준다고 하겠다. 우리만 하더라도 전술한 바 있듯이 전(前) 세기까지는 원시적인 오락으로 만족하다가 단 한 세기 만에 문명국가로서 격조 높은 예술과 다양한 오락으로 날을 지새고 있다.

그렇다면 변변한 극장 하나 없던 전 세기에 우리들을 설레게 했던 유랑극단은 언제부터 어떤 놀이로 사람들의 마음을 샀던 것일까. 지난 시절 전국을 떠돌면서 사람들의 마음을 설레게 한 유랑극단들은 인류학적으로 볼 때 아주 오래전에 대륙과 연계되어 삼국시대부터 전래되었으며 아마도 전 세계 유랑극단들의 원조라 할 인도 북부의 집시와도 닿아 있으리라 추측된다. 유랑극단은 그 종류도 다양하여 남사당패를 위시하여 솟대쟁이패, 굿중패, 걸립패, 날탕패, 사당패 등이 있었으며 이들이 가지고 다닌 놀이도 조금씩 달랐다. 가난 속에 천대까지 받으며 대중에게 행복을 안겨주었던 유랑극단들도 모두 현대문명에 밀려나 사라지고 지금은 대표적인 유랑극단이었던 남사당패 한 가지만 겨우 명맥을 유지하고 있다.

이 동네 저 동네 떠돌아다니던 남사당패는 여섯 종류의 놀이로 사람들을 즐겁게 했다. 두레(농악)를 시작으로 하여 살판(땅재주), 버나(접시돌리기), 어름(줄타기), 덧뵈기(탈놀이), 그리고 꼭두각시놀음(인형극)이 바로 그것이었다. 여섯 종류로 두세 시간을 놀았는데, 그중에서도 마지막 놀이는 인형극인 꼭두각시놀음이었다. 이 인형극은 다른 이름으로 박첨지놀음, 홍동지놀음이라고도 불리는데, 마치 셰익스피어의 〈햄릿〉처럼 주인공의 이름을 붙이는 관례에 따른 것이다.

여기서 잠시 참고 삼아 한 가지 부연 설명하면 꼭두각시극도 유랑극단들처럼 고대 인도 북부에 살던 집시의 인형극이 단초가 된다는 것

꼭두각시 인형극에 대하여

이 세계 인류학자들의 주장이다. 집시들이 시작한 인형극은 동서양 유랑극단들의 대표적인 레퍼토리였다. 서쪽 유럽 방향으로 흘러간 집시 인형극은 인형을 실에 매달아 조종하는 마리오네트(Marionette)로 발전했고, 동방으로 흘러간 것은 인형을 손으로 움켜쥐고 조종하는 푸페트(Puppet)로 발달한 것이 특징이다.

우리의 인형극 역시 푸페트형이며, 꼭두각시와 그의 남편 박첨지, 그리고 조카인 홍동지의 이야기가 주를 이룬다. 물론 인형극에는 박첨지 가족과 이들 말고도 스님을 비롯하여 평안감사, 표생원 등등 10여 명 이상이 등장하여 이러저런 이야기를 만들어내지만 좁혀보면 박첨지와 꼭두각시 부부 이야기다. 이것이 탈춤과 가장 큰 차이점이다. 그런데 여기서 한 가지 간과해서는 안 될 것이 있는데, 인형극도 세월 속에서 자연스럽게 내용이 형성, 첨삭되는 구비문학이라서 채록자의 극본에 따라 이야기가 조금씩 다르고 남북한의 차이도 있다. 물론 탈춤처럼 지역에 따라 여러 가지 극본이 있는 것은 아니지만 남한의 안성 극본과 북한의 황해도 장연 극본 두 가지가 전하고 있다.

남북한에 이 두 가지 극본이 전하는 것은 지난 시절 남선 지방을 다니던 남사당패가 추운 겨울에는 안성에 머물렀고, 북선 지방을 떠돌던 남사당패는 장연에 머물렀기 때문이다. 두 종류의 차이점은 마지막 장면에 있다. 안성 극본은 박첨지가 지은 절(寺)을 다시 허물고 끝나는 데 반해 북쪽 극본은 허물지 않는다. 이 점은 후술하겠거니와 매우 중요한 의미를 지닌다. 여하튼 학계에서는 꼭두각시 인형극의 내용과 주제를 탈춤과 비슷하게 파계승 풍자, 양반 비판, 그리고 처첩의 삼각 갈등 정도로 규정하고 있다.

그러나 자세히 들여다보면 꼭두각시 인형극은 탈춤과는 많이 다르다. 우선 이야기의 전개에 있어서 탈춤처럼 승려 이야기, 양반 이야기, 부부 이야기가 옴니버스 형태로 구성된 것이 아니고 박첨지 부부 이야기로 일관되어 있다. 그러니까 탈춤처럼 승려 이야기가 주가 되어 있지 않고 처음부터 박첨지가 처자(꼭두각시와 딸)를 버리고 방랑 생활을 하면서 겪는 여러 가지 에피소드, 이를테면 그가 중과 딸들의 연애를 지켜보는 것을 비롯하여 마을 앞 냇가에서 이시미에게 잡혀 먹기 직전에 힘센 홍동지에 의해 구출되는 이야기, 또 그가 조강지처 꼭두각시와 재회하고 영원히 이별하는 이야기, 평안감사의 사냥과 감사 모친 장례 이야기 등 일관성 없는 내용인데 마지막은 절을 짓고 허무는 것으로 끝난다. 그래서 10막 내지 11막이나 되는 것이다.

이처럼 극이 들쭉날쭉한 이야기들로 엮어져 있지만 자세히 들여다보면 매우 흥미롭고 중요한 내용이 밑에 숨겨져 있음을 발견케 된다. 작품의 뼈대를 이루는 박첨지 부부 문제가 그것인데, 박첨지가 탈춤의 영감처럼 가난 때문에 가족 해체 과정에서 집을 떠나자 아내 꼭두각시는 금강산 절로 들어가 불목하니로 일하면서 남편을 기다린다. 그러다가 수년 만에 재회하고 보니 박첨지가 젊은 첩(돌머리집)을 얻었음을 알게 되어 재산 싸움까지 벌였지만 꼭두각시는 참패하고 '잘 살아라, 나는 간다'고 처연하게 노래를 부르며 다시 금강산 절로 돌아간다. 이 승에 절망한 그녀가 보살(불교)로 귀의하는 것이다. 그 후의 박첨지의 떠돌이 삶이 궁금하지만 별스런 것은 없다. 세속적으로 추측하는 대로 그가 젊은 첩과 오손도손 행복하게 사는 내용도 전혀 없다. 다만 마지막에 박첨지가 절을 짓는데, 이는 그가 불교에 귀의하는 의미 같지만

꼭두각시 인형극에 대하여

다시 그것을 허물고 끝낸다는 것은 종교도 부정하는 것으로 유추하게 된다. 그렇다면 그가 궁극적으로 추구하는 것은 무엇일까. 그러니까 부부 중에 꼭두각시는 분명히 불교로 귀의하는데, 남편 박첨지는 불교로 귀의했다가 그마저 부정하는 것이다. 그러니까 박첨지는 가정과 처자도 버리고 불교도 일단 귀의했다가 저버림으로써 결국은 이 세상에는 아무것도 없다는 것으로 끝낸다. 한마디로 허무주의자라고 말할 수가 있다.

바로 이 점에서 고려 말의 천재적 문인 이규보가 이 꼭두각시 인형극을 구경하고 쓴 관극시를 한번 들여다 볼 필요가 있다.

> 조물주가 사람을 갖고 놀기를 인형극 놀리듯 하는데
> 달관한 사람은 인형극 보기를 자신을 보듯 한다
> 사람 사는 꼴이나 인형극 내용이나 다 같은데
> 도대체 누가 옳고 누가 그르다 하는가
> 造物弄人如弄幻, 達人觀幻似觀身,
> 人生幻化同爲一, 畢竟誰眞復匪眞*

도교에 능통했던 고려시대의 대학자 이규보는 꼭두각시 인형극을 보고 그 내용이 세상을 살고 있는 우리 모습과 같다면서 노자(老子)의 대국적 눈으로 우주와 인생을 바라보면 '모두 다 하잘것없다'고 말한

---

* 『동국이상국후집』 제3권 古律詩. 고문헌에서 幻은 인형극을 뜻한다.

것이었다.

꼭두각시 인형극도 탈춤처럼 표현은 단순 소박하지만 은유와 상징으로 당대의 깊은 사상을 표출하고 있다. 훌륭한 예술작품이란 언제나 당대의 사상과 민중의 삶, 그리고 꿈을 담게 마련이다. 그렇게 볼 때 꼭두각시 인형극은 고려의 국교였던 불교와 당시 성행했던 도교 사상을 바탕에 깔고 당대 민중의 고된 삶과 소박한 꿈을 묘사한 예술임을 알 수가 있다.

꼭두각시 인형극은 비록 천대받던 유랑극단이 갖고 다니던 놀이지만 그 내용에 지난 시대 민중의 소박한 삶과 꿈, 그리고 깊은 사상을 함축하고 있기 때문에 천수백 년 동안이나 민중의 호응을 얻어 오늘날까지 그 생명력을 유지하고 있는 것이라 말할 수가 있다.

　　　　　　　　　　　꼭두각시 인형극에 대하여

조선시대 궁중 언로(言路) '소학지희'에 대하여

　　지식사회의 정착과 기계문명의 발달로 인하여 오늘날 우리 사회에는 과잉일 정도로 정보가 차고 넘친다. 지구촌의 어느 곳에서 일어나는 일이든 단 몇 분이면 전 세계인들이 알 정도가 되었다. 따라서 국가 통치자들은 집무실에 가만히 앉아서도 나라가 돌아가는 것을 소상하게 파악할 수가 있다. 더구나 각 나라마다 다양한 정보 부처까지 두고 있어서 그들을 통하여 보통 사람들이 알 수 없는 깊숙한 일들까지 알 수가 있어 정책을 펴는 데 매우 유리한 입장에 있다.

　　그러나 신문, 방송, 인터넷 등 언론매체가 전무했던 조선시대에는 국가에 정보부처가 있었다고 하더라도 임금은 세상 돌아가는 것을 소상하게 알 수가 없었을 것이고, 더구나 전국에 퍼져 있는 국가기관에서 일하고 있는 신하들이 일을 잘하는지 못하는지, 특히 비행 같은 것을 알 수가 없어서 신상필벌을 제대로 하기가 어려웠을 것 같다. 사실 이러한 현상은 조선시대만이 아니고 문명이 발달했던 서양에서도 예외가 아니었다. 따라서 어느 나라에서든 캄캄히 왕을 둘러싼 음모가 다반사였다.

그런데 문명국가 영국의 경우를 보면 매우 흥미로운 것이 일조했는데, 그것이 다름 아닌 연극이었다. 가령 셰익스피어의 유명한 작품들 중 〈햄릿〉이라든가 〈리어 왕〉을 보고 있노라면 답답한 시점에서 어릿광대가 등장하여 어리석은 왕을 준열하게 꾸짖거나 왕이 미처 모르고 있던 중요 사건을 연극을 통하여 간접적으로 알려줌으로써 매듭을 풀게도 했다. 풍자와 해학이 넘치는 어릿광대의 그런 극중극을 보면서 당대 영국을 부흥시킨 엘리자베스 여왕도 언제나 객석 상좌에 앉아서 환호했으며 마음 졸이고 있던 관객들 역시 안도의 한숨을 내쉬고 기쁜 마음으로 극장을 나서 일상으로 돌아가곤 했다.

그렇다면 그러한 연극이 동양에는 없었을까. 그렇지 않다. 조선과 일본에도 비슷한 형태의 연극이 있었고, 일본에서는 아직도 존속되고 있다. 예를 들어서 일본의 교겐(狂言)과 조선시대의 광대 소학지희(笑謔之戲)가 바로 그런 유형의 연극이었다. 그런데 교겐과 소학지희, 영국의 어릿광대극은 비슷하지만 큰 틀에서 보면 차이점이 있다. 교겐과 어릿광대극은 극중극 형태이고 소학지희는 독립된 연극 형태로서 앞의 두 가지는 아직까지 현존하지만 소학지희는 개화기에 와서 재담 형태로 존속하다가 소멸했다.

영국의 어릿광대극은 16세기 셰익스피어 시대부터 시작된 것이지만 교겐은 대체로 11세기부터였고 소학지희는 조선조 세종대왕 때부터 존속되었던 것으로 보아 역사가 깊다고 하겠다. 한편 어릿광대극과 소학지희 모두 해학성과 풍자성을 바탕으로 하면서도 풍자성이 강한 반면에 교겐은 풍자성보다는 해학성, 즉 놀이성이 강한 편이라는 점이 다르다. 즉 셰익스피어가 작품에서 어릿광대를 활용하는 것은 권력자

조선시대 궁중 언로(言路) '소학지희'에 대하여

들의 무모한 욕망, 집착, 어리석음 등을 질타하는 데 주안점을 두고 있었던 데 비해서 교겐은 전통극 노(能)의 극중극으로서 서민들의 화락(和樂)에 주안점을 두었다는 점에서 다분히 비정치적이었다.

노(能)는 가면극으로서 일본의 역사, 신화, 전설 등에서 소재를 가져오며 등장인물도 무장(武將) 등 역사적 인물들로서 그들의 생사 문제를 다룬 장중하고 심오하며 환상적인 가무극이다. 이러한 노의 극중극으로 들어 있는 교겐의 주인공들은 모두가 서민들로서 부랑자, 승려, 상인, 귀신 등이다. 그러니까 이들이 맨얼굴로 등장하여 익살과 과장된 몸짓으로 웃음을 유발함으로써 가면극 노의 무거움을 중화시켜주고 균형을 잡아주는 역할을 한다.

이제 우리나라의 소학지희는 어떠한 연극 형태이고 어떻게 연행되어왔으며 정치·사회·문화 진전에 기여했지를 검토해보아야 할 차례이다. 우선 소학지희는 기존의 전통극인 탈춤이라든가 판소리, 꼭두각시 인형극처럼 가면을 쓰거나 인형을 쥐고 하거나 또는 창(唱) 같은 표현수단을 쓰지 않는 일상적인 이야기식 연극이었다. 그러니까 소학지희는 보통 사람들처럼 평범한 차림새의 배우들이 등장하여 해학과 풍자와 같은 농짓거리로 관중을 웃기는 일종의 소극(笑劇)이다.

그런데 광대들이 어떻게 그런 연극 방식을 개발했을까. 바로 여기서도 우리의 전통극과 무속의 깊은 관련성을 확인케 된다. 전래의 별신굿은 오랜 시간 풍요와 다산을 비는 제의를 마친 다음에 남자 무당이 바통을 이어받아 독연, 소극 형태인 거리굿을 벌여왔는데, 이것이 세종대왕 시절부터 선정(善政)을 위한 한 방편으로서 소학지희라는 특수한 연극으로 발전한 것이다. 즉 소학지희는 여타 연극들과 달리 특별한 목적으로 특별한 시기에만 연행되었던 일종의 궁정극이었다.

또한 소학지희는 국가에서 음력 섣달 그믐에 치러지는 나례(儺禮)에서나 중국 사신의 영접 때 공연되는 나례의 끝부분에 연행된 연극이었다는 점에서 여타 전통극과 많이 다르다. 나례는 묵은 잡귀를 몰아내고 좋은 기운을 맞아들이는 국가 행사로서 주술사와 광대들이 진행한다. 그 마지막 놀이가 바로 소학지희이다. 그렇기 때문에 소학지희의 관객은 자연히 왕을 비롯한 세자, 종친 그리고 중신들일 수밖에 없다. 국가를 다스리는 이들을 상대로 한 연극이라면 오락의 차원을 넘어선 특별한 주제와 내용을 담은 놀이라는 것을 직감할 수가 있을 것이다. 앞에서 내가 이 연극을 가리켜서 해학과 풍자의 농짓거리라고 했는데, 이는 곧 왕이 전혀 모르고 있는 탐관오리들의 부패, 비행, 무능, 그리고 민간의 왜곡된 풍속 등을 매우 리얼하면서도 유머러스하게 고발 폭로하는 내용이기 때문이다.

좀 더 구체적으로 말해서 소학지희는 탐관오리들의 가렴주구와 매관매직, 권력 남용, 무능, 세리들의 과잉 징수 등의 비행, 그리고 서민들의 질곡의 삶 등을 내용으로 했으며 때로는 왕의 비행까지를 포함시키기도 했다. 따라서 작품의 주인공들은 비위를 저지른 현직 고관대작들과 하급관리들이 대부분이고 실제 있었던 사건을 다루었다. 더하여 이미 지난 사건사고도 재구성하여 극화하곤 했다. 이처럼 소학지희는 왕으로 하여금 신하들이 국가와 백성을 위해서 제대로 봉사하는지의 여부와 백성의 진정한 고통이 무엇인지를 제대로 알게 하여 선정(善政)을 베풀게 하려는 데 궁극적 목적을 두었던 오늘날의 정치 개그와 유사한 연극 형태였다.

조선시대 궁중 언로(言路) '소학지희'에 대하여

소학지희는 궁궐 뜰에서 광대 혼자서도 하고 때로는 두세 명 그 이상이 할 정도로 형식은 단출했지만, 광대들의 초청, 극본 마련, 연습, 그리고 경비 지급 등을 의금부에서 맡아 했을 정도로 중요시되고 있었다. 오직 조선에만 존재했던 소학지희는 전제군주 시대의 매우 중요한 언로(言路)였으며 그런 연극을 현군이었던 세종대왕이 처음 시도해서 수백 년 동안 시행함으로써 나라를 바로 세우는 데 일정 역할을 했다고 말할 수 있다.

소학지희를 소재로 영화로 만들어 크게 화제를 모았던 작품이 바로 〈왕의 남자〉(2005)이다. 당초 신예 극작가 김태웅이 '친근한 너'라는 뜻의 희곡 〈이(爾)〉를 써서 무대에 올려 주목을 끌었고, 곧바로 이준익 감독이 그 희곡을 각색하여 영화로 만들어 1천만 명이 넘는 관객을 불러들여서 인기작의 반열에 오른 바 있다. 〈왕의 남자〉는 15~16세기 연산군 시절을 배경으로 하여 『조선왕조실록』과 성현(聖俔)의 잡문집이라 할 『용재총화(傭齋叢話)』에도 등장하는 유명한 미남 광대 공길(孔吉)과 장생이라는 두 주인공이 연산군과 장녹수와 얽혀 벌이는 특이한 애증 사극이다. 결국 중종반정으로 연산군이 몰락하는 것으로 이야기가 끝난다.

〈왕의 남자〉가 연산군의 괴이한 성격과 광대, 장녹수, 정승들과의 복잡다단한 인간관계 등을 다양한 민속놀이를 활용하여 매우 재미있게 만들어 관객들의 큰 호응을 얻긴 했지만 역사 고증에 결정적 오류가 있는 것이 문제였다. 이들이 장차 중국 시장을 염두에 두느라 그랬는지는 몰라도 연산군의 생모 폐비 윤씨가 사약을 받은 사건을 재현하는 극중극으로서 경극(京劇)을 활용한 것이다. 16세기를 시대 배경으로 한 이야기에, 200년 뒤(청나라 시절인 1780년에 연경에 간 박지원의 『열하일기』에 경극 공연 장면에 대한 글이 있다)에 형성된 경극을 쓰다니 말이 되는가.

물론 역사극은 사실에 얼마든지 픽션을 가미할 수 있지만 엄연한 시대까지 왜곡하는 것은 있을 수가 없다. 왜 구태여 중국 경극을 활용해야 했는지도 이해가 되지 않는다. 바로 그 점에서 이준익 감독은 셰익스피어의 〈햄릿〉을 연구했어야 했다. 그 작품에서 주인공 햄릿은 극중극을 활용하여 숙부가 형(햄릿의 부왕)을 살해하고 갑자기 왕위에 오르면서 형수까지 아내로 맞은 사실을 질타하지 않는가. 따라서 아무리 역사극이라고 하더라도 본질적인 것까지 왜곡해서는 안 된다는 이야기다(사진실, 『한국연극사 연구』 참조).

조선시대 궁중 언로(言路) '소학지희'에 대하여

우리 시대 국창의 아름다운 사모곡

— 안숙선의 이야기창극 〈두 사랑〉

2919년 4월, 세종문화회관 S씨어터에서는 색다른 공연이 만장의 관객들을 감동시킨 바 있다. 그것이 다름 아닌 우리 시대 유일한 국창이라 할 안숙선(安淑善)의 이야기창극 〈두 사랑〉을 일컫는다. 그 공연이 색다르면서도 의미 있다고 본 것은 크게 두 가지 이유 때문이다. 그 한 가지가 전통 애호가들로부터 큰 사랑을 받고 있는 안숙선 명창 개인사에 관한 것이라면 다른 한 가지는 후원사인 '현대차정몽구재단'에 관한 것이다.

우선 작품 〈두 사랑〉은 제목이 암시하듯이 안숙선이 당대의 대명창으로 우뚝 설 수 있도록 철저한 가르침을 준 두 스승, 즉 만정 김소희 (1917~1995)와 향사 박귀희(1921~1993)를 기리는 한편 그들에게서 전수받은 과정을 관중에게 진솔하게 알려주는 내용이다. 국악인은 말할 것도 없고 국악 애호가들도 익히 알고 있듯이 김소희와 박귀희는 해방 이후 국악을 이끌어온 쌍두마차라 할 정도로 판소리와 가야금의 최고 명인들로서 예술학교까지 세워 후진을 양성하는 데 크게 이바지한 인물들이다.

이 두 분은 당대의 출중한 예인으로서뿐만 아니라 인격적으로도 훌륭해서 많은 사람들로부터 존경을 받았는데, 이런 분들에게 사사(師事)한 안숙선은 청출어람(靑出於藍)의 표본이라 할 정도로 기예 면에서나 인품 면에서 단연 군계일학이다. 내가 30년 전에는 글을 쓰려고 만정을 몇 번 만나보았고, 국립창극단 운영위원장 시절에는 안숙선과 교유를 가지면서 느낀 것은 '그 스승에 그 제자'라는 생각이 들 정도로 두 분이 기예와 인품 면에서 빼닮았음을 확인할 수가 있었다.

그 점을 이번 공연을 관극하는 동안 안숙선의 소리로, 대사로, 그리고 몸짓으로 직접 접할 수가 있어서 더욱 즐거웠다. 그녀의 이력에 대하여는 여러 매체를 통하여 대강 알고 있었지만 객석에 앉아서 그의 예술 인생을 입체적으로 목격하는 것은 특별한 체험이었다. 예향 남원에서 아홉 살의 소녀가 예도에 들어서게 된 데는 역시 집안의 DNA가 자리 잡고 있었다고 한다. 즉 소리와 가야금을 전문으로 하는 외숙과 이모가 있었기에 그녀는 자연스럽게 국악에 이끌렸고, 촉망받는 어린 나이에 향리의 여성농악단의 일원이 되어 전국 순회공연도 경험한다.

그녀는 그렇게 장래가 촉망되는 소녀 명창으로 입소문이 나면서 이미 전국적인 명성을 지니고 있던 만정 김소희의 부름을 받게 된다. 만정의 부름은 곧 그녀가 대성의 길에 들어섰음을 의미하는 것으로서 상경(上京)이라는 생활 터전의 변화로부터 시작된다. 평생 로망이었던 만정을 만나면서 소녀는 판소리는 물론이고 각종 악기 다루는 법을 배웠고, 특히 스승의 인격교육이 그녀를 급성장시킨다. 당시 워커힐에서는 정기적으로 국악 공연이 있었기 때문에 그녀는 서울 생활에서도 쉽게 안정을 찾을 수가 있었다. 항상 배움에 목말라했던 소녀는 자신의

우리 시대 국창의 아름다운 사모곡

약점이었던 가야금병창까지 습득하기 위하여 그 분야 최고의 명인 향사를 찾았다. 그로써 그녀는 차세대 국악계의 히로인으로 누구나 인정할 정도가 되었다.

그녀가 갓서른 나이에 국립창극단에 입단하면서 그동안 수련해온 실력이 드러나기 시작한다. 아담한 체형이 전형적인 한국 여인상 그대로인 데다가 그동안 닦아온 소리와 춤 실력은 말할 것도 없고 연기력까지 타고나 모든 주인공역을 완벽하게 소화해냄으로써 단번에 타인 추종 불허의 프리마돈나로 확고하게 자리 잡게 된다. 옆에서 지켜본 나로서는 그녀의 사람 됨됨이부터가 남달랐다는 생각이다. 그는 항상 명랑하고 남을 배려하며 겸손했고, 매사 진지하고 끊임없이 노력하며 어느 경우에서든 범접할 수 없을 정도로 품격을 지키는 자세가 나이에 비해 너무 어른스러웠다.

게다가 그는 시대까지 잘 타고났다고 말할 수가 있다. 그를 가르친 스승들만 해도 일제강점기에 활동했던 터라, 가난은 물론이고 탄압과도 싸워야 했으며 사회의 냉대와 함께 남존여비의 구도덕률하에서 여성 국악인들은 자존마저 지킬 수 없는 상황에서 갖가지 수모를 당해야 했다. 그런 가운데서도 만정이나 향사는 여성 국악인으로서의 품격을 꿋꿋하게 지켜 타의 모범이 되었고, 그런 정신과 예도를 안숙선에게 고스란히 전수해주고 떠난 것이다.

더하여 그녀는 가정사, 곡절 많았던 상당수 선배들과 달리 적령기에 건실한 반려자를 만나 안정된 가정에서 자녀를 키우는 모범 주부로서 예술 활동에 더욱 정진할 수가 있었다. 따라서 그녀의 명성은 날이 갈수록 더해졌고, 두 스승 향사(1993)와 만정(1995)이 차례로 타계하면서 단번에 우리 시대 최고 명인의 자리에 오를 수 있었다. 게다가 전에 없었던 대통령 취임식장에서 축가를 불렀으니 국창(國唱)이라는 명칭을 붙여도 틀린 말이 아니게 되었다. 그런 그녀가 부동의 독보적 자리에 오를 수 있도록 키워준 스승을 추억하고 기리는 한편 자신의 무대 인생 62주년 기념 공연까지 겸한 기획이 바로 〈두 사랑〉이다.

그런데 작품은 모노드라마라고 했지만 실제로는 범용한 음악극이 되었다. 왜냐하면 그녀의 분신이 한 무대에 세 명이나 등장하기 때문이다. 그러나 그것이 아쉬운 문제가 되는 것은 아니다. 결론부터 말하면 일단 작품으로서는 좋은 점수를 주기가 어렵다는 생각이다. 물론 평생 스캔들 하나 없을 만큼 자기 관리가 철저하고 성공 가도만을 달려온 그녀의 삶을 빼어난 예술작품으로 재구성해내기는 쉽지가 않았을 것이다. 그렇다고 해서 한 탁월한 예술가의 인생을 마치 인터뷰 기사처럼 평면적으로 나열하려면 무엇하러 무대극으로 꾸몄는가 하는 것이다.

가령 작가(이동연)는 창작 배경에 대한 글에서 "제작자의 무모한 기획과 무리한 요구가 화를 부르진 않을까 하는 걱정"을 했다고 썼다. 그러니까 작가는 그녀의 인생에 혹시나 흠을 낼까 걱정했다는 것인데, 그런 두려움부터 갖고 어떻게 한 예술가의 내면세계를 심도 있게 형상화해낼 수가 있었겠는가. 그리고 연출가는 "자신을 예술에 온전히 바침으로써 그 예술이 열어 보이는 지평의 그 한계까지 나아갈 수 있는 삶"을 형상화했다고 하는데, 장면의 어디에서 그러한 경지가 극적으로 표현되었다는 것인가. 이번 작품이 너무 평이하게 만들어졌음은

〈뱃노래〉로 끝낸 마지막 장면에서도 잘 드러난다.

그럼에도 불구하고 이번 공연을 보면서 사제 간의 돈독한 사랑과 존경심, 그녀의 높은 경지의 절창(絶唱) 속에 녹아 있는 지극한 스승 기림이 날로 퇴색해가는 오늘의 각박한 세태에 깊은 울림으로 다가온 것은 부인할 수가 없었다.

또 한 가지 감동을 받은 것은 세계적 자동차회사를 이끌어온 정몽구 회장이 재단을 만들어 말없이 예술 진흥에 나선 사실을 알게 된 점이다. 2015년에 설립된 현대차정몽구재단이 한국예술종합학교와 손을 잡고 '예술세상 마을 프로젝트'라는 프로그램을 만들어 지역 농산어촌 마을을 중심으로 클래식 및 국악 축제와 예술 교육을 펼쳐 마을과 마을 주민의 발전은 물론, 많은 국민들에게 아름다운 자연 속 예술 향유와 일상의 즐거움을 선사하고 있다.

이 재단은 그동안 클래식 마을로는 평창의 계촌을, 국악마을로는 남원의 비전과 전촌을 선정하여 매년 축제를 개최하며 마을의 아동 청소년과 주민을 대상으로 예술 교육까지 실시하고 있다. 구체적으로 살펴보면 남원 비전, 전촌 일대에서는 동편제마을거리축제를, 평창의 계촌마을 일대에서는 클래식 거리 축제와 아마추어 클래식 콩쿠르를 개최하고 있다.

현대자동차라고 하면 으레 거친 기계공업회사로서의 이미지나 노조 파업 같은 사건을 연상케 되는데, 그런 회사 회장이 어떻게 아직까지 어떤 대기업도 생각지도 못했던 한촌(閑村)의 예술 진흥을 위한 재단을 생각해냈을까 의아스럽기까지 하다. 그러나 현대차정몽구재단의 섬세한 촉수는 감동적이고 충분히 박수받을 만하다. 왜냐하면 대기업이 정말로 해야 할 일을 하고 있기 때문이다. 바로 그 점에서 현대자동차라는 기업에 희망이 있고, 대한민국도 살 만한 나라라고 확신한다.

마지막 광대 김덕수

내가 고향에서 농악을 제대로 접한 것은 여덟 살 때인 1945년 8월 15일, 민족 해방 날이었던 것으로 기억하고 있다. 사실 우리 마을에 농악이 언제부터 전래되었는지는 알 수 없지만 내가 그전에도 놀이를 벌일 때마다 그 주변을 맴돌았을 것도 같다. 다만 농악의 흥겨움과 공포스러움을 인지한 때가 해방의 그날이었다는 이야기다. 여기서 공포스러웠다는 뜻은 농악대원들이 흥겹게 놀이를 벌인 직후 마을 맨 동쪽에 자리 잡은 큰 기와집으로 몰려가 일제 때 행세깨나 하던 구장어른 C씨를 끌어내어 욕하고 구타하던 장면이 눈에 선하게 남아 있는 데 따른 것이다.

해방 전날까지 근엄하고 존경(?)을 받던 구장어른이 왜 갑자기 개처럼 끌려나와 장정들에게 치욕을 당했는지 당시는 알 수 없었지만, 수년이 흐른 뒤 그것이 친일 행위에 대한 응징이었다는 것을 알았다. 또한 농악이 주민들을 단결시키는 수단임도 알게 되었다.

당초 농악은 마을 공동체의 상징인 '두레'('농악'이라는 용어는 일제 때부터 사용된 것)라는 이름으로 전래되어온 것 같다. 여하튼 농악대는 주로 7, 8월에 논두렁을 돌아다니며 놀았고, 설이나 단오, 추석 등 명절에나 놀았던 마을의 유일한 예술 단체였다. 농악대가 들판에서 한바탕 논 후 해가 서산에 기울 때, '농자천하지대본'이라 쓴 깃발을 앞세우고 날라리를 불며 마을로 돌아오는 풍경은 정말 신나고 멋졌다. 그런데 농악대가 명절에 놀이를 벌이는 것은 축제 행위로서 어려서도 알수 있었지만 그 무더운 여름에 왜 들판 논두렁 좁은 길을 돌아다니며 꽹과리를 치며 놀았는지는 성인이 되고서도 한참 뒤에야 알 수가 있었다. 그러니까 농악대가 흥겨운 놀이를 통하여 노동의 피로를 달래주고, 날라리의 아름다운 소리는 농작물의 성장을 도우며, 꽹과리 소리 (천둥벼락 소리)는 애벌레를 놀래켜서 작물을 못 먹게 막는 작용을 한다는 사실을 아는 데에는 많은 세월을 필요로 했다.

웬만한 농촌마을에는 당연히 농악대가 있었으므로 해방 전까지만해도 전국에 수천 개가 존재했었다는 이야기가 된다. 오늘날 K-POP과 클래식 등에서 한국의 젊은 음악가들이 전 세계적으로 명성을 떨치고 있는 배경에는 전통사회의 농악이라든가 굿놀이 등 민속예술의 풍성함이 뒷받침되어 있다는 것이 내 생각이다.

그러나 5 · 16군사정부 이후 농경사회에서 산업사회로 급격히 전환되고 청장년들이 농촌을 떠나 도시로 가면서 마을의 농악대들은 자연스럽게 소멸했다. 다행히 정부에서 주최한 전국민속경연대회로 겨우몇 군데에서 존속되다가 몇 곳의 농악대가 지방무형문화재로 지정되면서 지금까지 명맥을 이어오고 있는 것이다.

이러한 상황에서 소위 사물놀이라는 음악단체가 갑자기 생겨났는데, 그 배경 역시 역사적 우연이라고밖에 볼 수가 없다. 이 사물놀이는 딜레탕트였던 건축가 김수근(1931~1986)이라는 독특한 인물이 없었으면 존재하지 않았을지도 모른다. 왜냐하면 그가 매우 적절한 시기에 소극장 공간사랑을 만들고 거기서 우연스럽게 사물놀이라는 음악단체가 탄생된 것이기 때문이다. 많은 사람들이 기억하고 있다시피 김수근은 88서울올림픽 주경기장 등 건축사에 남는 명품을 여럿 남긴 탁월한 건축예술가였다. 건축을 문화 행위로 인식한 그가 1978년 4월 22일에 종로구 원서동 219번지에 아담한 4층 건물을 세웠고 그 지하에 100석의 사랑방형 소극장을 열었다.

평소 전통문화에 대한 애정과 실험정신이 강했던 그는 개관 공연으로 김소희의 판소리, 김윤택의 대금 연주, 이매방의 승무 그리고 김숙자의 도살풀이 등을 선보인 후, '공간 전통음악의 밤'이라는 명목으로 공옥진의 병신춤과 이동안의 발탈을 발굴했으며, 민속 연구자 심우성으로 하여금 농악에서 타악기 네 가지, 즉 장구(김덕수, 26세), 꽹과리(김용배), 북(이종대), 징(최태현)만을 엮어서 한판 놀게 했다. 그것이 소위 사물놀이 탄생의 역사적 단초였다.

대부분의 사람들은 사물놀이가 농악에 뿌리를 두고 있어서 아주 오래된 전통예술로 알고 있지만 실은 농악과는 궤를 달리하는 현대적 형태의 예술로 보아야 한다. 일찍이 영국의 저명한 역사철학자 에릭 홉스봄이 '전통도 창조되는 것'이라고 했듯이 사물놀이 역시 전통을 바탕으로 하여 현대에 와서 새롭게 창조된 예술 형태로 인식하는 것이 옳은 자세라고 본다. 여하튼 1978년 4월에 공간사랑에서 고고의 성을 올린 사물놀이의 핵심 멤버 네 명은 모두가 장래가 촉망되는 약관의 국악도들이었고, 창립 이후 현재까지 42년 동안 그 단체를 지켜온 유일한 인물이 단연 김덕수다.

그런데 당시만 하더라도 지하실의 비좁은 방에서 장난스럽게(?) 시작된 사물놀이가 나중에 전 세계를 누비며 국위를 선양할 줄은 솔직히 누구도 생각 못 했다. 그러나 의외로 사물놀이는 1980년대 이후 최소한의 비용으로 수년에 걸쳐서 전 세계 50여 개 국가들에 대한민국의 문화예술을 알리는 선봉장 역할을 한다. 1982년 6월 일본순회공연을 시작으로, 11월에 참가한 세계타악기인협회 82년 대회의 미국 연주로 크게 주목을 끈 것이 계기가 되어 몇 나라로부터 초청을 받았으며, 그로부터 사물놀이가 세계로 확산되어간 것이다.

사실 북 같은 타악기는 서양의 교향악단에도 필수적 악기일 정도로 중요하며, 원시성이 강하게 남아 있는 아프리카의 여러 나라에는 북이 주된 악기로서 음악의 바탕을 이루고 있다. 곧 타악기야말로 자연과 교직된 최적의 악기임을 상징한다고 말할 수가 있다. 사물놀이 네 가지 악기들 가운데 북은 구름을 뜻하고 꽹과리는 천둥소리를 뜻하며 징은 바람소리, 그리고 장구는 비 내리는 소리를 뜻한다. 좀 더 구체적으로 설명하면 구름이 끼고 천둥벼락이 치며 바람이 불면서 비가 내리는 형상을 압축해서 상징적으로 표현해주고 있는 것이 바로 사물놀이라는 이야기다.

이런 것이 세계인들에게 공감을 불러일으키는 것이야말로 극히 자연스런 현상이 아닐 수 없다. 한국을 제외하고 세계 어느 나라에도 이처럼 모든 생명체의 근원을 흔들 수 있는 네 가지 악기를 고루 갖추고, 그것을 조화시켜서 특수 예술화한 사물놀이를 가진 나라는 없다. 이러한 사물놀이를 수십 년 동안 이끌어온 대표적 인물인 김덕수 명인을 조명한 〈김덕수전〉이 2020년 무대에 올려졌다.

2019년의 안숙선 명창에 이은 명인 시리즈로서, 세종문화회관과 현대차정몽구재단이 공동주최하고 한국종합예술학교가 주관하여 사물놀이의 주역 김덕수를 기리는 음악극을 5월 28~29일 소극장에서 선보인 것이다. 같은 작가(이동연)의 작품이어서 구성은 비슷했다. 서장과 종장까지 합쳐 10장면으로 구성된 점에서는 전해보다 조금 진전된 형태로 보인다. 그럴 수밖에 없는 것이 김덕수는 유랑 광대의 자식으로 태어나 안숙선 명창보다는 훨씬 복잡하고 파란만장한 삶을 살았던 것으로 보이기 때문이다.

이번 공연은 순전히 김덕수를 위한 축하무대여서 사물놀이본뿐만 아니라 그와 인연이 깊은 앙상블 시나위, 한울림예술단, 남사당 등 여러 단체와 국악인들이 찬조 출연을 해주어 매우 화려한 축제를 만들어냈다. 구성은 연대기식이며 평면적으로 짜여진 것이 특징이었다.

그는 대전에 분거를 두었던 남사당패 명인인 김문학의 아들로 1952년에 태어나 다섯 살 때부터 새미(舞童)로 유랑극단을 따라다니면서 선배들로부터 각종 악기 다루는 법을 익혔고 국악예고에서 체계적인 교육을 받음으로써 만능 엔터테이너의 길로 들어설 수가 있었다. 그로부터 그는 이미 10대에 낙랑악극단 단원으로 전국을 다니면서 직업연예인으로 활동했고, 20대에 들어서는 한국민속가무단원으로 해외 공연 경험도 갖는다. 그리고 1970년대에는 대학가를 다니며 농악 전수에 심혈을 기울이던 중 1978년 사물놀이가 출범한 후에는 그의 인생에 큰 전환점이 만들어진다. 왜냐하면 1980년대에는 비록 군사정부 때였지만 86아시안게임과 88서울국제올림픽이 잇달아 열리면서 개방

사회로의 이행이 빨라졌고 그에 따라 그의 활동 폭이 해외로 확장되었기 때문이다.

그 후 그는 사물놀이를 이끌고 전 세계 50여 개 나라를 순회하면서 폭발적인 사물놀이 공연으로 발전하는 한국의 기상을 세계에 알리는 선봉장 역할을 한다. 여기서 선봉장 역할을 했다는 것은, 그동안 우리 예술단이 가보지 않은 국가들까지 누비게끔 기획자 겸 연주자로서 열정적으로 앞장섰음을 의미한다. 그 후에 그는 단순히 연주자로서보다는 중등학교와 대학, 그리고 민간인들에게 사물놀이를 중심으로 한국악을 가르치는 교육자로서 더 많은 시간을 바치게 된다.

이러한 그의 노력으로 전국에 많은 동호인들과 함께 아마추어 사물놀이 단체들이 탄생했으며 외국에도 그런 유사 단체가 적잖게 생겨났다. 그리고 주방에서 채소를 다듬는 비언어극 〈난타〉까지 파생하여 외국에까지 알려졌을 정도다. 이처럼 눈부시게 활동해온 그가 60대 후반에 접어들어서는 그동안 함께 고생했던 동지들과 가족에 대한 미안함, 고마움을 표하고 자신이 과연 국악 대중화에 얼마나 기여했으며 앞으로의 과제는 무엇인가 등에 대한 성찰의 시간을 갖는다. 마무리는 역시 그의 일생을 기리는 신명의 〈덕수타령〉으로 대미를 장식했다.

이번 축하 공연에 즈음하여 내가 김덕수를 가리켜 마지막 광대라고 지칭한 것은 지난 시대의 남사당패 같은 유랑예인단체가 다시는 나타나지 않을 것이고 그렇기 때문에 어려서부터 광대 부친의 새미(무동)로 대를 이어갈 광대는 그 외에는 없을 것으로 생각되었기 때문이다. 김덕수 명인에게 힘찬 박수를 보낸다.

마지막 광대 김덕수

훌륭한 기업가 백성학 회장의 영화예술 사랑
— 단성사 영화역사관의 개관에 부쳐

고등학생 시절, 폭풍우 치는 날 밤이면 죽은 연인의 혼령의 손을 잡고 히스 언덕을 거니는 한 남자의 병적인 사랑을 묘사한 에밀리 브론테의 불후의 명작 소설을 영화화한 〈폭풍의 언덕〉을 단성사에서 몰래 보고 나오니 초겨울의 함박눈이 내리고 있었다. 극장의 역사를 전혀 알지 못했던 소년 시절 내게 깊은 추억을 만들어준 단성사가 100년을 넘기면서 문을 닫은 지 10여 년 만에 '영화역사관'을 열었다니 참으로 세월의 무상함을 새삼 느끼게 된다.

우리나라 극장 사상 가장 오래된 극장인 단성사는 1907년 6월 초에 지명근, 주수영, 박태일 등 세 사람의 사업가들이 '연예계를 발전시키기 위해서' 기존의 목조 2층 건물을 공연장으로 꾸민 것이었다. 을사늑약 직후여서 시국이 어수선하고 경제 상황도 좋지 않을 때, 공연예술을 발전시키자고 나선 이들이야말로 선각자였다고 생각된다. 그런데 실상 극장의 경영이 어려워서 1년여 만에 단성사는 이익우에게 넘어갔고, 1910년 일제의 한국 병탄 직후에는 일본인 후지와라 유타에게 경영권이 넘어갔다가 다시 김연영이 인수하는 우여곡절을 겪는다.

극장주가 바뀌면서 단성사는 1913년 7월 개축에 들어가 이듬해 초에 1천 석 규모의 대극장으로 새로 탄생되기에 이른다. 그렇게 면모를 일신했지만 운영은 여전히 어려웠던 1917년 2월에 황금관 주인이었던 일본인 기업가 다무라(田村)가 단성사를 매수하여 영화 전문 상영관으로 개수하여 1918년 6월에 광무대 경영으로 평가를 받고 있던 박승필(1875~1932)에게 운영권을 넘기면서 극장이 살아난다. 당시 국제적인 안목을 지니고 있던 도쿄대학 출신의 다무라는 박승필과 의기투합하여 미국이나 프랑스 등 선진국의 새로운 필름을 수입하려고 일본의 아미이쿠(天活)영화주식회사와 영화 공급 계약을 맺기도 했다. 그러니까 단성사는 1917년을 분기점으로 하여 전기는 전통예술, 즉 국악 전승의 공연장이었다가 다무라가 인수한 이후에는 영화 전용관으로 탈바꿈한 것이다.

박승필이 그 후에 미국의 유니버설 영화사와도 계약을 맺고 서양영화의 신속한 수입과 간간이 연극, 무용 등까지 공연함으로써 많은 고정 관객을 확보하고 여러 가지 새로운 운영 기법도 선보이며 단성사는 당대 최고의 공연장으로 자리매김할 수가 있었다. 특히 1919년 10월에 연쇄극 〈의리적 구토〉를 공연한 것은 한국 영화사의 단초가 되기도 했다.

그러나 단성사가 한국의 대표적인 영화관 더 나아가 극장으로서 자리매김할 수 있었던 것은 1926년 10월 1일 나운규의 민족영화 〈아리랑〉을 상영함으로써부터라고 말할 수가 있다. 왜냐하면 나운규가 영화계를 좌지우지하면서 민족영화의 중요성이 대중에게 각인되었기 때문이다. 그로부터 나운규는 민족성이 강한 〈옥녀〉, 〈사나이〉, 〈임자

훌륭한 기업가 백성학 회장의 영화예술 사랑

없는 나룻배〉 등 그가 사망할 때까지 사실적인 영화를 계속해서 만들어 상영한다. 이러한 그의 민족영화 창조 정신은 후배 영화인들에게 전승되어 1935년에는 최초의 발성영화 〈춘향전〉이 탄생되기도 했다.

그러던 단성사가 1932년 박승필이 타계함으로써 위기를 맞기도 했지만 곧 박정현을 사장으로 선임하고 1934년 말에 750석의 현대식 철근 건물로 재탄생되었다. 여기서 간과해서는 안 될 것이 일제강점기에 일본인들이 전국 중소도시들에도 백수십 개의 영화관을 세워 운영했지만 단성사만큼 민족적 색채를 가졌던 영화관은 없었다는 점이다. 그만큼 단성사는 한국인들의 애환을 달래주면서 민족의식을 싹트게 해주는 동시에 미국, 프랑스 등의 영화를 통해서 서양을 호흡토록 해준 신문화 교육장이기도 했다.

그런 단성사가 박승필이 타계하면서 합명회사로 구조가 바뀌는 등 잠시 동요하기도 했는데, 가령 극단 중앙무대와 화랑원을 전속으로 둔 것 같은 경우였다. 곧바로 영화 전용관으로 자리를 잡았지만 결국 단성사는 1939년 여름에 명치좌(현 명동예술극장)를 지은 이시바시 료스케(石橋良介)가 인수하여 대륙극장으로 개명되었다. 이시바시가 인수하면서 단성사는 32년 동안 지녀온 전통 있는 명칭을 잃고 대륙극장이라는 이름을 가지게 되었던 것이다. 이시바시가 직접 운영하면서 극장의 성격도 조금 변색되었다. 이시바시도 대륙극장을 영화 전용관으로 쓰기는 했지만 1940년대 들어 제2차 세계대전이 발발함과 동시에 미국 등 서양 영화 수입이 뜸해지면서 악극단들에게 많이 대여할 수밖에 없었다. 그러다가 1945년 8월 민족해방과 함께 대륙극장은 다시 한국인의 손으로 넘어오면서 이름도 되찾게 된 것이다.

해방 이후에도 단성사는 어떤 극장들보다도 서양 명화와 우리의 우수한 영화들을 상영하여 여전히 시민들의 위안처가 되어주었다. 그러나 정치사회가 바뀌고 새 공연법에 따라 대기업들이 만든 멀티플렉스 영화관이 등장하면서 단성사 같은 전통적인 영화관들은 자연스럽게 역사의 뒤안길로 사라지게 된 것이다. 단성사가 운영난으로 문을 닫은 것이 2008년이었고, 모자 전문 기업 자일개발이 인수한 것이 2015년인데, 최고경영자 백성학 회장은 특별한 생활철학의 소유자였다. 여기서 백 회장을 특별한 생활철학의 소유자라고 한 것은 그가 기업인으로서는 누구도 흉내낼 수 없는 '역사 보존의 마니아'라는 점에서였다. 즉 그는 모자제조업의 선구자지만 2003년 숭의역사관을 필두로 하여 아홉 개의 역사관을 만들었고, 이번에 열 번째로 단성사 영화역사관을 만들어 서울시민에 선사한 것이다.

백회장은 단성사 영화역사관 개관에 부치는 글에서 "서울의 사업가 3인의 민족자본으로 1907년에 설립된 단성사는 근대화로 이어지는 격동의 세월 속에서도 유구한 명맥을 유지하며 영화를 통해 겨레의 희로애락을 함께해왔습니다. 이에 우리는 단성사를 통해 한국 영화 100년을 기념하고 지나온 영화 역사의 발자취를 뒤돌아보며 영화 발전에 기여해온 모든 분들을 기억하고자 '단성사 영화역사관'을 준비하여 한국 영화 100주년이 되는 2019년 10월 27일 개관하였습니다. 단성사 영화역사관은 오리지널 포스터와 시나리오, 스틸사진, 각종 장비 등 영화와 관련된 자료들을 다양하게 전시하고 있습니다. 부디 이곳이 영화를 사랑하고 영화 역사에 관심이 있는 분들에게 소중한 정보를 제공하고 자라나는 새싹들에게는 꿈과 희망을 주는 장소가 되기를 바랍니다."라

훌륭한 기업가 백성학 회장의 영화예술 사랑

고 했다. 특히 역사관이 영화인들과 학생들의 교육 장소가 되기를 소망한다고 강조한 것이 눈에 띈다.

실제로 단성사 영화역사관을 둘러보면 한국 영화 100년사의 일대 쾌거라고 할 만큼 국내외에서 82,400여 점이라는 방대하면서도 다양한 자료를 모아 그중에서 5,500여 점만을 골라 오밀조밀하게 배치 전시해놓았음을 확인할 수가 있다. 크게 네 파트로 나누어 진열했는데, 첫 번째 방에는 1895년 뤼미에르 형제의 〈열차의 도착〉으로부터 시작된 세계 영화사의 여러 가지 자료를 모아 정리해놓았고 둘째 방에는 그동안 모아놓은 5천여 점의 스틸 컷을 번갈아 전시하고 있었다. 그리고 '메모리얼 존+기획전시관'이라는 이름을 붙인 세 번째 방에는 영화를 만든 사람들, 즉 제작자, 감독, 스태프, 시나리오 작가, 그리고 함께 일한 극장 종사자들을 기억하도록 여러 가지 전시물을 펼쳐놓았으며 '그리고… 단성사'라는 명칭을 붙인 네 번째 방은 현재의 단성사를 살아 있는 형태로서 보여주려는 모습으로 꾸며놓은 것이 특징이었다.

그런데 이 단성사 영화역사관을 둘러보면서 놀란 것은 크게 두 가지였다. 그 첫째가 예술과는 거리가 먼 기업가인 백성학 회장이 정치 권력자나 문화예술계 유력자도 생각해내지 못하고 돈도 생기지 않는 거대 영화박물관을 만들었다는 놀라움이었다. 이런 훌륭한 기업인이 있다는 것은 곧 우리가 문화국가로서 세계에 우뚝 서게 될 것이고, 한국은 여전히 희망이 있는 나라임을 보여주는 증거라고 말할 수 있겠다. 둘째로는 영화 관련 자료인데, 각종 영화 촬영기기 등 장비는 그렇다 치고 특별한 의지를 갖고 모으고 보존하지 않으면 금방 없어지는 영화 포스터를 비롯하여 팸플릿, 전단지, 시나리오, 스틸사진, 잡지류 등 수만 점을 한곳에 고스란히 모았다는 놀라움이었다. 그 뒤에는 '영화 자료 수집광'이라 불리는 영화 연구가 정종화가 있었다. 그는 대학 졸업 후 한평생 한국 영화와 외화 포스터 4만여 점을 수집하여 '걸어다니는 영화사전'이라는 별명을 듣는 마니아이다.

백성학 회장이라든가 정종화 같은 인물이 있어 영화역사박물관도 탄생될 수 있었다. 예술과 역사의 소중함을 아는 그들에게 박수를 보낸다.

제3부

문화예술계
편편상(片片相)

최초의 트로트 작사가 왕평

    2019년부터 올해 초까지 TV조선에서 주최한 〈미스트롯〉과 〈미스터트롯〉의 기획은 대중음악 시장의 판도를 바꾸어놓을 만큼 전국적으로 큰 반향을 불러일으킴으로써 평소 성인가요에 별 관심을 갖고 있지 않던 사람들까지 트로트에 매료되는 기현상을 가져왔다. 그래서 나는 오늘의 대중 감정을 밑바닥부터 뒤흔들어놓을 만큼 영향력이 커진 트로트의 원천을 한 번 짚고 넘어가야 할 것 같아, 최초로 성인가요, 즉 트로트 가사를 작곡한 왕평(王平)이라는 인물에 대해서 소상하게 살펴보기로 했다.

    그런데 왕평 이야기에 들어가기 전에 트로트의 개념에 대한 궁금증부터 풀어야겠다. 흔히 2박자의 노래(쿵짝, 뽕짝)인 트로트. 영어이니만큼 대중가요가 서양의 영향을 받았을 것이라는 오해를 할 수도 있지만 이는 단순히 같은 2박자의 서양 춤곡 폭스트롯(foxtrot)에서 명칭만 따온 것일 뿐 그쪽 음악과는 별 관계가 없다. 실상은 일본 메이지 시대에 그들의 전래민요와 폭스트롯을 융합하여 만든 엔카(演歌)가 신파극과 함께 들어와서 토착화된 것이 바로 성인가요 트로트이다. 물론 엔카가 오히려 우리의 전래민요에 바탕한 노래로서 한국이 트로트의 발상지라는 견해도 없지는 않다. 그런데 한 가지 분명한 것은 이 트로트가 1930~40년대 즉 식민지 시대에 좌절한 국민의 슬픔을 대변했던 회한의 노래로서 민족의 평균적 감정을 대변했던 대중가요였다는 사실이라 하겠다.

이러한 대중가요의 선구적 작사자가 바로 연기, 극작 등 다양한 분야에서 활동했던 왕평이라는 인물이었다. 왕평에 대해서는 이미 영남대 국문과 이동순 교수가 2009년에 『민족문화논총』 제43호에 「1930년대 식민지 대중문화운동의 성격과 방향」이라는 장문의 논문을 발표한바 있고, 그의 출생지 영천문화원에서도 수필가 최은하의 조사로 『무대 위에서 스러진 불꽃, 왕평 이응호』(2011)라는 책자를 펴낸 바 있다. 그래서 나는 면밀하게 조사 연구된 위의 논문과 책자를 바탕으로 하여 선구자 왕평의 생애를 살펴보기로 하겠다.

본명이 이응호(李應鎬)인 왕평은 두희(斗熙)라는 아명도 갖고 있었다. 그는 1908년 3월 15일 경북 영천에서 이권조와 김침동 사이에서 6형제 중 차남으로 태어난다. 부친은 대대로 양반 소리를 들어온 천석꾼으로서 지역의 한학자로서도 명성이 자자했고, 거기에 그치지 않고 반일사상까지 강해서 한때는 재속 승려로서 불교에 심취해 있다고 한다. 그런 부친의 슬하에서 한학을 공부하고 아홉 살에 영천보통학교에서 신학문을 익힌 이응호는 탁월한 문재까지 타고난, 장래가 촉망되는 소년이었다. 고향에서 보통학교를 마친 그는 1924년에 상경하여 독립운동의 본거지 중 한 곳이라 할 배재중학교에 입학했다(이동순 교수 논문 참조).

흥미로운 점은 그가 배재중학 재학 중에 자신의 신분을 감추려는 듯 왕평이라는 예명으로 선구 연극인 현철(본명 희운, 1891~1965)이 세운 조선배우학교에 입학한 사실이다. 매우 보수적인 고장의 양반 자제, 그것도 엄한 한학자 부친 밑에서 성장한 그가 비천하게 여기는 광대 학교에 들어간 사실을 명료하게 설명하기는 쉽지 않으나 대체로 두 가지 요인만은 추정할 수가 있을 것 같다. 즉 그 하나는 당시의 시대 사회 분위기인데, 3·1운동 직후 유학생 및 청소년 중심 소인극단들이 무대예술을 통해 북돋운 민족운동 열기에 소년 이응호도 고향의 관극 체험에서 자극받았을 개연성이 있다는 점이다.

예를 들어서 1921년 여름 동우회 순회극단을 시작으로 한 수십 개의 소인극단들의 순회극 운동이 수년 동안 요원의 불꽃처럼 전국을 휩쓸었는데, 그 불길이 영천에까지 미쳤음은 두말할 나위 없는 것이다. 그 한 증거로서『동아일보』1921년 10월 10일자에 "영천읍에 도착한 대한청년회문예단 일행은 단장 이길용 군 외 10인이 10월3일 석(夕)에 〈견이불견〉이란 예제로 소인극을 흥행하야 유지의 후원금도 있었고, 엡월청년회의 후원을 받아서 연 2일간을 계속하고 4일 오전 9시 경주로 출발하였다더라"로 기록되어 있음이 확인된다.

그리고 또 하나 그를 유인한 요인은 "현재 우리 조선 사람의 형편으로서는 제일 급한 것이 의지력을 기르는 것과 인간을 알게 하는 것인바 이 의지력을 배양하고 인간을 알게 하는 데 무엇보다 필요한 것은 연극 사업"이라는 조선배우학교의 설립 취지가 아니었을까 싶다.

그는 전형적인 민족학교 배재중학교에서는 독립심을 북돋우고, 조선배우학교에서는 종합예술인 연극으로 민족의 의력(意力)을 키우겠다는 포부를 갖고 자신의 인생 방향을 연극계로 정한 것 같다. 그래서 그는 학교 공부와 병행하여 배우학교에서도 열심이었던 것이다. 그런데 그가 배우학교에 더욱 열정을 쏟았던 이유는 두 가지 있었다. 그 첫째는 배재중학교가 1925년에 조선총독부에 의해서 폐교 조치당함으로써 학업에의 꿈이 사라진 데 따른 것이었고, 두 번째로는 배우학교의 커리큘럼이 다양하고 흥미로웠기 때문이다.

현철이 도쿄 유학 중 일본 신극의 선구자 시마무라 호게츠(島村抱月, 1871~1918) 문하에서 배운 서양 근대극의 본질을 그대로 이 땅에 이식하려고 배우학교를 세웠던 만큼 교과도 매우 다양했다. 그러니까 연극과 영화의 전 분야를 가르치고 학생들에게 민족의식까지를 심어주면서 동시에 배우의 인격 도야를 중시한 배우학교의 교육내용이 그를 매료시킨 것으로 보인다. 특히 왕평은 40여 명의 입학생 중 17세의 최연소자로서 성적도 뛰어났기 때문에 수제자 현문(玄門) 10철 중 다섯 번째의 세철(世哲)이라는 예명도 받을 수가 있었다(『동아일보』, 1924.12.13).

그가 배우학교를 수료한 1926년에는 나운규의 민족영화 〈아리랑〉이 선풍을 일으키기도 했지만 18세의 소년이 활동할 만한 공간을 찾기는 쉽지 않았을 것이다. 당시 극단 토월회와 한두 개의 신파극단이 있었으나 어린 그를 불러줄 곳은 없었을 것 같다. 그런데 주목할 만한 점은 그가 배우학교 수료 3년 뒤인 1929년 스물한 살의 나이에 기성 작가 임서방과 함께 당대 최고 신파극단 조선연극사(研劇舍)의 전속 작가로 영입되었다는 사실이다.

조선연극사는 1920년대의 대표적 신파극단인 김소랑의 취성좌를 지두한이 인수해서 재편성한 직업극단이었다. 이곳에서 작가로서의 아무런 경력이 없는 왕평을 전속작가로 영입했다는 것에 의문이 생기게 된다. 바로 그 점에서 기록에는 나타나지 않지만 그가 배우학교를 떠난 1926년부터 3년여 동안(1926~1929) 신파극단 취성좌에서 견습생 겸 무명 작가로서 큰 역할을 했던 것으로 추정케 된다.

새로 탄생한 조선연극사는 취성좌 배우들과 신파와 영화 등을 넘나들던 스타급 배우들이라 할 변기종·이경환·강홍식·성광현·문수일·권일청·이애리수·이경설·신은봉·전옥·나품심 등 30여 명의 배우와 밴드부 30여 명, 임서방, 왕평 등 전속 작가와 연출가 천한수, 그리고 연습생 30명 내외까지 합쳐서 90여 명을 거느린 매머드 단체였다. 하루 벌어 하루 먹던 이 직업극단이 무명의 왕평을 발탁한 것은 아무래도 취성좌에서의 그의 다양한 활동이 검증되었던 터라서 김소랑의 추천이 작용했을 것으로 보인다.

취성좌는 1920년대의 대표적 신파극단으로서 가요부를 두고 촌극, 노래, 춤까지 곁들인 공연을 했던 단체이므로, 명문 배재중학교와 배우학교 출신의 인텔리 왕평의 쓰임새가 컸을 것 같다. 따라서 그가 연극과 영화 분야에서 쌓은 만능 엔터테이너로서의 능력은 조선연극사 전속 작가가 되자마자 그대로 발휘되기 시작했다. 즉 입단 1년 뒤인 1930년 한 해만도 〈꽃을 파는 사나이〉, 〈서로 만난 그이들〉, 〈도회의 일경〉, 〈마술사의 결혼식〉, 〈28청춘〉, 〈사내시장〉 등 6편의 희곡을 전속 극단의 무대에 올린 것은 그의 위치를 단적으로 보여주는 표징이다.

그런데 단번에 극단의 믿음직스런 전속 작가로 자리 잡은 그에게

최초의 트로트 작사가 왕평

대중적 명성이 더해지는 극적 사건이 발생한다. 당시에는 극단들이 돈벌이를 위하여 지방 순업을 자주 다녔는데, 마침 북선 지방을 돌던 조선연극사가 개성 공연 후 가까운 배천온천에서 잠시 휴식을 취하고 있었다. 그런데 장맛비가 추적추적 내리는 날 개성 출신의 바이올리니스트 전수린이 당시 무너진 성터에 잡초만이 무성했던 고려의 500년 옛터 개성에서 새삼 느꼈던 세월의 덧없음을 울적한 감정으로 흥얼거리고 있었고, 옆에서 듣고 있던 왕평이 그 리듬에 맞는 즉흥시 〈황성의 적(跡)〉을 써 내려갔다.

3절로 된 이 시의 첫 소절은 이렇다.

> 황성옛터에 밤이 되니 월색만 고요해
> 폐허에 서린 회포를 말하여 주노라
> 아 외로운 저 나그네 홀로 잠 못 이뤄
> 구슬픈 벌레 소리에 말없이 눈물져요

곡명을 곧바로 〈황성옛터〉로 바꿔서 주연배우 이애리수로 하여금 부르게 하였다. 단원들로부터는 괜찮다는 평가가 나왔으므로 변변한 미디어가 없었던 시절 그 가능성을 서울에 가서 시도해보기로 했다. 당시에는 막간이라는 극중극이 있어서 그런 때에 노래와 만담 같은 것을 했다. 연극사가 귀경하자마자 단성사 막간에서 주연배우 이애리수를 내세워 구성진 목소리로 〈황성옛터〉를 부르자 극장 안은 숙연한 가운데 단번에 눈물바다가 된 것이다.

이 〈황성옛터〉를 처음 관중에게 소개하는 이애리수가 노래를 부르며 눈물을 흘리면서 잠깐잠깐 멈추는가 하면 일부 관객들까지 따라 울면서 합창할 정도로 천여 명의 관객들이 흥분 상태에 빠져 발을 구르고 아우성을 치자 놀란 임석 경관이 앞으로 뛰쳐나와 호각을 불며 당장 막을 내리게 했다. 화가 풀리지 않은 경관은 그날 밤에 당장 작사자인 왕평과 작곡자 전수린, 그리고 노래를 부른 이애리수까지 종로서로 끌고 가 밤새껏 취조를 하고 이튿날 귀가시켰다. 그리고 〈황성옛터〉는 곧바로 금지곡이 되었지만 은밀하게 불리어졌고, 그 후 항일시위 때마다 단골 노래로 정착되었으며 대구의 어느 학교 음악교사가 학생들에게 이 노래야말로 '민족의 노래'라고 가르쳤다가 파면당했던 일화는 우리 가요사에 하나의 전설처럼 전해지고 있다.

금지곡이었음에도 불구하고 꾸준히 불리어진 이 노래가 1932년에 빅터레코드사가 음반으로 찍어내자 당시 부잣집이나 보유할 수 있을 정도로 유성기 보급이 흔치 않던 시절이었지만 당장 5만 장이나 판매될 정도로 〈황성옛터〉는 국민적 노래로 확고하게 자리를 잡아갔던 것이다.

그런데 흥미로운 사실은 이 노래를 만들어 보급시킨 주인공들이 모두가 약관 20대 초반이었다는 점이다. 작사자 왕평(1908년생)이 22세였고, 전수린(1907~1984)이 23세였으며 이애리수(1910~2009)는 겨우 스무 살이었다. 전수린은 개성 출신으로서 송도고보에 재학하는 동안 기독교 소년 모임에서 활동 중에 같은 멤버인 바이올린을 하는 6촌 장봉송에게서 자신의 음악적 재능을 알게 깨닫고, 호수돈고녀 교장이었던 리클스 부인에게서 본격적으로 바이올린을 배워 평생 음악가의 길을 걷게 되었다고 한다(황문평,『인물로 본 연예사―삶의 발자국 1』참조). 그로

최초의 트로트 작사가 왕평

부터 그는 음악 연주를 많이 곁들인 신파극단, 이를테면 동방예술단과 취성좌를 거쳐 1929년에 극단 조선연극사에 합류하면서 전속작가 왕평과 주연배우 이애리수를 만남으로써 단번에 스타 연주자 겸 대중음악 작곡가로서 입지를 굳혀 평생의 업으로 삼았던 것이다.

역시 개성 출신의 이애리수(李愛利秀, 본명 音全)는 1919년 아홉 살 때 김도산이 이끄는 신파극단 신극좌에 입단하여 주로 노래를 부름으로써 단번에 신동 가수로 사람들의 사랑을 독차지했고, 3·1운동 이후에는 민중극단, 취성좌, 그리고 조선연극사에 가입하여 극단의 3인방으로 불리게 된 것이다.

3인방 중 전수린은 작곡가로서 1984년 작고 전까지 활동했고, 청순한 미모에다가 빼어난 가창력까지 갖추었던 이애리수는 1930년대 중반까지 많은 레코드를 남기는 등 슈퍼스타로서 절정의 인기를 누리다가 연희전문 학생과의 정사 소동이라는 염사(艶事)로 세상을 떠들썩하게 한 뒤 평범한 남성을 만나 가정을 꾸리면서 일찌감치 연예계를 떠나고 만다.

그리고 〈황성옛터〉의 주역이라 할 왕평이야말로 단번에 스타덤에 올라 대중예술가로서 절정을 향해 질주해간다. 그는 궁핍한 시대였음에도 불구하고 유복한 가정에서 태어나 고생을 몰랐고, 타고난 건강과 호기심으로 연예 분야에서도 팔방미인처럼 장르를 넘나드는 활동을 펼친 특이한 인물이 된 것이다.

그의 주업은 극작이었지만 연기자로서의 꿈도 끝까지 저버리지 않고 극작 틈틈이 영화도 촬영하고 연극 무대도 자주 선 배우이기도 했다. 극작 분야만 보더라도 희곡과 촌극, 시나리오, 난센스, 다큐멘터리에 해당하는 스케치, 그리고 만담 등을 쓰고 실연(實演)까지 했으며 작사한 대중가요 장르만 봐도 유행가, 서정소곡, 민요, 속요, 신민요, 합창곡, 행진곡, 그리고 재즈송까지 폭넓었다. 그가 작사한 곡들이 히트하자 그는 이들을 레코드화할 욕심으로 조선연극학교의 동기이자 극단의 동료로서 노래를 잘했던 여배우 이경설, 그리고 가수 김용환과 함께 일본 포리도루레코드사 한국 지점을 내고 문예부장이라는 직책을 맡기도 했다.

우리나라 연예사상 왕평만큼 장르를 넘나들면서 폭넓게 활동한 인물은 아마도 전무후무할 듯싶다. 그만큼 왕평은 당대 연예계의 최고 스타였다. 그런 그가 1930년대 초반에는 극작에 치중했으나 그가 작사한 곡들이 많이 히트하면서 중후반에는 가요 작사에 열정을 쏟은 특징을 보여준다. 그런데 그가 승승장구한 것만은 아니었다. 당국에 의해 급제동도 걸렸었다. 1933년도 초에 발표한 가요 〈국경애화〉는 불온하다는 이유로 압수당하고 발매 금지까지 당하기도 했다. 당시 『매일신보』 1933년 1월 23일자에 보면 "부내 종로서 고등계에서는 작 21일에 '포리도루' 축음기 회사 관계자를 소환하여 엄중한 설유를 한 후 돌려보내고 〈국경의 애곡(國境哀話)〉이라는 레코드 수매를 압수하였는데 동 레코드는 리경설(李景雪) 양과 왕평(王平) 군이 취입한 것으로 그 가사가 불온하다는 것으로 즉시 발매 금지 처분을 하였다고 한다."고 나와 있다. 이러한 곤경을 당하고 겁먹은 왕평이 잠시 작사 작업을 멈추고 희곡 창작으로 눈을 돌린다.

1930년대 초반에 발표한 희곡들을 나열해보면 당시 그가 소속된 연극사가 공연한 〈다시 만난 그이들〉(1931.6)을 비롯하여 〈도적 싼타스의 유언〉(1932.5), 〈학창로맨스〉(1332.6), 〈청춘 난영(亂影)〉(1932.10), 〈총각의 웃음〉(1933.11), 〈산적 올스타〉(1934.5), 〈산중의 용자(勇者)〉(1935.12), 〈황금 왕소곡〉(1933.6), 〈선구자시대〉(1933.6), 〈서울 이렇다〉(1933.12) 등 10편이나 된다. 극단 연극사뿐만 아니라 협동신무대, 연극호, 그리고 황금좌 등 여러 단체들이 공연한 것을 보면 인기도 꽤 있었던 것 같다.

그는 자신이 쓴 작품에 자주 출연했고 촌극이나 스케치, 그리고 만담 같은 것은 그가 직접 연출을 하고 출연까지 했다. 그가 처음에는 의리상 자신을 픽업해준 극단 연극사에 열정적으로 협조했지만 인기 상승과 함께 다른 극단에도 작품을 주었으며 시간이 흐르면서 전속 극단과 거리를 두어갔다. 그러다가 1935년 무용가 배구자가 동양극장을 세우자 지두한 전무가 극단 연극사를 해체하였고, 그에 따라 왕평은 자동적으로 프리랜서가 되어 활동 폭을 더욱 넓혀갔다.

그런데 그의 작가와 배우로서의 일은 오히려 쉬운 것이었고, 포리도루 레코드사를 운영하여 이끌고 가는 일이 더 힘든 일이었다. 왜냐하면 그는 당시 여섯 개의 레코드사와 경쟁하면서 가수를 섭외하고 전속 관현악단을 구성하여 그들을 먹여살려야 하는 경영자로서의 책무까지 짊어져야 했기 때문이다.

당시 함께 활동했던 사람들의 회고에 의하면 그는 뼈대 있는 양반집 아들답게 민족의식이 강하고 신의와 포용력도 갖췄음은 물론이고 생각도 상당히 앞서갔던 것 같다. 따라서 그는 좋은 배우와 가수들, 이를테면 박제행, 전옥, 최일선, 김용환, 왕수복(평양 기생 출신), 선우일선 등을 한 묶음으로 하여 연극과 가요 프로그램을 만들어 전국 각지와 북간도 연길, 심지어 일본 도쿄까지 순회공연을 다녔으며 수익금 일부를 야학이나 유치원, 노동자 단체 등에 기부하곤 했었다. 당시 『동아일보』에는 "1935년 5월 17일~18일 양일간 동경서 처음 열리는 조선 유행가의 밤에 왕평을 포함한 포리도루 레코드 전속 예술가인 왕수복, 전옥, 김용환이 출연하고 일본 학생 대표 김안라, 김진구 등이 찬조 출연했다. 재동경기독교청년회와 동아일보 동경지국이 후원한 이 행사는 오후 7시 동경시 본소시공회당에서 개최되었으며 수익금은 무산아 야학에 기부되었다."고 보도되어 있다.

당시 좌담회에서의 그의 발언을 보면 위문단을 거느리고 연길이나 일본에 가는 것으로 만족하지 않고 미국이라든가 "남쪽 나라 그 열대 지방의 섬 속에서 야자수를 쳐다보며 노래 부르고 싶어요"(『삼천리』 제8권1호 참조)라고 속내를 내비치기도 했다. 그는 의연금만 낸 것이 아니고 '독자 위문 음악 연극의 밤' 같은 것을 자주 개최하여 시름에 빠져 있던 동포 위문 공연도 자주 했다. 그러니까 돈만 가지고는 동포를 위하는 데 한계가 있다고 생각하여 수시로 재능 기부까지를 했다는 이야기가 된다.

평소 개방적이면서 하고 싶은 일도 많고 의욕에 넘쳤던 그는 1936년 하반기에는 자신이 평소 아끼던 신예 감독 이규환과 배우 문예봉 등 셋이서 공동 투자하여 '조선영화의 새 역사를 만들겠다'는 명분을 내걸고 영화제작사인 성봉영화원(聖峰映畵園)을 출범시킨다. 그는 제작사를 만들자마자 이규환이 감독하고 자신과 문예봉이 주연하는 향토색 짙은 영화 〈나그네〉를 현지 로케이션으로 만들었는데 의외로 성공을 거두어 동남아 몇 개 나라에 수출까지 했다(최은하, 『무대 위에서 스러진 불꽃, 왕평 이응호』, 65~67쪽 참조). 이어서 그들은 국책영화라 할

〈군용열차〉를 제작하여 역시 흥행상으로서는 괜찮은 성적을 올렸다. 그러나 역시 영화에는 많은 투자가 필요한데 그 한계를 극복한다는 것은 쉬운 일이 아니었다. 특히 명콤비였던 문예봉과 왕평이 외부 자본을 끌어들이는 문제로 견해의 차이가 컸고 그로 인하여 두 사람은 거의 의절하다시피 했었다.

그리하여 성봉영화원에서 문예봉 등이 떠나고 백형권과 최남주가 좌지우지하는 조선영화주식회사에 매각되어 단명으로 끝났음을 월간『삼천리』(제13권 제1호)에 보면 "동보와의 제휴하에 서광제 감독으로 〈군용열차〉를 제작하고 의정부에 촬영소까지 갖게 되어 비로소 숙망의 영화기업화까지 보게 될 제 최남주 군의 앞잡이였던 백형권의 등장으로 성봉영화원은 부득이 조영(朝映)에 매신케 되었다. 아마 이것이 조선 영화계에 있어 대자본의 철제 밑에 유린된 최초의 기록"(『무대 위에서 스러진 불꽃, 왕평 이응호』에서 재인용)이 될 것이라고 했다.

영화사의 꿈은 접었으나 왕평은 곧바로 무성영화로부터 유성영화에로의 전환기에 필수적인 녹음 시설의 시급성을 인식하고 영화계의 자본가였던 홍찬(洪燦)과 손잡고 그의 자본금 10만 원으로 1937년 9월에 조선발성영화제작소를 출범시킴과 동시에 의정부에 토키스튜디오를 짓는다. 그런데 토키스튜디오의 초대 소장으로 신흥키네마 대표였던 일본인 스즈키 시게요시(鈴木重吉)가 취임한 것으로 보아 역시 자본금 상당액을 그가 댄 것 같다.

아무래도 당시 조선인들은 경제적으로 어려웠던 만큼 일본 자금에 의존하는 처지여서 그들이 원하는 작품을 제작할 수밖에 없어 자연스럽게 시대극들을 만들었고, 그것들이 바로 일제의 국책영화들이었다.

좀 더 구체적으로 말하면 당시 일제는 그들이 지상과제로 추구했던 내선일체를 위한 홍보영화를 만들었고 그런 영화의 주연배우로 왕평이 출연했다는 이야기다. 항일의식이 대단히 강했던 그의 부친을 떠올렸을 때, 그런 행위가 가능했을까 하는 의문이 생길 수밖에 없는 것도 사실이다. 왕평은 이미 연예계에 나서면서부터는 고향의 부모와는 거리를 두고 살고 있긴 했지만 인간적으로는 갈등이 많았을 것임은 짐작할 수가 있다. 그러나 그는 당시에는 이미 영화예술에 깊이 빠져 있던 터라서 정치적 상황을 떠나 배우로서 열정을 쏟고 있었다.

마침 그 시기에 그는 여성 문제로 한동안 골머리를 앓기도 했다. 전술한 대로 그는 일찍 고향집을 떠나 서울에서 분주하게 살고 있어서 조혼제도에 따른 정식 결혼은 한 적이 없었다. 그가 좋은 집안 출신에다가 배재중학교를 다녔고 극작가, 작사가, 배우, 레코드회사 간부 등의 직위에 있는 연예인으로서는 당대 최고의 인기인이어서 따르는 여성이 많았다고 볼 수가 있다. 그럼에도 불구하고 별다른 스캔들을 뿌리지 않았던 것은 그가 취성좌 때부터 친했던 극단 조선연극사의 미모의 여배우 나품심(羅品心)과 동거 생활을 하고 있었기 때문이다. 그런데 배우와 가수로서 나품심의 인기가 약간 하락하는 데 반해 왕평의 인기는 계속 치솟고 있어서 예민해질 수밖에 없었고, 따라서 두 사람 간의 갈등도 생겨났던 것 같다. 그래서 나품심이 음독자살을 꾀했던 것이다. 저간의 사정에 관하여는『매일신보』에 다음과 같이 보도되어 있다. "한때 인기 여배우로 연극 팬과 레코드의 인기를 한몸에 지니고 있던 부내 광희정 2정목 259번지 라품심 양은 19일 오전 열한 시경 다량의 칼로찐을 먹고 신음하는 것을 집안 사람이 발견하고 락원정 권령

우 병원에 입원 치료 중인데 생명에는 별 관계가 없으리라고 한다. 그런데 자살을 도모한 원인은 동 양의 인기 생활로부터 몰락한 녀배우의 비애와 아울러 최근에는 그와 내연 관계를 맺고 있는 성봉영화원의 왕모라는 배우와의 문제 때문에 가정 풍파가 끊일 사이 없어 항상 비관을 하고 있던 바 19일 아침에도 그의 오라버니와 싸움을 하고 격분한 끝에 그와 같이 음독을 한 것이라고 한다"(『매일신보』 1938.7.2).

나품심은 한 차례 이혼 경력이 있었고 왕평과는 수년 동안 명콤비로서 동거 생활을 해오다가 여자의 질투심으로 말미암아 음독자살 미수라는 사건을 일으키고 결국 헤어져 각자의 길을 가게 된다. 이후 왕평은 오로지 작가와 배우로서 영화에 올인하고 있었다. 그가 영화배우로서 활동하던 전성기에는 조선영화주식회사 외에도 동아영화제작소와 한양영화사 등이 있었다. 1938년도 들어서는 조선영화주식회사가 신예 김유영 감독의 〈수선화〉를 문예봉 주연으로 내놓았고, 동아제작소는 왕평을 내세운 국책영화 〈지원병〉을 제작했으며 한양영화사는 신경균 감독의 〈처녀도〉를 갖고 경쟁하기도 했었다.

왕평이 여러 편의 국책영화에 출연한 것을 놓고 친일 문제를 제기하는 사람도 없지 않지만, 배우란 어떤 작품에든 출연하여 작가가 만들어놓은 역을 충실히 소화해내는 직업이다. 바로 그 점에서 작품 속의 가공의 인물과 배우를 일치시키는 것은 예술과 연기의 속성을 이해 못 하는 데서 비롯되는 것이라 말할 수 있다. 가령 셰익스피어의 〈오셀로〉에서 이아고 역을 맡은 배우가 실제로 악인이 아니며 항일운동을 다룬 작품의 주인공을 맡은 배우가 곧 독립지사가 아닌 것과 마찬가지다.

그러나 그가 1940년 2월 총독부가 문화예술 통제를 위한 영화령을 공포한 직후 조직된 조선영화인협회의 준비위원과 이사를 맡았던 데에는 의문을 제기할 수가 있을 것 같다. 『동아일보』 보도에 의하면 "지난 11일 오후 1시부터 태평통 조선일보사 대강당에서 개최되어 총독부 측으로부터 청수 이사관 이하 지전, 서귀의 제씨 군부 측으로부터 조선군의 개천소좌 헌병대 고하소위 배급조합 측으로부터 도변장태랑 급 회원 103명 열석하에 개회 이재명 씨의 개회인사 왕평 씨의 선언 등이 있어 의장에는 안종화 씨가 추거되고 전정혁 씨의 경과 보고 토의사항으로 옮겨 역원선거(이사 감사 평의원)이 있으은 계속하여 청수 이사관 개천소좌의 축사가 있엇으며 최승일 복혜숙 문예봉의 회원 대표 인사가 있은 후 동 3시 10분 폐회하였는데 역원선거는 다음과 같이 결정되었다"(1940.2.14)라고 했다. 그 회의에서 뽑힌 이사는 왕평, 안석영 등 다섯 명이었고 감사는 안종화 등 두 명이었으며 평의원은 이규환 등 일곱 명이었다. 이처럼 조선영화인협회에는 모든 영화인들이 참여했었다. 그러한 상황 속에서도 왕평은 여러 번 영화 발전을 위하여, 라는 자신의 뜻을 분명히 밝힌 바 있다. 이 말은 당시 그에게 있어서는 영화예술 발전이 모든 것에 앞선다는 것이 아니었나 싶다.

그런데 실제로 그가 열정을 쏟은 분야는 포리도루 레코드 단원들을 이끌고 수시로 전국과 만주 지방까지 유랑하면서 공연하는 일이었다. 주지하다시피 당시 대중극단들은 모두가 유랑극단이었다. 서울에서만 공연해서 얻는 수익으로는 단체를 유지할 수가 없었기 때문에 가장 추운 겨울철을 제외하고는 모두가 지방 순회공연을 다니면서 생계를 유지했었다. 일제강점기는 궁핍한 시대여서 교통은 열악하고 숙박

시설은 낙후된 데다 삼시세끼 역시 부실해서 단원들의 고생은 말할 수 없었다. 따라서 단원들이 영양실조와 각종 질환으로 이탈하는 경우도 잦았으며 공연 중 졸도하는 경우도 종종 있었다.

포리도루 악극단의 리더 왕평이야말로 바로 그러한 시대 상황의 대표적인 희생자였다. 즉 그는 1940년 여름 포리도루 악극단을 이끌고 북선 지방 순회공연에 나서서 평북 강계극장(江界劇場)에서 그 자신이 쓰고 연출한 〈남매〉를 무대에 올리게 되었다. 그런데 안타깝게도 남자 주인공이 무더위에 배탈이 나서 부랴부랴 그가 대역으로 무대에 서게 되었고, 절규하는 장면을 실감나게 열연하다가 갑자기 고꾸라지고 만 것이다. 관중은 쓰러지는 장면인 줄 알고 우레와 같은 박수를 쳤지만 그는 이미 가쁜 숨을 내쉬면서 이승과 작별하고 있었다. 사진상으로 보더라도 그는 몸이 비대하여 혈압이 높아 보이고 멀리 순회공연 다니면서 피로와 무더위에 견디지 못했던 것 같다. 당대 최고의 대중문화 만능엔터테이너였던 그가 향년 32세로 마치 프랑스의 세계적 명여배우 사라 베르나르(1844~1923)처럼 타향의 연극 무대 위에서 숨을 거둔 것이다.

당시 『매일신보』는 '최후의 무대'라는 제목으로 강계 특전이라 하여 "강계극장에서 공연 중인 포리돌 가수 실연의 제2야 되는 31일밤 8시 30분에 출연 중이던 왕평 군은 갑자기 뇌일혈(腦溢血)을 일으키여 응급 가료할 사이도 없이 무대 위에서 급사하였다. 군은 다년간 무대에서 많은 경험을 쌓은 후 소화 8년 7월에 포리도루에 입사한 후 14년 3월에 문예부장으로 취임하여 지금까지 내려왔는바, 그는 레코드는 물론 〈나그네〉 〈군용열차〉 등 영화에도 출연하였다"(1940.8.2)고 보도했다. 한편 『동아일보』도 '왕평군의 유골, 삼일 조 공성작'이라는 제목으로 "지난 31일 밤 8시 30분에 강계극장에 출연 중이던 왕평군이 뇌일혈로 급사하여 레코드계, 극계, 영화계를 통한 군의 공적에 비추어 애도함을 마지않거니와 그의 유골은 3일 아침 7시 20분 경성역에 도착하리라 한다"(1940.8.3)고 보도했으며 이어서 "기보한 바 지난 31일 강계극장 무대에서 순직한 왕평 군의 영결식은 금 7일(수) 오후 6시에 시내 영락정 207번지 천대사에서 거행하기로 되었다"(1940.8.7)고 보도했다. 그가 워낙 유명인사여서 주변 사람들이 많았기 때문에 장례 문제는 포리도루 악극단에서 도맡았지만 막상 가족이 없는 처지에서 시신수습 등 민감한 문제는 서울에서 급히 온 동거녀 나품심이 해야 했다. 그러니까 나품심이 혼자서 상주 노릇을 한 셈이다.

약관의 나이에 당대 최고의 대중연극단의 전속작가로 데뷔한 그가 단 12년 동안 극작가, 성인가요 작사가, 연극·영화 배우 겸 연출가, 레코드회사 경영자, 그리고 영화사 제작자 등 여러 가지 장르를 아우르면서 195편이라는 놀랄 만한 작품을 남겼는데, 장르별로 구분해보면 성인가요와 민요, 희곡과 시나리오, 난센스, 스케치와 만담 등 다양했다. 희곡은 전하지 않아 작품 세계를 알 수 없지만 난센스, 스케치, 만담 등은 상당수 남았는데, 대체로 식민지 현실의 모순과 불합리를 에둘러 비꼬고 풍자한 희극 세계를 보여준다.

그리고 가요의 주제는 개략적으로 전통에 대한 애착, 삶에 대한 비애, 남녀 간의 연정과 이별, 청춘 예찬, 우리 국토에 대한 사랑, 인생무상, 그리고 이국 정취 등으로 요약되는데 애국심이 깔려 있는 특징도 보인다(이동순, 『한국 대중문화사와 왕평 이응호의 위상』 참조). 이러한 그

최초의 트로트 작사가 왕평

의 갈짓자걸음에 대하여 그 스스로는 어떤 단서도 남기지 않았지만 아무래도 그가 만년에는 영화예술 발전을 우선시하여 그쪽에 열정을 쏟았던 것이 아닌가 싶다. (2020.4)

초창기 여배우 이월화(李月華)의 드라마틱한 삶

　　모든 예술은 사람 사는 이야기라고 말할 수 있다. 비록 동식물을 소재로 하더라도 그것은 어디까지나 작가를 통해서 표현되기 때문에 사람과 연관되지 않는 것은 없다고 해도 과언이 아니다. 그런데 사람 사는 이야기라는 것은 그 소재가 되는 인간의 희로애락의 굴곡이 장삼이사(張三李四)와 어딘가 달라야 한다. 산이 높아야 골이 깊은 것처럼 삶이 평탄하지 않고 성공보다는 실패가 많은 사람일 때 이야깃거리가 많고, 관람자나 독자에게 흥미와 감동과 교훈을 안겨준다. 가령 연극에 한정해서 이야기해보면, 역사극에서 세종대왕이나 영 · 정조보다는 세조나 연산군 이야기가 주류를 이루는 이유도 바로 그 때문이다. 그들은 인간으로서 해서는 안 될 패덕의 악행을 서슴치 않았기 때문에 후대에 인구에 회자되면서 동시에 문예작품의 소재가 된 것이다.

　　그렇다면 근대극 100년에 있어 연극 주역들 중에 누가 창작의 소재로 가장 적합할까? 나는 일찍부터 남성은 지두한(池斗漢)이고, 여성으로서는 이월화(李月華)가 가장 적절한 인물이라고 생각해왔다.

　　지두한은 배우나 연출가도 아닌 사람이 신극 초창기에 10년 이상

독립운동하듯이 극단을 이끌면서 연극 직업화를 외치고, 선대의 유산은 말할 것도 없고 가족까지 몽땅 끌어들여 가산을 탕진한 뒤 마지막에는 길거리 포장마차로 연명하다가 생을 마감했다.

이월화의 삶은 더욱 드라마틱했다. 그녀는 1920년대, 즉 신파극과 정통 신극이 교차하던 시절에 타인 추종 불허의 여배우 자리를 지키기 위해 파란만장한 삶을 살다가 극적인 죽음을 자초한 전설 그 자체였다. 일찍이 미국 극작가 아서 밀러는 '연극이란 의문을 제기하는 것'이라고 했는데, 이월화야말로 삶 전체가 의문투성이인 만큼 더없이 좋은 희곡의 소재다. 그녀의 부모가 누군지, 언제 어디서 태어났는지, 어떻게 성장하면서 가난 속에서 교육을 받았는지, 언제 어떤 계기로 예원(藝園)에 뛰어들었는지, 연기 수준과 스타일은 어땠는지, 그 수많은 염사(艶事)는 어떠했으며 그녀가 자기 인생을 바칠 만큼 사랑했던 배우 생활은 왜 청산했는지, 또 갑자기 어디서 어떻게 죽었는지 등등 모두가 의문투성이다.

우선 그녀의 탄생과 성장 과정을 살펴보자. 일차적으로 그녀는 누구의 자식인지가 정확히 알려져 있지 않고 탐구해보아도 알아낼 수가 없다. 당시 신문에 나타나 있는 단편적인 기사들을 모아보아도 그녀의 부모가 누구인지 알 수 없지만 어느 고관의 첩 소생으로서 아비가 죽자 젊은 첩이었던 모친은 그녀를 버리고 개가해버리고 모친의 지인이었던 노파가 양육했다고 한다. 그렇게 버려진 아이[棄兒]였던지라 그녀의 출생지와 출생연도는 부정확할 수밖에 없다.

그녀의 출생연도는 대체로 1903년서부터 1905년 사이를 오간다. 『동아일보』는 1903년 또는 1905년이라고 했고, 『조선일보』는 1903년으로 보도했으며 측근이랄 수 있는 윤백남과 복혜숙은 1904년생이라고 했다. 나는 여러 가지 정황상 1903년이거나 그 이전으로 보고 있다. 호적상의 이름은 이정숙(李貞淑)으로 되어 있는 듯싶은데, 본명은 홍소회(洪所回)였다는 기사도 보인다. 그녀를 본격적으로 예원에 끌어들인 윤백남은 나중에 월화(月華)라는 예명을 붙여주었다. 출생지도 충청도라는 이야기가 있는가 하면, 그녀를 키워준 노파가 창성동의 초라한 토막집에 살고 있었던 만큼 서울이 고향이라는 양론이 전한다.

그처럼 가난한 살림살이에서 어떻게 진명고녀와 이화학당 중학부를 다녔느냐도 의문이다. 그 점에서 양모도 생모처럼 벼슬아치의 첩살이를 했기 때문에 비록 가난했어도 상당히 개명된 여성이었던 것 같고, 양녀에 대한 애정도 남달랐던 듯싶다. 월화가 장성하자 양모는 당시의 조혼 관습에 따라 16세에 어느 재봉사와 결혼을 시켰고, 1년 만에 아들도 낳는다. 그런데 불행하게도 1년 뒤에 아들을 잃고 (1920), 그 후 결혼 생활에 싫증을 느끼고 뛰쳐나와 어느 경찰의 정부가 된다.

그러한 생활에도 염증이 난 그녀는 일본으로 가고자 부산에 갔다가 잠시 생활을 위해 병원 간호사로 일을 하다가 순회공연 중인 여명극단에 들어간다. 기록에는 여명극단이 소녀들로 구성되었다고 하는데, 이는 아마도 일본의 덴가츠(天勝) 곡예단을 모방한 극단이 아니었나 싶다. 양갓집 소녀들이 극단에 들어갈 리 없는 시대였던 만큼 여명극단은 어린 기생들로 구성되었다. 춤과 노래를 전문으로 하는 단체여서 춤에 소질이 있던 그녀가 잠시 가입했으나 적응하기는 쉽지 않았을

초창기 여배우 이월화(李月華)의 드라마틱한 삶

것 같다. 왜냐하면 그 단체는 덴가츠처럼 노래와 춤을 기본으로 했을 것이기 때문이다. 때마침 부산 동래 출신인 현철(玄哲, 1889~1965)이 고향에 내려와서 백우회(白羽會)라는 극단을 조직해서 몇 번 공연한 바 있는데, 그때 이월화도 참여하여 윤백남에게 깊은 인상을 줌으로써 한동안 그와 공연 활동을 하게 된다.

그리하여 그녀는 1922년 초 윤백남이 서울에서 극단 민중극단을 조직할 때 참여하여 여배우로서 본격적으로 무대에 서기 시작한다. 그 이전에 이미 신파극을 접해본 이월화는 약간 개선된 민중극단에서는 주연 여배우로서 주목을 받으며 입지를 굳혀가고 있었기 때문에 이듬해 도쿄 유학생들이 하계방학 중에 출범시킨 토월회에서 그녀를 영입한 것은 극히 자연스러운 것이었다.

전문 연출가가 없었던 신파극단에서 스스로 연기술을 익힌 그녀가 토월회에서 성향에 맞는 역이라 할 카츄사(톨스토이 원작 〈부활〉)와 주막 처녀(마이야 펠스타 원작 〈알트 하이델베르크〉)를 거의 완벽하게 표현해냄으로써 단번에 '조선극단의 꽃'과 '예원의 여왕'의 자리에 올라앉게 된다. 그녀가 당시 관중에게 어떻게 비쳤는지는 『매일신보』에 구체적으로 나타나 있다. 즉 그 신문은 그녀에 대하여 "조선의 유일한 여배우요, 예원의 여왕인 이월화 양, 만일 조선에 형태만이라도 극단이 있다면 이월화 양을 빼면 무미건조한 사막이 되고 말 것, 천여 관중의 시선을 한몸에 모두고 무대에 올라서서 섬세하게 기예(技藝)를 아로새겨가는 것, 그의 일거수 일투족에는 천재의 번뜩임을 볼 수가 있고 그의 울고 웃는 때는 관중의 가슴을 날카롭게 찔러주는 굳센 힘이 있다. 어려운 역의 복잡한 성격을 살려내는 수완은 도저히 믿지 못할 지경, (…)

이월화 양의 역이 조선에서는 찾아보기 힘 드는 퇴탕(頹蕩)한 여주인공의 2중 3중으로 복잡한 성격을 나타내는 까닭을 반드시 생각하여야 할 것"이라면서 명배우가 되기까지의 배경에 대하여는 "그가 진명여학교의 보통과를 마치고 이화학당 중학과에 입학한 어떠한 해 가을날 저녁에 우연히 친구에게 끌려 연극 구경을 처음으로 한 후부터 단순한 처녀의 마음에 연극이란 한 곳으로 쏠리게 되어 밥을 굶을지언정 연극은 아니 구경할 수 없게까지 그곳을 사모하고 동경하였다 한다. 그후 어린 여학생이 약한 몸으로 완강한 가정의 구속을 벗어나 자유로 무대에 설 때까지 얼마나 많은 오뇌와 번민을 겪었으랴. 예원의 여왕! 양의 앞날에는 백화가 난만한 예술의 왕국이 열리어 있다"(1924.3.18.)고 쓴 바 있다.

이상과 같은 당시 보도기사에는 그녀에 대하여 여러 가지 담론이 내포되어 있다. 첫째로 그녀가 배우로 나서게 되는 배경인데, 이는 순전히 우연한 계기였다는 점이다. 신극이 충분히 발달하지 못했고 대중화와는 거리가 멀었던 시절이라서 여자에게 배우라는 직업은 상상도 해보지 않을 때, 그녀가 어느 날 뜻하지 않게 친구에 이끌려 우미관에 들어가 처음으로 영화와 연극을 구경하면서 자신도 모르게 내면으로부터 용솟음치는 충동을 느꼈지만 전후 사정에 의해서 잠재되어 있다가 전술한 바대로 결혼 실패로 운명에 따라 배우가 된 것이다. 그녀는 모든 것이 우연의 연속이었다. 그러니까 그는 정상적인 부부가 아닌 남녀 사이에서 우연히 태어났고 우연한 기회에 연극을 접하게 되었으며 결혼 실패 후 부산으로 도망갔다가 우연히 배우가 된 것이다.

초창기 여배우 이월화(李月華)의 드라마틱한 삶

두 번째로 그가 연극계 입문 4년여 만에 어떻게 천재 배우라는 말을 들을 만큼 탁월한 연기를 할 수 있었는가 하는 의문이다. 그 시절에는 연극을 가르치는 학교는 물론이고 전문 연출가도 없었으며 소위 스타니슬라프스키의 근대적 배우술이 전혀 소개가 되지 않은 때였다. 그런데 어떻게 그녀가 '천재 배우'라는 소리를 들을 만큼 천여 관중을 단번에 사로잡는 카츄사의 2중 3중 복잡한 성격의 연기를 탁월하게 해낼 수 있었을까. 여기에 대한 답은 그의 예민한 감수성과 천부적인 재능 및 집중력, 순발력 등에서 찾을 수 있지 않을까 싶다. 거기에 더해지는 것으로 알맞은 키와 관능적인 몸매, 그리고 자유분방하고 바람기가 넘치며 열정적인 면이 남달랐다는 점이라 하겠다.

그래서 복혜숙의 증언대로 그녀의 주변에는 언제나 '꿀 항아리에 파리 모이듯' 남성들이 들끓었다. 특히 그녀는 겨우 스물한두 살 나이에 퇴폐적이고 방탕한 여주인공 역을 잘해냈다고 하는데, 이는 아마도 조숙했던 그녀의 불행한 가정 배경과 시대 배경이 더해져서 그 몸속에서 이미 무르익은 낭만주의가 흘러넘쳤던 것이 아니었을까 싶다.

그러나 연기가 무르익어갈수록 그녀의 삶은 점점 더 피폐해지고 있었다. 그녀는 토월회를 살린 스타였으나 그 단체의 주도자 박승희와의 사랑에 실패하자 토월회를 떠난 후 예술과 사랑에의 갈증을 폭음과 남성 편력으로 채우고 있었다. 그런 때 배우로서의 탁월성을 잘 알고 있던 안종화(安鍾和)가 그녀의 퇴락을 못내 아쉬워하여 영화계로 인도하게 된다. 이미 영화 〈영겁의 처〉로 인정을 받은 바 있던 그녀는 다시 윤백남 팀에 합류하여 〈해의 비곡〉으로 복귀했으나 폭음에 따른 푸석한 얼굴과 생기 부족 등으로 신선미를 잃었던 것 같다. 결국 강한 자존심과 스타 의식이 넘쳤던 그녀가 다음 작품인 〈운영전〉에서 주연 자리를 놓고 벌인 신인 김우연과의 경쟁에서 밀려나자 윤백남 감독과 대판 싸우고 그와 결별케 된다.

그 후로도 그녀는 여러 편의 영화에 출연했으나 무절제한 생활과 자기 관리 소홀에 따른 비만 등으로 조연급으로 전락하고 만다. 그나마도 영화 출연으로 생활이 되지 않자 영화계를 떠나 1928년에 드디어 권번에 적을 두는 기생 생활로 들어선다. 이때 유일무이한 그녀의 목소리를 남기는데, 즉 "조선에 완전한 극단이라도 있어서 생활의 보장만 해준다면 누가 이런 기생질을 하겠어요"(『조선일보』, 1928.1.5)였다.

결국 그녀는 요정에서의 폭음과 남성 편력에 염증을 느끼고 아예 나이 많은 부호의 첩살이로 안주케 된다. 이는 일종의 현실도피였다고 말할 수 있을 것 같다. 오랜만에 여유로운 삶을 찾은 그녀가 험난했던 지난 생활을 정리라도 하는 듯 예명 대신 이정숙으로 되돌아와 학원을 다니며 공부도 했다. 그것이 그녀 나이 스물다섯 살 때였으므로 1928년 여름쯤 된다.

그러나 방랑벽에다가 예술에 대한 열정을 끝내 떨쳐버리지 못한 그녀는 1930년에 늙은 부호와의 권태로운 생활에 종지부를 찍고, 집을 뛰쳐나와 유랑극단인 오양가극단(五洋歌劇團)에 몸을 싣는다. 노래는 약했지만 춤에 능했던 그녀가 오양가극단을 따라 몇 달 동안 지방 순회를 다녀온 뒤 그 단체 역시 자신의 예술적 충족을 못 시켜준다면서 연예계를 완전 청산하고 상해로 훌쩍 떠나버린다. 상해는 한때 그녀가 나쁜 남성에 의해 인신매매로 끌려가서 댄서 생활을 해본 화려한 도시

여서 낯설지가 않았으며 동시에 허영심을 충족시켜주기에는 더없이 좋은 도시였다.

거기서 카바레 댄서 생활을 하다가 이춘래라는 연하의 미남 청년 중국 대학생을 만나 곧바로 사랑에 빠지고 결혼도 한다. 그녀로서는 정식 결혼으로서는 두 번째이기도 했지만 그동안 예술 활동과 남성 편력 등으로 불안정했던 생활을 완전 청산하고 새로운 삶을 모색하겠다는 큰 결심을 하고 시부모까지 모시고 귀국하여 수원에다가 신접살림과 함께 포목상(水南布木商)까지 차린다. 과거를 단절하고 인생의 대전환점을 마련해보겠다는 의도에서였다. 그녀의 예술 동지 복혜숙이 수원의 포목상을 찾았을 때, 재기를 다짐하는 모습이 눈물겨웠다는 회고는 시사해주는 바 크다고 하겠다.

그러나 장사는 열심히 했으나 일본인 시모와 중국인 시부, 그리고 혼혈 남편은 한국 땅이 낯설 수밖에 없었고 문화 차이에서 오는 갈등으로 가정은 언제나 불안정했다. 가령 언어만 하더라도 그녀는 이화학당까지 다녔으니까 일본어는 했을 것이고 상해에서 댄서 생활을 했으므로 중국어도 어느 정도 통했을 가능성이 있지만 남편과 시부모는 한국어가 통하지 않아 이웃들과 소통이 어려웠을 것이다. 결국 그녀는 1933년 여름에 시모의 고향인 일본 모지(門司)로 이주한다. 일본으로 이주했다고 해서 당장에 가정이 안정될 리는 만무했다. 이주하고도 가족 간의 갈등은 여전했고, 결국 1933년 7월 18일 저녁 그녀는 시모와 심한 말다툼 끝에 극적인 자살로 참담하게 패배한 예술가답게 파란만장한 삶을 마감한다(심장마비로 사망했다는 설도 있고, 『조선일보』는 상해에서 자살한 것으로 보도했다).

출생부터 불행했던 그녀는 1921년 연예계에 데뷔하여 10년 동안 무대와 스크린을 누볐지만 궁핍한 시대와 낙후된 문화 배경으로 인하여 타고난 천재성과 열정을 제대로 발휘하지 못했고, 그 갈증을 성으로 메꿔보려다가 그로 인한 세속적 모멸까지 겹침으로써 고독과 절망으로 몸부림친 끝에 결국 죽음으로 시대에 저항한 것이다. 고작 30년이라는 짧은 생애였지만 범용한 가정주부로 시작하여 간호사, 댄서, 배우, 기생, 그리고 포목상에 이르기까지 그녀의 고달팠던 삶은 얼마나 변화무쌍하고 파란만장했는가.

　　바로 그 점에서 근대 초기에 공연예술에 도전했다가 참담하게 패배한 그녀의 삶은 문학작품으로서 좋은 소재가 될 만하다. 문제는 너무 시대에 앞서 가다가 좌절한 그녀의 복잡다단한 내면 세계를 어떻게 형상화할 것인가이다.

초창기 여배우 이월화(李月華)의 드라마틱한 삶

외원내방(外圓內方)의 덕인 이해랑

내가 이해랑 선생의 연극을 처음 접했던 것은 1960년대 초 명동의 국립극장에서였다. 그분이 연출한 번역극이었는데 매우 재미있게 보았고, 프로그램에 이해랑 선생이 이름이 적혀 있어서 그분이 훌륭한 연출가인가 보다 했다. 그런 즈음에 남산 중턱의 신축 드라마센터에서 유진 오닐의 명작 〈밤으로의 긴 여로〉를 선생께서 연출과 주연까지 맡았던 무대에서의 중후, 진지하면서도 멋진 연기 모습을 보고 배우에 대한 동경과 연극의 깊고도 진한 맛을 처음으로 느꼈던 추억이 있다.

그 후로도 나는 명동에서 셰익스피어 작품들을 여럿 관극했고, 그분이 연출하고 주연까지 했던 〈오셀로〉에서 이아고라는 교활하고 얄밉기까지 한 악인을 아주 그럴듯하게 연기하는 선생을 보고 그 연기 폭이 얼마나 넓고 깊을까를 상상해보기도 했다. 그리고 이따금 명동에 가서 주점이나 다원에 들르게 되면 먼빛으로 자연인 선생을 뵐 수가 있었다. 그런데 자연인 선생은 무대에서와는 전혀 달랐다. 그분은 주석에서조차도 매우 기품 있고 의연하기까지 했었다. 이처럼 당시의 관극 경험을 통하여 은연중 선생이야말로 한국 연극계의 독보적인 존재로 내게 각인되어갔었다.

그러다가 1970년대 초에 한국문화예술진흥원(현재의 한국문화예술위원회)이 발족되어 중앙청 옆 가도에 임시사무소(최창봉 사무총장)를 두었는데, 나도 자문위원으로서 이런저런 회의에 자주 참여했고, 처음 인사를 올리게 된 선생께서 회의를 주재하곤 했다. 선생께서는 복잡해 보이는 문제도 아주 군더더기 하나 없이 간단명료하게 처리하고 곧장 식당으로 직행하여 맥주 파티로 하루를 마무리하곤 했다. 맥주를 유난히 좋아했던 선생은 거나한 상태에서도 도리에 어긋나는 언사는 한마디도 하지 않고 주로 자신이 해왔던 연극 주변 이야기로 주위 사람들을 경청케 했기 때문에 주연은 언제나 선생의 성품처럼 매우 유쾌하게 끝나곤 했다.

그런데 당시 나는 선생이 예총 회장을 다섯 번이나 역임하고 힘있는 여당의 국회의원이라는 사실을 전혀 모르고 있었다. 그럴 수밖에 없었던 것이 나는 그 시절 신문이나 방송을 별로 접할 기회가 없었으며 연구실에 앉아 논문이나 쓰고 학생들이나 가르치는 서생이어서 세상 돌아가는 것에 대하여 어두웠기 때문이다. 실제로 선생 역시 전혀 그런 티를 내지 않고 격의 없이 주변 사람들을 편안하게 대해주곤 했었다. 한참 후에 누가 선생에 대하여 귀띔을 해주어서야 비로소 대강 알게 되었고, 선생의 고귀한 인품을 좋아하고 존경심을 갖게 되었다.

어찌된 일인지 그 이후에 선생과 함께하는 일이 잦아졌다. 가령 1976년도부터 시작된 대한민국연극제 때 초대 집행위원 겸 심사위원으로 선생과 이진순, 차범석, 김의경 그리고 나 등 다섯 명이 지명되어 연극제 진행과 작품 심사를 하면서 호흡이 잘 맞아 재미있게 일을 마

외원내방(外圓內方)의 덕인 이해랑

칠 수가 있었는데, 그 과정에서 선생으로부터 현장에 대해 많이 배웠다.

그로부터 나는 선생의 고귀한 인품과 풍부한 식견에 감화되어 그분을 스승이나 어버이처럼 따랐고, 선생 또한 나를 특별히 아껴주었다. 내가 객지에 나와서 정초에 세배를 다닌 곳이 유일하게 사당동 선생 댁이기도 했다. 이제는 모두가 아름다운 추억이 되었지만 여름이면 김동훈, 노경식 등 내 친구 몇 명이 선생을 모시고 동해안으로 며칠씩 여행도 다녔으며 1983년도부터 시행된 지방연극제 심사를 위해서 청주, 광주 등지로 긴 시간을 모시고 다닌 바도 있다.

십수 년 동안 지근거리에서 선생을 지켜보는 동안 참으로 독특한 인격자라는 점을 발견했다. 선생과는 이러저러한 회의라든가 심사 등을 많이 했고 주석에서 여러 사람들과 술도 많이 마시면서 의견이 갈리는 경우가 적잖았지만 선생께서는 웃으면서 경청해주었으며 화를 내거나 큰소리로 상대방을 윽박지르거나 하는 것을 한 번도 본 적이 없었다. 그리고 평소에도 남을 비방하거나 흉을 보거나 질시하거나 원망하거나 불평하거나 천박한 언어로 욕을 하거나 하는 것을 단 한 번도 본 적이 없었으며 돈에 관한 이야기와 여자에 관한 이야기도 전혀 들어본 적이 없다.

그런 선생도 어쩌다 마음 상해하는 경우가 있었다. 선생이 국회의원으로서 8년 동안의 임기를 마치고 대학에 복직하면서 연극 현장에도 복귀하자 반기기는커녕 외도라고 비난하고 박대한 수십 년 친구 모 씨(니혼대학 동기)에게 배반감을 느끼고 실색, 섭섭한 마음으로 소원하게 지낸 적이 있었다. 따라서 그 사람과는 수년간 공식 석상에서만 만날 뿐 사적인 자리는 단 한 번도 가진 적이 없었다. 내가 어느 기회에 선생께 화해를 제의했더니 "그깟 녀석 뭐"라고 한마디 던지곤 그만이었다. 평소 그처럼 사람을 좋아하고 호방했던 선생에게도 저런 면이 있구나 하는 생각을 처음으로 했었다. 내가 선생을 가리켜 외원내방(外圓內方)의 인물이라고 한 것도 바로 그때를 연상하고 붙인 것이었다.

그런데 더욱 놀라웠던 것은 그 사람이 타계하자 누구보다도 슬퍼하고 가장 먼저 달려가서 끝까지 장례일을 도맡아 했다는 사실이다. 그만큼 선생은 사람을 아끼고 사랑했다. 그렇기 때문에 선생의 주변에는 언제나 멋진 친구들과 따르는 후배들이 들끓었다. 그러한 일들을 목격하고 나는 선생이야말로 예술가라기보다는 드러나지 않는 도인(道人) 같다는 생각을 하곤 했다.

도인 같은 선생이었지만 1945년 민족해방 공간에서 좌우익 연극인들의 살벌한 대립과 상쟁의 상황 속에는 우익 선봉장으로서 좌익 연극인들과 당당하게 맞서서 이론과 행동으로 싸웠고, 1960년대에 예총 회장을 다섯 번, 1970년대에 국회의원, 1980년대에는 예술원 회장을 두 번 역임했던 지도력은 어디에서 나왔을까.

더 놀라운 것은 1954년도에 전국 예술인들의 직접투표로 초대 대한민국예술원 회원을 선정할 때, 기라성 같은 원로 중진들을 모두 제치고 38세의 선생이 당당히 1등을 한 일이었다. 솔직히 당시 선생은 연기와 연출을 겸한 소장 연극인에 불과했지만 전국의 예술인들은 우리가 미처 모르고 있던 그 이상의 어떤 면을 본 것 같다. 그러니까 전국의 예술인들이 선생을 최고의 인물로 본 것은 아무래도 친일 행적이

외원내방(外圓內方)의 덕인 이해랑

없는 데다가 해방 공간의 분단과 동족상잔의 소용돌이 속에서의 확고한 노선 활동과 스캔들 하나 없이 올곧게 살아오면서 어렵사리 신극 운동에 매진해온 것을 높게 평가한 것이 아닌가 싶다.

*

선생은 일제의 한국 병탄 6년 뒤인 1916년에 태어났다. 흥미로운 사실은 그해에는 그 어느 해보다도 출중한 예술인들이 다수 태어났다는 점이다. 가령 문학 분야에서 보면 청록파인 「나그네」의 시인 박목월과 「해」의 시인 박두진 등이 태어났고, 미술 분야에서는 이중섭과 최재덕(월북), 김형근, 유영국 등 여럿이고, 언론계에도 한국일보 창간자 장기영 등 출중한 이들이 있으며, 연극계에서는 〈맹진사댁 경사〉의 극작가 오영진을 비롯하여 최고 명배우 김동원, 무대미술과 연출의 이원경, 유진 오닐의 희곡 번역과 연극비평의 오화섭 그리고 대표적인 연출가 선생이 있지 않은가. 그런데 어느 분야보다도 연극계에서는 신극사의 핵심 인물들이 1916년생이었다는 사실이 놀랍다.

1916년생 연극인들은 대체로 1945년 해방공간에서 빛을 조금씩 발하다가 6·25전쟁이 끝난 이후에 우리의 문화예술을 이끌었고 1980년대에 와서 다음 세대에게 바통을 넘기게 된다. 이처럼 이들은 근대연극으로부터 현대연극으로 넘어가는 과도기에 중요한 역할을 담당했는데, 이는 곧 한국 근현대문화의 허리에 해당하는 것이라고 말할수가 있다. 사람도 허리가 튼튼해야 몸 전체가 건강하듯 이들의 극작, 연기, 연출 그리고 연극 교육 등의 역할이 오늘날의 풍성한 현대연극을 있게 했다는 이야기도 된다.

그 주도적인 인물이 바로 이해랑 선생이었다. 즉 그는 해방 이후 정극의 주류라 할 극단 신협을 이끌면서 국립극단의 연출을 도맡아 했고, 동국대학교 연극과 교수로서 후진들을 양성하는 한편 이동극장운동을 통하여 지방 연극의 불모지에 연극의 싹을 틔웠으며 전국문화단체총연합회의 회장으로서 예술인들의 복지 문제를 부분적이나마 해결한 바도 있다(예컨대 사당동의 예술인마을 조성). 그리고 여당의 국회의원으로서 한국문화예술진흥원의 설립과 운영을 뒷받침하는 한편 5공 당시인 1980년대 초에 회장으로서 정년제 예술원의 숙원을 대통령에게 건의하여 정년제를 폐지하기도 했다.

지난 한 세기 동안의 우리나라 문화예술계 전체를 돌아볼 때, 각자 자기 분야에서는 큰 업적을 남긴 인물들이 많지만 이해랑 선생처럼 자기 분야를 넘어서 한국문화 전체를 내다보고 미래지향적인 각종 제도 개선을 비롯하여 후진 양성, 지방 문화 진흥 등 폭넓은 활동을 한 인물은 희소하다. 시간이 흐를수록 선생이 크게 보이는 이유도 바로 거기에 있다는 생각이다.

40여 년간 지켜본 인간 차범석

차범석은 그를 둘러싼 여러 가지 환경적 측면에서 보면 이미 대성할 수 있는 조건을 갖추고 있었음을 예측하게 한다. 첫째 그는 거대한 예맥(藝脈)이 흐른다고 볼 수 있는 진도와 인접한 호남의 끝자락 목포에서 태어나 자랐다. 목포는 1897년에 개항한 도시로서 당시 인구가 한국인 2,600여 명에 일본인 206명을 합해도 3천 명이 안 되었으니 도시라고 하기에는 너무 적었다. 그러나 주목해야 할 것은 일본인이 206명이나 거주하고 있었다는 점인데, 이들은 아마도 주로 관리와 무역업자 등 상인들이었을 듯싶다.

당시 일본 상인들은 외국에 진출할 만큼 진취적인 사람들로서 목포 사람들에게 신문화를 몸소 전달해준 일종의 전령사였다고 볼 수도 있다. 목포에는 20세기 초에 일본인이 세운 극장이 있어 서양 영화를 볼 수 있었고, 1923년에 윤심덕 형제가 음악회를 열었던 조그마한 공연장인 상반좌(常盤座)도 있었다(김성진 논문). 차범석이 태어난 곳은 이러한 문화적 혜택을 누릴 수 있는 곳이었으니, 이는 내륙 사람들로서는 상상할 수 없는 행운이었다. 실제로 차범석은 그 극장에서 수시로 영화를 구경했으며 최승희의 현대무용까지 관람하고 무대 공간의 신비스러움을 깨닫고 평생 무용을 사랑하지 않았던가(극작가 유치진과 음악가 윤이상도 개항도시 통영 출신이었다).

두 번째로 그는 부유하고 개명된 가정에서 태어나 자신이 원하면 무엇이든지 할 수 있는 여건을 갖추고 있었다. 그가 태어난 1924년은 3·1운동이 휘몰아치고 나서 2, 3년이 흐른 뒤였다. 1910년 일본의 한국 병탄 이후 토지조사사업과 공출제도 등으로 한국인들은 궁핍의 고통으로 날을 지새우던 시절이었지만 그는 그런 것을 제대로 알지도 못하는 지주의 차남으로 태어났다. 그것도 단순한 부잣집이 아니라, 부친과 숙부들이 모두 일본에 유학하여 사회과학과 의학 등 선진 학문을 공부하고 각계에서 지도급 인사로 활동하고 있던 가문의 자손이었다.

그러니까 그는 좋은 DNA를 타고나 어려서부터 자연스럽게 서재에 가득 찬 세계문학전집 등의 서책을 접하면서 남보다 앞서서 선진문명에 눈을 뜰 수 있었던 조건에서 성장한 것이다. 좀 더 구체적으로 말하면 당시 우리나라 문맹률이 80%이던 시절에 차범석의 집안에는 라디오와 축음기 등의 문명 이기와 각종 서책이 그득했고, 밖에 나가면 영화관에서 서양 영화를 상시 볼 수 있었다는 것이다.

이상과 같은 주변 환경의 혜택으로 그는 누구보다도 일찍 개명되어 소학교 4학년 때, 벌써 「만추」라는 글을 써서 교지에 실은 바 있었는데, 이것이 뜻하는 의미는 적지 않다고 본다. 왜냐하면 소학교 4학년이라면 열 살을 겨우 넘긴 천진난만한 아이인데, 그 또래에게는 이해조차 쉽지 않은 만추(晩秋)라는 어휘를 마음속에 삭여서 글을 만들어냈다는 것은 그의 문재(文才)가 조숙을 넘어 천재성까지를 보여준 것

40여 년간 지켜본 인간 차범석

이었다고 말할 수 있다. 그러니 곁에서 그를 지켜본 부친도 규슈제대 의학부를 나온 계씨처럼 의사로 만들려던 당초의 뜻을 쉽게 꺾었을 것도 같다.

그는 광주서중(현 광주일고)을 거쳐 일본 유학을 꿈꾸고 도일했으나 원하던 대학 진학에 실패한 뒤 귀국하여 학병에 끌려갔고, 곧바로 해방을 맞아 잠시 소학교 교사를 하다가 23세에 연희대학 영문과에 진학한다. 소년 시절 영화에 빠졌던 그가 대학에서 희곡론을 강의하러 온 동랑 유치진과 운명적인 만남을 갖는다. 여기서 운명적이라 함은 그가 리얼리스트인 동랑의 강의를 듣고 극작가의 길을 찾은데 따른 것이다. 그러니까 그는 후진국의 문인은 동적인 문학이라 할 희곡이 적절하다고 확신한 것 같다.

따라서 그는 연극을 초랭이패 짓이라고 경멸하던 고루한 부친의 벽을 넘어 연극 공부에 매진하던 중 6·25전쟁을 만나 낙향하여 목포중학 국어교사로 있으면서 전쟁 중이었음에도 희곡 습작품을 가지고 학생들과 아마추어 연극 활동을 했다. 그러다가 1955, 6년도에 『조선일보』를 통하여 정식으로 극작가로 데뷔했고, 서울로 올라와 덕성여고 교사로 생계를 꾸리면서 본격적인 작가 활동을 한다.

그러다가 MBC TV 개국과 더불어 제작과장으로 입사하여 PD로 일하던 중 질병(간염)으로 사직하고 1년여간 쉰 뒤부터 전업 작가로 활동케 된다. 극단 산하도 창단하고 방송 드라마로 생계를 꾸려가기 시작했고 활발한 창작 활동으로 중견작가로 발돋움하면서 한국연극협회 이사장으로 선출되고 이어서 예술원 회원도 되었다. 또한 50대의 늦은 나이에 청주대학교 연극영화과 교수도 되었다. 이처럼 그는 소학교 교사로부터 중등학교 교사 그리고 대학 교수에까지 오르면서 학생을 가르치는 일이 창작 다음으로 주된 직업이 되었다. 그로부터 그는 창작과 교육으로 평생을 보내게 된다.

이처럼 여러 분야에서 거둔 명망으로 그는 김대중 정부 시절 한국문예진흥원장이 되었고 예술가들 소망의 정점이라 할 대한민국예술원 회장에도 오르게 된다. 그런데 여기서 그의 선비적 기질이 나타났는데, 그것이 다름 아닌 예술원 회장이 되면서 경제적인 혜택이 주어지는 문예진흥원장 자리를 던진 일이다. 그러니까 중요한 선택의 기로에서 실리보다는 명분을 중시하는 처신을 보여준 것이다.

그가 명분을 중요시한 면모는 평소 자주 보여준 바 있다. 가령 인간관계에 있어서 그는 호불호가 분명했는데, 그의 인간 평가 기준은 평소의 도덕적 삶과 언행, 정직성, 그리고 실력인 듯싶었다. 그는 마음속으로 일단 아니라고 평가한 사람은 끝까지 아니었지만 겉으로는 전혀 내색하지 않는 외원내방(外圓內方)의 인물이었다. 그는 남산골 샌님같이 깡마르고 소식다주(小食多酒)의 미식가로서 꼬장꼬장하고 불의와는 전혀 타협하지 않았으며 아닌 것은 아니라고 직설적으로 말해야 직성이 풀리는 성격이었다. 특히 공연예술의 경우는 관람 후 태작(駄作)일 경우 대표를 불러 야단치는 경우가 많아 후배들이 그를 경원의 대상으로 여겼다. 작품에 한한 것도 아니었다. 가령 객석이 소란하면 돌아서서 큰소리로 야단치는 경우가 종종 있었다. 그만큼 그는 눈에 거슬리면 장소 불문 질타하고 지나가야 속이 풀리는 직선적 성격이었다.

나는 평생 그처럼 책임감이 강한 사람을 본 일이 없다. 그가 만년에 중병으로 병원을 드나들면서도, 원로 연극인 김동원이 타계했을 때 장례위원장을 맡아 끝까지 일을 처리하고 두 달 뒤 자신이 소천했다. 그는 장례위원장으로서 고인의 영전에 헌화한 후 쓰러지면서까지 책임을 다했으며 장례위원 명단 작성 때도 일일이 체크하는 모습을 옆에서 지켜보고 놀라기도 했다. 그만큼 그는 모든 일에 철두철미했다. 그가 죽음의 그림자가 드리워지던 소천 1주일 전에 지인의 시집에 추천사를 마지막 글로 써준 것도 그의 철저한 책임감을 단적으로 보여주는 예가 될 것이다.

생전에 그는 항상 지적 갈증을 느낄 정도로 지식 습득에 목말라했다. 그는 말년에도 주요 신문에 나오는 신간들을 읽을 시간이 부족하다고 자주 한탄하곤 했다. 한번은 부산 강연차 함께 기차 여행을 하게 되었는데, 가는 동안 읽으려고 하버드대학 헌팅턴 교수의 신간을 꺼내 들자마자 그게 무슨 책이냐고 빼앗아 내내 읽었기 때문에 나는 옆에서 구경만 하다가 종착역에 내린 추억도 있다. 이처럼 그는 매일 다양한 글을 쓰느라 책을 읽지 못하는 것을 항상 아쉬워했다.

그뿐만 아니라 그는 평소 허명만 높은 명사들을 우대하지 않는 편이었다. 그 하나의 예로서 그가 책을 출간할 때마다 출판기념회를 가졌는데, 40대부터 내가 단골 축사자가 되었다. 처음에는 대학 총장을 지낸 예술계 원로와 내가 축사를 했는데, 그다음부터는 나에게만 축사를 하도록 했다. 이따금 원로들과도 같이 했지만 대체로 내가 도맡아 하는 편이었다. 한번은 프라자호텔에서 출판기념회를 가졌는데, 내가 단상에 올라 축사를 하고 총리까지 지낸 학계 원로는 단하에서 건배사를 한 경우까지 있었다. 솔직히 나는 면구스럽고 난감했는데, 그는 아무렇지도 않은 듯 흐뭇해했었다.

이처럼 그는 평소 허명과 허례허식을 싫어하고 지식에 목말라했지만 안빈낙도(安貧樂道)가 체화된 듯 재물에는 별 관심을 두지 않았다. 그가 지주 가문의 차남으로서 백씨가 요절함으로써 장남이나 마찬가지로 유산도 받았지만 젊은 시절에는 전세집에 살면서도 자신은 한 푼도 갖지 않고 형제들에게 모두 나누어준 일화도 있다. 따라서 그에게는 만년에 살던 30평대 아파트 한 채가 전 재산이었다. 그의 재물에 대한 무욕은 디지털 시대의 필수적 생활용품이라 할 자가용, 컴퓨터, 휴대폰, 그리고 카드 네 가지를 평생 소유하지 않았던 사실에서도 잘 나타난다. 이는 그의 강한 선비적 생활 자세와 철두철미한 자유정신과도 연결되는 것으로서 절대로 문명의 이기에 예속되지 않겠다는 의지의 실천이 아니었나 싶다. 실례를 들자면, 그는 수십만 장의 원고지를 오로지 만년필과 볼펜만으로 메꿨던 것이다.

또 하나 그가 허명이나 사회적 지위 따위를 대수롭게 않게 생각했던 점은 자신의 글을 게재지에 보낼 때 언제나 '극작가'를 내세웠던 사실에서도 잘 나타난다고 말할 수가 있다. 그가 평소 문화계의 중요한 자리를 사양하진 않았으나 거기에 집착하지는 않았고, 따라서 어떤 직위도 결국은 곧바로 사라진다는 인식으로 거기에 연연하지 않았다. 그러니까 그가 궁극적으로 역사에 남기고 싶어 한 것은 극작가로서의 명망이었다.

한편 그는 일과 술을 누구보다도 좋아했고 대단히 즐긴 작가였다. 그 일이라는 것은 글쓰기와 공연 관람, 그리고 강연 등으로 요약할 수가 있을 것 같다. 소학교 4학년 때 「만추」라는 작문을 발표한 그는 소천 1주일 전까지 글을 썼다. 아마도 이런 경우는 세계에서도 그 예를 찾기 힘들 것 같다. 그리고 그 분주한 스케줄에도 불구하고 웬만한 공연은 다 보러 다녔으며 전국 각지에서 몰려오는 강연, 축사 등의 요청을 거절 않고 모두 다녔다. 그런 스트레스를 그는 술로 달랜 것이 아닌가 싶다. 바로 그 점에서 그를 한 자루의 초에 비유하면 촛농 한 점 남김없이 완전히 소진하고 떠나간 경우라고 말할 수가 있다.

그런 그가 생전에 꼭 하고 싶어 했던 두 가지는 전집 발간과 사후에 자신의 이름을 붙인 희곡상 제정이었다. 그러한 그의 소망은 사후에 모두 이루어졌고 거기에 더하여 학회까지 만들어졌다.

그는 소년 시절부터 책 읽기를 좋아하여 문학 수업이 잘 되어 있던 데다가 데뷔 당시 극작의 달인이라 할 유치진을 만나 단기간에 극작법을 전수받아 탄탄대로를 걷게 되었으며 유년 시절부터 영화를 좋아해서 영상 시대의 작가로서도 안성맞춤이었다. 따라서 그는 우선 작품의 양에서 타인의 추종을 불허한다. 그런데 그의 작품세계에 있어서 놀라운 점은 방대한 양과 함께 장르 넘나들기라고 말할 수 있다. 그가 매우 열린 사고의 작가여서 장르나 표현매체를 전혀 차별하지 않았던 것이 특징이기도 했다.

따라서 작품 양만 대충 살펴보더라도 전집 열두 권에 담고도 그 이상의 양이 남아 있는 상태이다. 희곡은 산문인 소설과 달리 운문성격이 강한데, 이는 그만큼 정제되고 압축된 글이라는 의미이다. 셰익스피어도 평생 장편 37편에 그쳤지만 차범석은 장단편 66편이나 되고 방송 드라마의 경우는 얼마인지 확실히 측정이 안 된 상태이다. 그 외에도 자전적인 글에서부터 논문, 평론, 에세이 등 상당량을 남겼다.

그를 요리사에 비유한다면 최고급 서양 요리에서부터 시골 장터의 토장국까지를 끓일 줄 아는 전천후 달인의 셰프였다고 말할 수 있다. 그는 현대 희곡사의 고봉이라 일컬어지는 리얼리즘극 〈산불〉에서부터 여성국극본인 〈꽃이 지기 전에〉까지를 쓴 극작가이기 때문이다.

우리나라 문단사에서는 몇 번 순수문학과 대중문학을 구분해야 한다는 논쟁이 있었다. 서양문화에서 고급문화와 대중문화를 구분해야 한다는 논쟁과 비슷한 것이기도 했다. 그러나 차범석의 경우에서는 이러한 구분이나 논쟁은 관심 밖이었다. 가령 그가 1964년도에 극단 산하를 조직할 때 내세운 것이 연극의 대중화였다. 그러니까 대중이 선호하지 않는다면 어떤 연극도, 더 나아가 예술도 존립할 수 없다는 것이 그의 확고한 지론이었다. 따라서 그의 창작 영역은 잘 짜인 정극에서부터 뮤지컬 극본, 오페라 극본, 무용극본, 발레극본, 악극본, 여성국극본 등까지 스펙트럼이 대단히 넓었으며 방송과 영상 분야의 경우도 라디오, TV 드라마, 그리고 시나리오까지를 구분 않고 그때그때 요구받는 대로 작품을 썼고 그것이 우리나라 문화와 대중 정서에 막대한 영향을 미쳤다.

일반적으로 작가들은 자기가 쓰고 싶은 작품만을 쓰게 되지만 인기 작가는 요구받아 쓰는 작품이 더 많을 수도 있다. 차범석은 당대 최고 인기 작가였기 때문에 평생 요청받아 쓴 작품이 더 많을 것이다. 타 장르, 이를테면 무용극본 등도 모두 요청받아 썼는데, 실제로 무용과 무대를 모두 아는 작가가 차범석밖에 없었던 데 따른 것이다. 그는 실제로 무용을 배운 바도 있었다. 그가 무용뿐만 아니라 여타 장르에서 요청을 받게 된 것도 실제로 그가 각본을 쓴 무용극의 성공이 널리 알려졌기 때문이었다.

솔직히 타 장르의 경우 전문 작가가 부재한 상황이라 그가 개척자 역할을 했고, 그 점에서는 방송 드라마도 예외가 아니었다. 물론 방송 드라마의 경우 이서구나 한운사 등이 있었으나 차범석만큼 극작술이 뛰어나지 못했기 때문에 그가 주도적으로 이끌게 되었다. 한편 그로서는 수익성이 좋은 방송 드라마 쓰기가 생계를 위해 필요한 활동이기도 했다. 물론 방송 드라마는 그때그때 시세에 맞춰 썼기 때문에 자신의 작품세계가 그려온 큰 그림에서 벗어난 경우도 없지는 않았다.

그의 작품세계를 큰 틀에서 보면 한국 현대 희곡사의 두 가지 주제라 할 전통적 인습의 질곡으로부터의 해방과 속박의 고경(苦境)으로부터의 해방이다. 가령 그가 해방 직후 잠시 봉직했던 소학교 급훈을 '자유'로 삼았던 것도 우연의 일이 아니며 그가 청소년 시절 겪었던 시대고(時代苦, 전통적 인습 및 일제의 핍박)로부터 자연스럽게 튕겨져 나온 것이었다고 볼 수가 있다. 따라서 그가 이러한 시대고를 창작의 주제로 삼았던 것은 극히 자연스런 것이었다. 그런데 여기서 한 가지 짚고 넘어가야 할 것은 그가 말하는 자유는 단순히 개성과 분방을 의미할 뿐 존 스튜어트 밀의 『자유론』과는 무관하다는 점이다.

한편 그의 작품세계도 그의 격동적인 삶의 진전과 함께 확장되어 갔으나 전체적인 틀에서는 크게 벗어나지 않고 보완되어갔다. 여기서 격동적인 삶이라 한 것은 그가 청년기 이후에 겪었던 역사적인 고비들을 말한다. 분단과 동족상잔, 4 · 19와 5 · 16혁명, 군사독재와 민주화운동, 그리고 시대감각의 급변 등이 바로 그런 것이다. 이러한 역사 변화에 따라 그가 다루는 제재의 폭이 대폭 확대되어 현실 소재극 이상으로 역사극을 많이 썼다. 〈연오랑 세오녀〉에서는 신라의 설화를 제재로 삼았고, 그 외에도 현대사의 전초라 할 조선 후기, 그중에서도 개화기의 소용돌이와 식민지 시대의 주요 문제를 작품화했다.

그가 쓴 많은 역사극 중 상당수는 중심인물을 통해 역사를 재구한 것이 특징이다. 예를 들어 전봉준을 비롯하여 서재필, 신채호, 김구 등을 통해서는 민중의 저항과 자주독립 운동의 이면을 묘사했고, 김대건 신부의 순교를 통해서는 천주교 수난사를 묘사했으며, 춘사 나운규를 통해서는 일제 탄압의 실상과 현대영화사 발전 과정을 설명하고 있다. 그의 역사극에 대한 입장은 일찍이 E.H. 카가 말한 대로 역사는 '과거와 현재의 대화'이고 모든 것은 현대사라는 자세였다고 보아진다. 그렇기 때문에 그는 한때 유행했던 역사 비틀기류의 작품은 쓴 바가 없다.

대부분의 작가들처럼 그도 초기에는 자기 주변 사람들이나 자신과 관련된 작품을 썼고 고향을 떠나서는 전체 사회와 역사, 그리고 타인들의 삶의 행태를 그렸으며 만년에 들어서는 자신의 삶을 되돌아보는 작품(〈옥단어!〉)를 쓰다가 그쳤다. 특히 〈전원일기〉 등이 보여주는 것처럼 전성기에는 라디오와 TV를 통하여 70, 80년대 보통 사람들의 삶을 시적으로 승화시킨 작품을 씀으로써 공연예술 관객들을 넘어 대중을 감동시키기도 했다. 따라서 그가 극작가로서 전 생애를 통하여 대중에게 전달하려 한 것은 개화기 이후 굴곡진 현대사를 살아온 한국인의 고난에 찬 삶의 모습이었으며 그것을 긍정적인 생각을 갖고 따뜻한 시선으로 바라본 것이 그의 작품의 특징이었다. 그 점에서 우리 문화를 풍성케 한 그의 전 작품은 근현대 한국인의 생존 양상을 담은 거대한 옹기였으며, 좁혀서 연극사적으로 보면 유치진이 개척한 리얼리즘을 확장, 심화, 성숙시킨 것이었다. 그로 인하여 우리 연극이 오늘의 모습만큼 진전된 것이다.

원로 셰익스피어 학자의 마지막 선물

— 신정옥의 『한국 신극과 셰익스피어 수용사』

굴곡진 현대사에서 어떤 예술 장르보다도 고통을 겪은 분야는 단연 연극이었다. 왜냐하면 연극은 자본이 많이 드는 집단예술인 데다가 동시에 동적이고 다중을 상대로 해야 하는 장르여서 숙명적으로 권력의 예봉을 피하기가 어렵게 되어 있기 때문이다. 따라서 수난의 시대에는 연극이 번창하기 어려울 수밖에 없으며 그 점은 양적 · 질적 측면에서 우리 연극사의 빈약한 유산이 잘 보여준다.

가령 우리 근대극의 진전 과정에서도 일제강점기 막바지(1942, 1943)와 6 · 25전쟁 종전 무렵(1957, 1958), 그리고 유신 시절(1975, 1976)이야말로 연극단체가 명맥을 잇기조차 어려운 시기였다는 점에서 그런 사실이 극명하게 드러난다. 특히 유신 시절 한때는 연극 규제와 공연장의 부재로 남산의 국립극단만이 겨우 명맥을 잇는 정도였다. 그렇게 엄혹했던 1975년 가을 운니동의 허름한 소극장에 둥지를 튼 극단 실험극장이 피터 셰퍼의 〈에쿠우스〉 공연으로 폭발적인 성공을 거둔다. 이로써 깊은 잠에 빠져 있던 연극계가 기지개를 켜면서 만성적인 단기 공연 체제를 무너뜨리고 장장 6개월이라는 장기공연에 들어가는 이변이 벌어진 것이다.

〈에쿠우스〉 공연은 연극계를 발전적으로 변화시키는 계기만 된 것이 아니라 새로운 스타도 세 명이나 탄생시켰다. 연출가 김영렬과 주연배우 강태기(작고), 그리고 번역가 신정옥이 바로 그들이었다. 김영렬과 강태기는 20대의 무명 신인들이었던 데 반해 신정옥은 이미 40대 중반에 접어든 중견 영문학자로서 영미 희곡을 왕성하게 번역하고 있던 현직 교수였다. 경력에 비해서 연극계에 늦게 데뷔한 셈인데, 신정옥 교수 이전에도 외국 희곡을 번역해서 연극계에 기여한 학자들은 여럿 있었다. 가령 1930년대의 박용철, 정인섭, 서항석 등은 말할 것도 없고 해방 이후에도 오화섭, 여석기, 박영희 등이 번역가로서 연극계에 적잖은 기여를 하고 있었다. 그러나 늦게 데뷔한 신정옥 교수만큼 지속적이고 방대한 양의 작품을 번역하여 연극계에 기여한 번역가는 지금까지 없었다. 즉 그는 1975년부터 시작한 현대 영미 희곡 10권을 완결하여 1988년에 예조각에서 펴낸 데 이어서 1989년에 시작한 셰익스피어 전집 42권(소네트 포함)을 18년 만인 2007년에 완역하여 전예원에서 펴낼 만큼 정력적이고 부지런한 학자였다.

그러나 그가 번역가로서만 연극계에 기여한 것이 아니고 비교연극학자로서도 우리 연극학계에 적잖은 보탬을 주었음을 간과해서는 안 될 것이다. 그는 1994년에 『한국신극과 서양연극』(새문사)을 펴내어 서양 연극이 한국 현대 연극사에 얼마나 어떻게 영향을 미쳤는가를 실증적으로 정치(精緻)하게 규명해놓은바 있었다. 물론 그동안 구미 연극 전공의 학자들이 단편적으로 서양 연극의 한국 수용에 대한 논문들을 간헐적으로 발표한 바는 있지만 신정옥 교수는 전체를 아우르는 논저를 펴냈다는 점에서 다르다.

이번에 펴낸『한국신극과 셰익스피어 수용사Ⅰ·Ⅱ』(전예원)는 전작의 속편이라고 볼 수 있다. 왜냐하면 셰익스피어는 워낙 대단한 작가로서 한국 연극에 끼친 영향이 막대하여 여러 작가들과 한꺼번에 다루기 어렵다고 보고 첫 저술인『한국신극과 서양연극』을 펴낸 뒤 별도의 속편으로 펴낸 것이기 때문이다. 당초 그는 서양 연극 수용사 저술을 기획하고 셰익스피어를 포함하여 모든 작가들을 대상으로 준비를 해왔으나 양이 너무 많다고 생각하여, 첫 저술에서는 셰익스피어를 제외하고 이번에 셰익스피어에 대해서만 별도의 저술로 펴낸 만큼 자료 수집 기간은 40년이 넘는다.『한국신극과 서양연극』은 출판 전해인 1993년까지 구미 연극이 이 땅에 어떻게 수용되었는가를 추적한 것인 데비해 그 속편이라 할『한국신극과 셰익스피어 수용사Ⅰ·Ⅱ』는 2017년까지를 다루었다는 점에서 차이가 있다.

『한국신극과 셰익스피어 수용사』는 두 권으로 출간되었지만 Ⅱ권은 자료집이어서 목차도 Ⅰ권과 연속되어 있다. 목차를 보면 '총론', '제1장 셰익스피어의 계몽적 수용', '제2장 셰익스피어 문학의 수용', '제3장 셰익스피어 연극의 수용', '제4장 셰익스피어 희곡의 개별적 수용', 그리고 Ⅱ권에 '제5장 셰익스피어 공연사'가 들어 있다.

'제1장 셰익스피어의 계몽적 수용'에 의하면 개화기, 그중에서도 20세기 초 신문화가 일본을 통해서 들어오는 과정에서 처음으로 셰익스피어라는 인물이 소개되는데, 흥미로운 사실은 그가 작가로서가 아니라 동양의 공자나 맹자 등과 마찬가지로 역사책이나 윤리 교과서에서 성인 비슷하게 소개되었다는 점이다. 그러다가 1910년대에 들어서 일

원로 셰익스피어 학자의 마지막 선물

본 유학생들이 셰익스피어를 작가로 소개했고 영화를 통하여 그가 탁월한 극작가로 알려지기 시작했음을 밝힌다.

'제2장 셰익스피어 문학의 수용'에서는 현철의 〈햄릿〉 중역에서부터 찰스 램의 『셰익스피어 이야기들』의 소개 배경, 그리고 해방 이후 영문학자들의 셰익스피어 전작 번역과 연구 전반에 대해 개략적으로 설명한다. 이어서 '제3장 셰익스피어 연극의 수용'에서는 신극운동의 싹이 트는 3 · 1운동 직후 도쿄 유학생들의 셰익스피어 탐색과 1930년대의 본격 신극운동이 시작된 이후 셰익스피어 작품들이 공연되는 배경과 현상, 피난 시절 신협의 셰익스피어 공연, 그리고 1964년 셰익스피어 탄생 400주년 기념 축전 전후의 활발했던 공연상황과 그 이후의 변형적 수용에 대하여도 소상하게 설명하고 있다. 그런데 더욱 주목을 끄는 부분은 1920년대 이후 셰익스피어가 어떻게 연구되어왔는가를 탐구한 점이라 하겠다.

그리고 '제4장 셰익스피어 희곡의 개별적 수용'에서는 〈햄릿〉, 〈오셀로〉, 〈리어 왕〉, 〈맥베스〉, 〈로미오와 줄리엣〉 등 5대 작품이 각각 어떻게 수용되어왔으며 그 외의 비극과 희극들은 또 어떻게 수용되어왔는가를 규명하고 있다. 마지막 장인 '제5장 셰익스피어 공연사'는 앞에서도 언급한 바와 같이 순전히 자료집의 성격으로서 각급 연극 단체들이 1995년 이후에 무대에 올린 〈햄릿〉, 〈오셀로〉, 〈리어 왕〉, 〈맥베스〉, 〈로미오와 줄리엣〉 등 대표적인 다섯 작품의 전국적 공연 상황을 추적한 책이다. 그런데 주목할 만한 부분은 제5장의 머리글에서 그가 "제가 바라는 것은 셰익스피어 전용극장과 셰익스피어 전용극단, 셰익스피어 전문연극인 양성"이라면서 근자 셰익스피어의 4대 비극과

〈줄리어스 시저〉 등을 연출했던 정일성 연출의 셰익스피어 사랑(?)을 높게 평가한 점이다.

그러나 무엇보다도 제5장에서 돋보이는 것은 저자의 열정적이면서도 집요한 셰익스피어 공연의 추적이었다고 말할 수가 있다. 특히 80세를 넘어선 연약한 노학자가 부군의 간병도 마다하지 않으면서 전국에서 이루어지고 있는 각급 극단들, 심지어 학생극까지 조사하여 촘촘하게 기록해놓은 것은 놀라운 작업이다.

신정옥 교수의 이 두 권의 책은 앞으로 두고두고 연극인들의 셰익스피어 수용과 학자들의 셰익스피어 연구에 중요한 길잡이가 될 것이다. 그런데 가슴 아픈 일은 그가 이 책을 펴낸 직후 쓰러져 현재 죽음과 사투를 벌이고 있다는 사실이다. 그렇기에 그가 책머리 말미에 쓴 다음과 같은 글이 유언처럼 느껴지는지도 모른다. "마지막으로 나보다 먼저 세상을 뜬 지금은 하늘나라에서 나를 기다리고 있을 큰아들 순철이가 보고 싶다. 2014년 이후로는 공연을 볼 수가 없을 정도로 건강이 나빠졌을 때, 사랑하는 막내아들 윤철이가 대신 자료를 찾아주어 책을 완성할 수가 있었다. 아울러 지금 중환자실에서 병마와 싸우고 있는 남편에게 고맙다는 말과 이 생에 당신과 같이 할 수 있어서 행복했다는 말도 전하고 싶다."

나는 그가 지극히 사랑하는 막내아들과 한국 연극계를 위해서도 이승에 더 머물러 있기를 기도하련다. 인생의 끝은 모두 이런 것인가, 정말 슬프다.

스타 연출가의 노익장
— 정일성 연출의 〈아비〉 공연에 부쳐

 1960년을 기점으로 하여 한국 연극계에는 조용한 변화가 일어나기 시작했다. 이름하여 동인제 시스템의 극단 시대가 열리면서 명동의 국립극장 무대에는 낯설지만 신선하고 상큼한 얼굴들이 관객들의 시선을 끌어당기기 시작한 것이다. 그런데 배우들만 싱싱한 것이 아니고 작품들도 과거의 것들과 달랐는데 그 뒤에는 박진, 유치진, 이해랑, 이원경 등 중진 연출가들과는 결이 다른 차세대 연출가들이라 할 김정옥, 이기하, 허규, 임영웅, 정일성 등 다섯 명의 신예가 뒷받침하고 있었음을 관객들은 미처 깨닫지 못했다.

 그런데 신예 연출가들은 전 세대 연출가들과는 우선 교육 배경부터 달랐다. 즉 전 세대 연출가들은 일본에서 대학을 다니면서 교육을 받고 신극을 배웠던 데 반해 차세대 연출가들은 선배들에서 기초적인 것을 배우긴 했지만 6·25전쟁과 함께 밀려들어온 서양 문물과 신교육 그리고 서구연극을 직간접으로 배운 점에서 큰 차이가 났다. 그리고 다섯 명의 신세대 연출가들 역시 대학에서의 전공이나 개성에서 많이 달랐다. 우선 김정옥과 이기하가 같은 나이였고, 허규와 임영웅이 동년배였으나 정일성만은 약관의 최연소였던 데다가 미학도였다는 점에서 이색적이었다.

한편 이들 중 이기하와 허규, 임영웅은 처음부터 정통 리얼리즘 방식을 추구했으나, 허규는 토속성 짙은 전통극에서 연극 원리를 찾아 헤매다가 창극에 빠진 상태에서 타계했고, 이기하는 직업적으로 방송극에 치중하다가 그쳤으며, 임영웅은 끝까지 정통 리얼리즘을 고수했고 말년에 들어서는 명품 〈고도를 기다리며〉 연출에 자신의 연극 인생을 던졌다.

한편 개성 강한 두 연출가 김정옥과 정일성의 행로는 조금 색달랐다. 즉 전자는 출발부터 우리의 경직된 신극 전통에 반기를 든 연출가로서 영화에 관심을 갖고 있다가 연극으로 옮겨와 남유럽풍의 경쾌하고 발랄하며 속도감 있는 연출로 새로운 세계를 엶으로써 고루했던 우리 연극계를 단번에 변화의 소용돌이에 몰아넣었다. 그런 그가 중반기 이후에는 가장 '한국적인 연극'을 창출하기 위하여 같은 뜻을 가졌던 이병복 무대미술가와 함께 남도 무속에서 그 아키타이프를 추출해보려 진력하고 있다.

반면에 약관의 정일성은 처음부터 우리 창작 희곡이 지적 수준에서 너무 뒤떨어진다고 생각했는지 거들떠보지도 않고 번역극에만 도전한 것이 특징이다. 번역극도 지적 사유를 요하는 난삽한 작품이거나 완벽하면서 장대한 서사극을 선호할 정도로 도전적이었다. 예를 들어서 사르트르의 실존주의적인 〈무덤 없는 주검〉이라든가 도스토옙스키의 〈악령〉, 또는 오닐의 〈상복이 어울리는 엘렉트라〉 같은 작품들과 셰익스피어의 장대한 〈안토니와 클레오파트라〉와 같이 권력욕과 애욕

스타 연출가의 노익장

이 인간을 어떻게 파멸시키는가를 극적으로 설명해주는 작품이 바로 그런 유형이라고 말할 수가 있다.

이처럼 도전적이고 모험적이었던 그가 고국을 떠나 미국에서 십 수 년 보낸 것은 공백기라기보다는 고단한 타국 생활에서의 내공 쌓기로 보아도 무방할 것 같다. 귀국 후에 다시 연출에 나섰을 때, 그는 20대의 열정과 연극 정신이 조금도 녹슬지 않았음을 보여주었다. 특히 그가 작품 활동에서 격동하는 정치 상황에 별로 영향받지 않았음은 세상 물정에 대하여 단단한 내공을 쌓았음을 단적으로 보여주는 증거라고 하겠다. 여러 극단에 초청되어 마뜩지 않은 작품 연출을 하던 그가 열악한 여건에서 과감하게 '미학'이라는 극단을 조직하고 전처럼 창작극보다는 번역극을 선호하고, 특히 셰익스피어의 무대화에 열정을 쏟고 있는 사실이 잘 보여준다고 하겠다.

셰익스피어의 작품에는 지구상의 모든 인간사가 담겨 있고, 세간의 온갖 캐릭터가 교차 등장할 뿐만 아니라 연극의 정전(正典)이어서 그가 좋아하는 것이 아닌가도 싶다. 실제로 셰익스피어의 무대화에는 든든한 재정적 뒷받침과 좋은 배우들이 있어야 가능함에도 불구하고 그는 악조건 속에서도 무리수를 두는 뚝심이 여전하다.

그는 본능적으로 모험가 내지 개척자라는 인식을 갖고 있는 듯이 보인다. 그럴 수도 있을 듯싶다. 그의 출신지가 목포다. 목포는 원자력 발전소처럼 근대 연극의 가장 중요 발전(發電) 도시라고 말할 수 있다. 개화기에 서구 근대극을 탁월한 안목으로 수용 소개한 김우진으로부터 현대극을 장대하게 펼쳐놓은 차범석에 이르기까지 한국 연극의 개척지들이 출생한 지역이기 때문이다. 그 외에도 목포에서는 해방기에는 연출가 이화삼이 활동했고 최명수, 김성옥, 김길호 등 중요한 배우들이 우리 연극을 풍성하게 해준 바 있다.

그런데 같은 목포 출신이지만 정일성은 전배들과 달리 처음부터 연출가로서 굳건하게 우리 현대극의 진전을 꾀하고 있는 인물이다. 나이로는 최명수, 김성옥 등 전배들보다 아래지만 종전 직후 약관의 대학생으로 연극운동에 뛰어들었던 만큼 연출 경력에 있어서는 현재 임영웅과 함께 최장으로라고 볼 수가 있다. 따라서 그의 연출 활동은 목포 출신의 선각자들처럼 개척자적인 것이 특징이다.

그의 연출 자세는 데뷔했을 때나 반세기가 지난 오늘날에나 한결같다고 본다. 그동안 연극계도 유행이라는 것이 있어 실험이니 상업성 추구니 논란이 많았으나 그는 그런 흐름과는 아무런 상관 없이 오로지 우리 연극이 가야 할 길로서 굳건하게 정극만을 추구하고 있다. 따라서 그는 비슷한 시기에 세대교체를 이룬 여타 동시대 연출가들의 변전과는 달리 연극관의 변화가 거의 없는 편이다. 좀 더 구체적으로 말하면 다른 연출가들이 시대 변화와 성숙해가는 과정에서 자신의 연극관에 변화를 보이고 있는 데 반해 그는 변화보다는 심화를 보여주고 있어 주목된다.

그 단적인 경우가 연극의 사회적 기능을 제대로 해야 한다는 신념으로 천민자본주의 사회의 병리를 우회적으로 묘사한 〈아비〉를 선택한 사실이 잘 보여준다. 그가 과거에도 번역극만을 택했던 것만은 아니지만 요즘처럼 창작극에 치중(?)한 적은 없었다. 이는 곧 그가 우리 근대극운동이 한 세기를 보냈으니 이제는 창작극 중심으로 가야 되지 않겠는가라는 메시지를 던지는 것으로 보아야 할 것 같다. 이런 그의 진지한 작업이야말로 60여 년 동안 한결같이 현장을 지키면서 한국 연극의 방향을 잡아주고 있는 원로 연출가다운 자세라 아니할 수 없다.

한국의 사라 베르나르, 배우 손숙 이야기

연극 사조나 형식이 어떻게 변하든 연극이 배우의 예술이라는 사실만은 결코 변하지 않을 것이다. 그만큼 배우는 연극의 돌기둥이라 말할 수가 있다. 따라서 어느 지역에서나 뛰어난 배우가 있는 시대에 연극이 흥했고 그렇지 못했던 시대는 보잘것없는 연극사의 한 페이지로 남지 않았던가.

가령 동양극장 시절에 황철(黃澈)과 차홍녀(車紅女)가 있었고, 국립극장 시대에 김동원, 장민호, 백성희가 있었기에 그만큼이나마 높은 수준의 연극을 만들어낼 수가 있었다. 오늘날도 손숙, 박정자, 김성녀, 윤석화, 이순재, 신구, 정동환, 유인촌 등과 같은 탁월한 중진·원로 배우들이 쉬지 않고 활동하고 있기에 아마추어 연극이 난무하는 시대임에도 연극이 일정 수준의 균형을 유지하고 있는 것이라고 생각한다.

그동안 코로나로 인하여 꽁꽁 얼어붙었던 공연예술계가 정부의 마스크 착용 의무 완화가 공표되면서 근 3년여 만에 조금씩 활기를 찾아가는 계묘년 상반기, 한국 연극의 얼굴이라 할 손숙의 연극 무대 60주년 기념 공연이라는 큰 경사가 있다. 특히 손숙은 연극인으로서뿐만 아니라 방송인, 시민사회단체 참여 등 폭넓은 활동을 하고 있는 유명 인사여서 그의 등단 60주년 기념공연은 특별한 의미가 있을 성 싶다.

그녀는 경남 밀양시의 변두리 한촌에서 태어나 자랐지만 서울에 와서 교육을 받았기 때문에 표준어를 쓰는 서울내기나 다름없다. 그녀가 쓴 글에 보면 "국민학교를 졸업하고 나는 엄마가 계시는 서울로 가기 위해 할아버지와 함께 드디어 바라고 바라던 기차를 타게 되었다"고 한다. 여기서 그녀가 유아 시절 조부모 밑에서 자랐고, 서울에 따로 살고 있던 모친 밑에서 교육을 받았음을 알게 된다.

자녀를 홀로 양육하고 교육시키기 위해 자신을 희생했던 모친에 대해서는 "평생을 한 번도 아버지랑 오순도순 살아보신 일 없이 구름처럼 떠도는 남편을, 그래도 일구월심 기다려오신 당신"이라면서 "아버지는 황망히 일본으로 돌아가시고 어머니는 이제 다시 안온한 일상으로 돌아오시어, 새벽이면 미사 참례 가시고 대소사 친인척 제사 생일 등의 길흉사 챙기시고……"라고 했다. 그의 자전적 글에 의하면 부친은 자기 마음대로 산 전형적인 가부장형의 경상도 사나이였고, 모친은 신심 깊고 가족 지킴에 헌신적이었던 전통적 한국 어머니였음을 알 수가 있다.

이러한 부모를 둔 손숙은 두 가지 DNA를 이어받은 듯하다. 헤세의 '떠도는 구름' 같았던 부친에게서는 낭만성(예술의 한 인자)을, 그리고 신심 깊고 도덕적이며 책임감 강했던 모친에게서는 굳건한 가족 지킴과 남다른 의지력을 이어받은 것이 아닌가 싶다. 그런 그녀는 일찍부터 문학을 좋아해서 고등학교 때는 학교 문예부를 이끌면서 잠시 연극이라는 생소한 분야를 접했다. 그때 역사를 전공하고 신예 배우로서 드라마센터와 국립극장을 오르내리며 활동하고 있던 김성옥을 만나 멋진 그 선배와 같이 역사를 공부해보려고 고려대 사학과에 진학하게 된다.

동아리 활동이 강한 고려대 극회에서 지적이고 가녀린 미모와 순직하고 똑똑한 신입생 손숙을 그냥 놓아둘 리가 만무했을 것이다. 대학 극회에 가입하자마자 고등학교 시절 한 번 만났던 사학과 선배로서 장차 그녀의 운명을 가를 김성옥과 얼떨결에 〈삼각모자〉라는 낯선 작품의 주인공으로 무대에 함께 서게 된다. 연극을 전혀 모르고 경상도 억양을 못 버린 경직된 그녀에게 연극의 기초를 친절하게 가르침으로써 무대공간에 눈을 뜨게 해준 이가 바로 김성옥이었다.

그녀가 비록 연극은 생소하지만 고등학교 시절 막연히 작가를 꿈꿀 만큼 문학소녀로서 감성을 축적했던 바라 연극이 몸에 젖어드는 것은 시간 문제였다. 바로 그 시기에 드라마센터에서 관극한 당대의 명작 〈밤으로의 긴 여로〉의 감동도 그녀 마음속에 깊은 그림자를 드리우는 요인이 된다.

그런 상황에서 실력 있고 사근사근하면서도 듬직한 김성옥의 갑작스런 구애에 당황한 그녀는 8년 연상의 연극 마니아야말로 부성부재(父性不在) 심리 상태의 자신에게 구원자일 수 있겠다는 생각의 회오리에 빠진다. 결국 사랑이 전부인 것처럼 생각하고 있던 순수의 그녀에게 경험 많은 모친의 이유 있는 반대도 뒤로한 채 결혼을 한다. 그녀가 당시 교수들의 흥미로운 역사 강의와 재미있는 대학극 활동까지도 모두 저버리고 오로지 행복한 가정 꾸리기를 우선시했던 것은 아직 어리기도 했지만 아무래도 부모의 불행한 결혼생활을 반면교사로 삼고 있었기 때문이 아니었을까 싶다.

　6·25전쟁 직후의 어려웠던 시절이었지만 행복한 가정을 꾸리고 예쁜 딸들을 키우고 있던 그녀에게 답답한 일상을 벗어나고 싶은 예술가로서의 본성이 작동하면서 가정이 절대 우선이라는 종래의 신념에 균열이 생겨나기 시작했고, 동시에 유진 오닐의 끈적한 작품 〈상복이 어울리는 엘렉트라〉에 이끌림으로써 극적으로 무대에 복귀케 된다.

　배우로서 균형 잡힌 몸매와 서구적인 분위기를 풍기면서도 지적인 미모, 그리고 문학적 감성이 풍부한 데다가 많은 독서로 작품 해석력이 남다른 그녀는 단번에 주목을 끌 수 있었다. 처음부터 주연배우로서 어떤 작품도 소화해낼 수가 있었지만 세 딸의 양육 때문에 그녀는 1970년대 초에 극단 산울림과 국립극단에 입단 전까지는 쉽사리 무대에 설 수가 없는 처지였다.

　다행히 그녀는 국립극단 입단과 함께 당대 최고의 연출가 이해랑을 만나 비로소 배우술의 원리와 세기(細技)까지 습득함으로써 대배우로서 우뚝 설 수 있게 된다. 그로부터 그는 국립극단의 모든 작품에서 백성희와 번갈아 주연을 맡아 주류연극을 견고하게 다지는 역할을 한다. 특히 그가 1980년대 국립극장이 침체했을 시기에는 산울림의 주역배우로서 박정자, 윤석화 등과 함께 임영웅 연출과 호흡을 맞춰 〈위기의 여자〉를 비롯한 여러 편의 수작들을 창출함으로써 신극사 이후 최초로 소위 여성연극 시대를 활짝 열어젖히기도 했다.

　연극인과 방송인으로서 명성을 굳히자 대인관계가 좋은 그녀는 무대만으로서는 성이 차지 않는 듯 예술활동으로부터 시민사회활동으로 폭을 넓혀가게 된다. 그는 누구보다도 친화력이 좋고 사람을 끌어당기는 독특한 매력과 함께 이념적 스펙트럼마저 넓어서 주변에는 사회를 움직이는 중요한 사람들이 많았다. 게다가 무대연기만 뛰어난 것이 아니고 주요 문화기관의 운영과 시민사회단체 간부로서도 능력을 보여줌으로써 국민의 정부가 들어서자마자 곧바로 초대 환경부 장관으로 발탁되기에 이른다.

이는 곧 그가 한국 연극사상 배우로서는 최초로 정부의 고위직에 오른 사례가 되는 것이다. 그런데 또 하나 특이했던 점은 마침 그가 정동극장 기획의 〈어머니〉(이윤택 작) 공연 중에 장관 임명을 받았던바, 이 작품은 진즉에 모스크바 공연이 약속된 터여서 외국과의 약속을 이행하기 위해 장관직을 가진 채 해외 공연을 다녀오기도 했다. 아마도 이런 경우는 세계 연극사에도 전무후무한 사례가 될 것 같다.

그런데 그가 훌륭한 시민으로서 그동안 나라를 위한 행정, 자선사업(아름다운가게 이사장) 등 많은 공헌을 했지만 연극배우로서 한국 연극사에 남긴 큰 업적을 능가하는 것은 아니다. 앞에서도 조금 언급했지만 그는 예술가로서 천부적 재능을 타고났고, 또 지독한 노력파인데다가 독특한 가족사 한복판에서 매우 중요한 체험을 함으로써 작가가 구성한 타인의 삶에 자신을 투영하는 듯 높은 경지의 개성 강한 연기를 한 것이다.

더하여 그는 전술한 대로 배우로서는 이상적인 몸매와 서구적 미모를 갖췄다. 따라서 그는 번역극이든 창작극이든 상관없이 어떤 분장을 해도 어울린다. 즉 그는 한국의 촌부(〈옛날 옛적에 훠어이 훠어이〉)에서부터 서양의 귀족(〈햄릿〉)에 이르기까지 배역의 폭이 한없이 넓다. 지적이고 감성적인 면에서도 타인의 추종을 불허할 만큼 뛰어나다.

한국의 사라 베르나르, 배우 손숙 이야기

그녀에게는 고등학교 시절 작가 지망생으로서 다양한 독서를 통해 다져놓은 작품 분석력이 큰 무기라고 말할 수 있다. 그렇기 때문에 그는 연출에 전적으로 의존하기보다 그의 직관에 따라 그때그때 연극의 맥을 짚고 작품 속에 내재해 있는 난삽한 매듭들을 스스로 풀어감으로써 어떤 작품에서든 그녀의 강한 개성이 드러난다. 그녀는 연출 없이도 작품을 만들어낼 수 있는 개성 넘치는 배우다. 따라서 그녀가 출연한 작품들에는 언제나 관객이 몰린다. 그만큼 그녀는 관객을 몰고 다니는 배우이기도 하다.

이렇게 배우로서뿐만 아니라 비중 있는 사회인으로서 전성기를 달렸지만 가정 불안정이라는 암초에 부닥치고 만다. 그것은 알려진 대로 부군 김성옥이 연극 활동을 접고 우연찮게 사업가로 나서면서부터였다. 사업이란 잘 되면 괜찮지만 예술가로서 세상물정에 어두웠던 김성옥이 꿈을 이루기가 쉽지 않았던 것 같다. 따라서 김성옥은 본의 아니게 외국에 오랫동안 머물러야 했기 때문에 안락한 가정을 유지할 수가 없었다. 그러니까 손숙 역시 묘하게도 중년 이후에는 평생 딱하게 여겼던 모친처럼 홀로 가정 지킴이로서 살아야 했다.

흥미로운 사실은 그녀가 좋아하고 또 만났던 작품들이 자신의 삶처럼 우연찮게 진정한 사랑의 성취나 구가보다는 결핍의 상처를 안고 있는 여성상이 아니면 모진 고통 속에 난관을 헤쳐나가야 하는 아내나 어머니 역이었다는 사실이다. 가령 〈위기의 여자〉를 비롯하여 〈나의 가장 나종 지니인 것〉, 〈옛날 옛적에 훠어이 훠어이〉, 〈밤으로의 긴 여로〉 그리고 이윤택의 〈어머니〉 등등이 바로 그러한 유형의 작품들이라 말할 수 있다. 그녀는 자전적인 글에서 부친의 DNA를 이어받아서인지는 몰라도 역마살이 끼어 있다고 했다. 그 역마살을 충족시키는 것이 곧 자신이 연극을 하게 되는 이유라고도 했다. 이는 그녀가 운명적으로 연극을 하는 것이라 고백한 것이나 마찬가지다.

그녀가 60년 동안 자신이 짊어진 무거운 운명처럼 무대 활동을 하면서 창조해놓은 수많은 명작들은 연극의 품격을 높이고, 또한 풍성케 함으로써 한국 현대연극사에 빛나는 이정표가 되기에 충분하다. 바로 그 점에서 그는 프랑스를 넘어 유럽 연극사까지를 변화시키고 또 풍성하게 한 사라 베르나르의 한국판이라고 해도 과언이 아니라고 생각한다.

한국의 사라 베르나르, 배우 손숙 이야기

한국 연극사에 우뚝한 새로운 이정표
— 김미혜 완역 『헨리크 입센 희곡전집』

연전에 헨리크 입센 평전 『헨리크 입센 : 모던 연극의 초석』을 내놓아 주목을 끌었던 원로 연극학자 김미혜 교수가 이번에는 아무도 예상 못 한 상황에서 입센이 평생에 걸쳐 쓴 희곡 23편을 완벽하게 번역해놓음으로써 연극인들을 깜짝 놀라게 하고 있다.

단도직입적으로 말해서 이번 작업은 우리의 주요 기업과 대중문화가 선진국에 진입하여 세계에 영향력을 떨치고 있듯이 고급문화도 당당히 선진국으로 진입했음을 무대예술의 한 측면에서 보여주는 징표라 하겠다. 또한 우리가 과거에 일본과 미국에서 배운 반도체 기술을 당당히 세계 최고 수준으로 끌어올린 것과 비견될 만하다는 생각마저 든다. 왜냐하면 일본으로부터 어설프게 배운 입센을 김 교수가 일본보다 체계적이면서도 더욱 완벽하게 변역하여 10권의 전집으로 만들어냈기 때문이다.

솔직히 입센의 수용사를 돌이켜보면 격세지감이 드는 것이 사실이다. 아시아의 선진 일본의 경우, 입센 전집은 1910년도에 야나가와 순요(柳川春葉)와 사토 고로쿠(佐藤紅綠)가 공동으로 처음 번역해냈고,

1930년에도 개조사에서 문고본이지만 5권으로 전집을 펴낸 바 있으며, 희곡전집은 별도로 1989년도에 하라 치요미 번역으로 5권을 미래사에서 펴낸 바 있다. 입센 전집을 몇 번씩이나 펴낼 정도였으니 일본 신극의 기초 다지기가 얼마나 탄탄했던가를 미루어 짐작할 수가 있다.

반면에 우리나라에서 셰익스피어 전집은 1960년대 이후에 서너 번이나 펴내면서도 입센은 일본에서 처음 전집이 나올 때에도 작품 하나 번역 소개되지 않았을 정도로 어두웠다. 다행히 선각자 현철(본명 희운)이 1910년대 초에 일본 메이지대학 재학 중 서구 유학을 경험한 시마무라 호게츠(島村抱月, 1871~1918)의 예술좌에 입회하여 입센을 공부한 것을 밑천 삼아 3·1운동 직후 입센론을 설파하기 시작했다. 이어서 1920년에 양백화와 박계강 공역으로 『인형의 家』를 『매일신보』에 연재(1920.1.25~4.3)함으로써 비로소 입센 작품이 이 땅에 상륙할 수가 있었다(1922년 영창서관에서 출간).

무대 공연사도 낙후되기는 마찬가지였다. 일본에서는 1909년도에 오사나이 가오루의 자유극장이 도쿄 유라쿠좌에서 〈욘 가브리엘 보르크만〉을 공연한 후 많은 극단들이 꾸준히 10여 편 이상의 입센희곡들을 공연했었다. 그러나 우리는 1925년에 조선배우학교 학생들의 시연으로 〈인형의 집〉을 처음 무대에 올렸고, 1929년도에 잡지사 주관으로 같은 작품을 두 번째로 시연하는 정도였다. 1930년대 극예술연구회가 결성되면서 비로소 전문 극단에 의하여 입센 작품을 제대로 무대에 올릴 수가 있었다.

근대극의 비조라 할 입센의 이와 같은 부실한 수용은 신극 초기 기초 다지기가 부실하게 되는 근본적 원인이 되었다. 그래서 초창기에

한국 연극사에 우뚝한 새로운 이정표

서양 근대극에 어두웠던 선각자들이 우리 신극을 어떻게 정립시켜나 갈지를 몰라 문예사조에 혼란이 야기되었으며 입센과 같은 배울 만한 모델을 인식 못 한 연극인들이 20세기 정신문화 포착에 실패했음은 물론이고 유능한 극작가들도 탄생할 수가 없었다.

문화는 물과 같아서 높은 곳으로부터 낮은 곳으로 흐르게 마련이고 선진문화를 통하여 자양(慈養)을 마련하는 것인데, 우리는 그 과정이 너무 부실했다. 그래서 만시지탄의 감도 없지 않지만 김 교수의 역작 입센 전집 출간은 과거의 결핍을 단번에 메꾸고도 남을 만한 쾌거라 말할 수 있는 것이다. 김 교수는 전집 출간의 의미와 관련하여 '한국의 극작가들/극작가 지망생들이 입센의 드라마에서 배우는 바가 있을 것이고, 또한 알려지지 않은 여러 작품들이 무대화됨으로써 한국 무대의 레퍼토리가 다양해지기를 바람'에서였다고 했다.

바로 여기서 입센 전집의 네 가지 탁월성이 드러난다고 말할 수 있다. 첫째, 이 전집은 과거의 많은 중역들과 달리 세계 연극사에서도 드문 노르웨이 원어를 번역한 것으로써 그동안 잘못 표기된 인물들의 명칭과 특수 용어들을 상당수 바로잡을 수 있었다. 둘째, 번역자의 풍부한 무대 경험을 바탕으로 하여 문학적 대사를 모두 생동하는 무대언어로 바꾸어 공연 대본화해놓았다. 셋째, 작품마다 웬만한 학술논문 못 잖은 격조 높은 해설로 연구자들에게는 가이드 역할이 되도록, 연출가와 배우들에게는 무대 형상화에 도움이 되도록 했다. 끝으로 이 전집은 그동안 직업 번역가들의 기계적인 번역물들과는 차원이 다르게 김 교수가 자신의 깊은 학문과 열정적인 인생을 몽땅 쏟아부음으로써 책

갈피에서는 영혼이 어른거릴 정도라는 느낌이다. 그 점에서 김미혜의
입센 전집은 21세기 한국 연극사에 하나의 우뚝한 이정표가 되는 것이
라 하겠다.

무대미술로 기록한 지방 연극사
— 민병구가 기록한 무대미술사

　무대미술이란 공연예술에 있어서 사건과 장소를 규정해주고 무대 바깥과 무대 위의 공간 사이에 관계를 분명히 해주며 작품에 성격을 부여하는 것이다. 그렇기 때문에 그 목적은 궁극적으로 극적 행동을 촉진하고 이해를 도우며 또 작품의 예술적 특성들을 시각적으로 표현해주는 것이다. 그만큼 무대미술은 공연예술을 성립시키는 중요 요소라 말할 수 있다. 그래서 경우에 따라서는 무대미술의 좋고 나쁨이 작품의 좋고 나쁨까지를 좌우할 수도 있다. 가령 영국의 고든 크레이그는 20세기 초에 무대미술로써 세계연극이 근대극으로부터 현대극으로 넘어가는 데 결정적 시범을 보여주지 않았던가.

　그럼에도 불구하고 우리나라에서는 무대미술의 발전이 매우 늦은 편이었다. 겨우 1923년 토월회 때 원우전(元雨田)이 장치를 맡으면서부터였으니 그 역사는 100년에도 못 미친다. 제대로 된 연극, 더 나아가 공연예술 자체의 발달이 늦었던 것도 큰 이유이지만 무대미술을 대단찮게 여기고 무대미술가를 홀대한 데 근본적 원인이 있었다. 그런 와중에 1930년대 초 지식인들이 본격 근대극운동을 펼칠 때부터는 김

일영, 김운선, 김정환 등의 신진 무대미술가 여러 명이 등장한 바도 있다.

따라서 1935년 말 동양극장 시대가 열리면서 원우전이 무대미술가로서는 최초로 극장 측으로부터 연출가나 배우들처럼 동등한 대우를 받기 시작했다. 원우전은 토월회 때부터 화가 이승만(李承萬)과 함께 극단의 모든 무대미술을 전담하여 연극의 격조를 높여온 인물이기도 했다. 이처럼 무대미술가들이 대우받으면서부터 작품의 수준이 급격히 향상되었음은 두말할 나위 없는 것이다. 해방 이후에도 전 시대 무대미술가들이 상당 기간 장치를 전담하다가 6 · 25전쟁 이후에 장종선 등의 새로운 인물이 등장했고, 그의 뒤를 이은 김동진, 최연호, 송관우 등이 1980년대 상반기까지 공연계를 주도했다.

이들의 무대미술을 예술사조로 볼 때, 우리 신극이 추구해왔던 리얼리즘의 충실한 뒷받침이었던 만큼 당연히 사실주의 일변도였다. 다만 예외가 한 사람 있었는데, 그가 바로 개성 강한 여성 무대미술가 이병복이었다. 그는 그동안 우리 무대미술가들이 해왔던 서구적인 사실주의 장치를 넘어 추상의 세계로 진입, 우리 고유의 재료(베, 무명, 탈, 인형 등)를 활용하여 민족적이면서도 독창적 무대를 창조해낸 바 있다. 그는 거기에 그치지 않고 무대미술을 연극의 보조 수단이 아닌 독립적 예술작품으로까지 승화시켜갔다.

한편 1980년을 전후하여 신선희, 박동우, 이태섭 등 새로운 인물들이 등장하여 우리 연극 무대를 쇄신하는 데 적잖은 기여를 하면서 왕성하게 활동했다. 여기서 흥미로운 점은 중앙과 경쟁이라도 하려는 듯 비슷한 시기에 지방(청주)에서도 민병구라는 신예 무대미술가가 혜성

같이 등장했다는 사실이다. 하나 더 주목되는 사실은 독학자인 민병구의 특징은 당초 경영학을 전공했던 서울의 박동우처럼 무대미술을 연극에 국한하지 않고 무용, 오페라, 음악콘서트 등 공연예술 전반을 아우르는 공통점을 지닌 것이라 하겠다.

중학생 때, 우연한 기회에 미술에 관심을 갖고 고등학생 때부터 서울을 오가며 본격적으로 그림을 배우기 시작했다는 민병구는 차범석과 이창구를 만나 연극에 눈을 뜨면서 무대미술로의 방향을 잡게 되었고 곧바로 노련한 무대미술가 송관우를 찾아 사사케 되었다고 한다. 그런데 민병구에게 우연과 행운은 그것만이 아니고 마침 연극사상 최초로 지방연극제(1983)가 시행됨으로써 그에게 광대한 작업의 활로가 열리게 된 사실이라 하겠다. 솔직히 민병두 이전에 지방에는 전문 무대미술가가 전무했었다. 지방에 전문연극이 없었던 때였으므로 전문 무대미술가의 부재는 당연한 것이었다. 그 점에서 그의 등장은 지방 연극계로서도 크게 반길 만한 경사였다.

그가 오늘날 지방에서 없어서는 안 될 무대미술가로서 독보적인 위치를 굳힌 것도 그만큼 지방의 공연예술이 괄목할 만큼 발전하는 과정에서 그의 역할이 컸음을 단적으로 보여주는 것이다. 사실 무대미술가로서의 기본 자질은 회화 능력과 문학적 상상력이다. 이런 시작에서 그의 이력을 들여다보면 그가 무대미술가로서의 천부적 자질을 지녔다고 말할 수 있다. 왜냐하면 그는 이미 기성 화가로서 전시회를 여러 번 가지며 특별상까지 받은 바 있고 이미 시집 한 권을 펴낸 시인이기도 하기 때문이다.

따라서 그의 무대미술 작품들을 보면 몇 가지 특성이 보인다. 첫째,

그의 작품 전체를 훑어보면 그가 그동안 그리스의 원형극장부터 한국의 무속에 이르기까지 동서고금의 극장 무대를 마치 블랙홀처럼 빨아들여 자신의 용광로에 녹여 무대미술을 창조해냈음을 발견케 된다. 그만큼 그는 눈이 밝고 도량이 넓은 무대미술가임을 보여준다. 두 번째로 그의 무대미술은 주조는 사실주의에 기반하면서도 자유로운 상상력을 발휘하여 변화무쌍하다. 좀 더 구체적으로 말하면 그가 리얼리즘을 신봉하면서도 거기에 얽매이지 않고 무용이라든가 양악 국악무대 등에서 보여주듯이 장르에 따라 아레나 스테이지의 활용과 상징과 은유 압축 등을 즐겨 썼다는 점이다.

세 번째로 그는 가장 한국적인 무대미술을 꿈꾸는 듯 한옥에 특별한 애정을 갖고 전통 창문을 유난히 부각시킨다. 진흙과 창호지 등을 많이 쓰는 것 같다. 그로 인하여 그의 무대에서는 한국적 풍정이 배어나온다. 따라서 그의 무대에는 원형보다는 한국 건축의 기본선이라 할 사각형이 주조를 이룬다. 네 번째로 색채의 경우, 그는 오방색을 쓰면서도 유독 푸른색을 많이 쓰고 주황색이 뒤를 잇는데 푸른색은 희망을 상징한다. 이는 그가 하늘과 숲을 자주 활용하는 것과도 연결된다는 점에서 자연친화적인 무대미술가라고 말할 수 있지 않을까 싶다.

끝으로 그가 드물게 작화와 제작을 겸한 무대미술가이기 때문에 타인의 숨결이 들어갈 틈새가 없어서 자신만의 색깔을 갖게 되어 있지만, 막상 작품을 보면 민병구만의 독특한 색깔이 무엇인지 확연히 드러나지 않아 아쉬운 점도 없지 않다. 그러나 한 가지 분명한 것은 그가 이번에 펴낸 두 편의 민병구 무대미술 도록은 1990년대 이후 한국 지방 연극사 30년의 명징한 기록으로서 역사적 의미가 크다고 하겠다.

무대미술로 기록한 지방 연극사

극단 신협, 한국 주류연극의 중추

한국 현대 연극사에서 극단 신협이 없었다면 오늘의 우리 연극은 극히 혼란스럽고 지지부진했을지 모른다. 왜냐하면 1950년도에 신협이 탄생되지 않았다면 한국전쟁기에 연극사의 맥이 끊어지고 새로 연극 단체가 생겨나는 데 꽤 오랜 시간을 기다려야 했을 것이며, 또 누가 주도하는 어떤 형태의 극단이 등장했을지 모르기 때문이다.

다행히 신협이 1950년도에 출범했기 때문에 한국 연극이 올바른 행로를 찾아 오늘의 번성한 연극판을 존재케 했다고 본다. 특히 일제 식민지 치하와 해방 공간의 혼란기에서도 전혀 오염되지 않은 출중한 연극인 이해랑이 중심에서 굳건하게 방향키를 잡고 있었기에 한국 연극이 사도(邪道)로 빠지지 않고 정도를 지킬 수가 있었던 것이다.

그렇다면 신협이 현대 연극사에 남긴 업적은 무엇일까? 그것을 요약해보면 대체로 여섯 가지로 설명할 수 있다.

첫 번째로 가장 큰 업적이라 말할 수 있는 것은 현대 연극사의 맥을 견고하게 이은 점이다. 즉 1950년 6월에 북한이 남침하여 일으킨 한국전쟁으로 7년이라는 짧지 않은 기간에 나라가 혼돈 속에 빠져 있었다.

따라서 나라는 생존을 위해 모든 것을 걸어야 하는 극한 상황에 놓여 있었기 때문에 연극 더 나아가 모든 예술 행위는 정지된 상태였다. 그러한 상황에서도 연극은 있어야 한다는 신념을 가진 이해랑은 정지된 국립극장에서 흩어져 나온 일부 배우들을 중심으로 사설 신협을 재건하고 전쟁 상황과 상관없이 공연 활동을 줄기차게 지속해갔던 것이다.

그때의 어려웠던 상황과 관련하여 유민영은 그의 저서에서 "극단 신협은 전쟁 중의 유일한 극단으로서 인기가 대단했고 타 도시의 초청이 쇄도했다. 한번은 마산 지방 순회공연 때의 일로서 당일 7시부터 공연이어서 단원들이 버스 편으로 일찍 도착했다. 관객은 6시부터 들어오기 시작하여 6시 반에는 입추의 여지가 없이 꽉 들어찼는데 사고가 생겼다. 즉 부산서 자동차 편으로 보낸 무대장치가 도착하지 않은 것이다. 개막 한 시간이 지나도 관객은 흩어질 생각을 않고 기다리고 있었다. 8시가 되어서야 겨우 장치를 실은 트럭이 도착했다. 6시에 들어온 관객들은 세 시간이나 지난 후에야 연극을 보게 된 것이다. 찌는 듯한 여름에 비좁은 관객들은 극장 안에서 저녁도 굶은 채 꼬박 세 시간이나 기다려 공연을 보게 된 것이다"(『21세기에 돌아보는 한국 연극운동사』, 361~362쪽)라고 쓴 바 있다. 이처럼 그때의 연극 관객들의 열의 또한 대단했다. 이러한 관객이 있었기에 치열한 전쟁통에도 연극이 가능했던 것이다.

더욱이 배우들은 한두 명만 제외하고 모두 피난으로 흩어졌으니 그들을 모으는 일도 쉬운 일은 아니었다. 그때 다행히 배우들이 하나둘 모여들기 시작했다. 옛 단원 주선태가 제주도로 피난 갔다가 대구로 와서 극단에 가입했고, 영화배우로 진출했던 박암(朴巖)도 촬영 왔다가 신협에 들어왔다. 중앙방송국 성우였다가 속세가 싫어 승려가 되려고 출가했으나 장민호를 만나 신협의 배우가 된 민구(閔九)도 인상적인 신입 단원이었다. 이와 같이 혼란한 상황에서 어렵게 극단을 조직하여 전쟁기의 연극사를 이은 유일한 연극단체가 다름 아닌 신협이었다. 이때 이해랑이라는 특출한 인물이 없었다면 당연히 현대연극사의 맥은 끊길 뻔했던 것이다.

그에 못잖게 중요한 이해랑이 연극단체를 운영하며 강조한 조직 윤리의 실천에 주목할 필요가 있다. 그것은 바로 단체 내에서의 성윤리 엄격성이다. 세계 어느 나라에서든 공연예술단체는 대체로 남녀가 비슷한 비율로 구성되게 마련이다. 예술이란 것이 표현 방식은 다르지만 모두 다 사람 사는 이야기를 하는 것이 아닌가. 즉 사랑과 이별, 삶과 죽음, 그리고 그런 것과 관련된 것을 환상적으로 묘사하는 것이므로 남녀가 어울려서 단체를 구성한다. 그 결과 청춘 남녀들이 몸을 부딪치면서 이야기를 엮어가게 되므로 자연스럽게 정이 들어 사랑에 빠지는 경우가 흔하다.

그런데 한 조직 내에서 그런 사건이 발생하면 단체를 운영하는 데 지장을 초래하고 작품 창조에 장애가 됨은 두말할 나위 없는 것이다. 그러한 사건으로 단체가 흔들리고 심하게는 조직이 와해되는 경우도 없지 않았다. 지난 시절 유랑극단들이 쉽게 이합집산되는 이유는 대체로 자금 문제와 단원 간의 연애와 성 문제, 그 두 가지였다. 우리의 현대 연극사에 보면 지방을 떠돌던 유랑극단들이 하루아침에 사라지는 경우가 종종 있었는데, 그 원인을 찾아보면 단원들끼리 사랑의 도피가 빌미가 된 것이었었다. 그러니까 주요 단원이 야반도주하면 그 극단은 단번에 공중분해될 수밖에 없었던 것이다.

이러한 사정을 잘 알고 있던 이해랑은 신협을 재건하면서 가장 먼저 단원들 간의 정서적 건강성을 유지해야 하는 내규를 만들었다. 이해랑은 연극인들과 연극단체가 사회의 모범까지는 몰라도 멸시의 대상은 되지 말아야 한다는 생각을 갖고 있었다. 그동안 수많은 연예인들이 사랑과 결혼 문제로 물의를 일으킴으로써 대중의 지탄을 받아왔다는 것을 잘 알고 있었기 때문에 이해랑은 극단의 건강성을 담보하는 것은 단체 내의 깨끗한 생활 자세라 확신한 것이다.

따라서 이해랑은 신협이 종교적인 수도단체는 아닌 만큼 청춘남녀간의 사랑까지를 금할 수는 없었어도 일단 결혼하면 한 사람은 반드시 단체를 떠나도록 내규를 만들었다. 우리 연극사상 이러한 윤리 강령을 만들어 실천한 극단은 신협이 유일했다. 그것이 신협의 두 번째 공로라고 본다. 더욱이 피난 시절 배우 구하기가 어려웠던 상황에서 그런 제도를 만들어서 시행한 것은 좀처럼 쉬운 일이 아니었다. 그러나 이해랑의 신협은 그것을 끝까지 지켰었다.

어렵사리 배우가 된 민구(閔九)가 이번에는 사랑에 빠졌다. 그러니까 그가 신협에 가입하자마자 미모의 여배우 윤인자(尹仁子)와 밀애를 하기 시작한 것이다. 어느 날 갑자기 민구와 윤인자가 결혼까지 선언함으로써 신협 간부들이 처음 놀랐지만 두 사람의 사랑을 축복해주었고, 부산의 극장 분장실을 빌려 결혼식을 올려주기도 했다. 이것이 신협 사상 최초의 부부 탄생이었다. 그러나 신협에는 몇 가지 지켜야할 내규가 있었다. 단원끼리 연애는 자유지만 결혼은 금지였기 때문에 결혼을 하면 일단 한쪽은 극단을 떠나게끔 되어 있었다. 따라서 신협은 아쉽지만 재능 있고 아름다운 여배우 윤인자를 내보내게 된 것이다.(『21세기에 돌아보는 한국 연극운동사』, 363쪽)

'누워서 남을 깨우지 말라'는 공자의 말대로 신협의 리더 이해랑은 타의 모범이 될 만큼 평생 스캔들 하나 없을 만큼 청교도 같은 모범적 삶을 살았기 때문에 그러한 극단의 윤리적 내규가 지켜질 수가 있었다. 이러한 신협의 자세는 1960년대 이후에 탄생된 많은 극단들에게도 은연중 음으로 양으로 긍정적 영향을 미치지 않았을까도 싶다. 왜냐하면 1950년대 이후 여러 극단들의 조직 내에서는 영화계나 가요계에서처럼 이성 문제로 사회에 물의를 일으킨 바 없기 때문이다. 이처럼 이해랑이 주도한 신협은 적어도 공연예술계가 건전하게 발전해가는 데 있어서 좋은 모델이 되었다고 말할 수 있을 것 같다.

세 번째로는 신협이 다양한 연극 인재를 배출한 점을 꼽을 수 있다. 신협이 전쟁 중에도 공연 활동을 지속함으로써 연극인들의 무대 이탈을 막은 것만도 크나큰 소득이며 타 분야, 이를테면 방송이나 영화 분야에서 일하던 인재들도 연극계로 끌어들이는 일도 했다. 그뿐만 아니라 극작 분야에서도 공모와 같은 새로운 제도를 만들어서 신진 작가들을 꾸준히 발굴, 양성했던 것이다.

네 번째로는 신협이 하나밖에 없던 국립극단의 기초를 다지면서 한국 연극계의 주류를 만드는 데 절대적인 역할을 했다는 점이다. 그러니까 장민호, 백성희 등등 수십 년 동안 국립극단의 중추적 역할을 했던 배우들이 모두 신협 출신인 데다가 극단 연출을 주도한 이해랑은 신협의 리더가 아닌가. 이처럼 신협은 극단 자체뿐만 아니라 국립극단을 중심으로 하여 한국 연극의 올바른 방향을 잡아줌으로써 우리 연극계에 리얼리즘을 기조로 한 정극이 굳건하게 자리 잡도록 했다고 말할 수 있는 것이다. 특히 피난 중에도 신협이 셰익스피어의 4대 비극과 선진적인 서구 작품들을 무대에 올렸다는 것은 번역극이야말로 우리 연극의 자양(滋養)이 됨을 가르쳐준 것이었다. 그러니까 우리 연극이 앞으로 나아가는 데 있어 창작극과 번역극을 조화시켜가야 함을 모범적으로 보여준 것이었다.

다섯 번째로는 신협이 창작 뮤지컬을 처음으로 시작하여 오늘날의 뮤지컬 시대를 여는 데 일찍이 조그만 주춧돌을 놓았다는 점에서 매우 선구적인 기여를 했다고 말할 수 있다. 1958년도에 미국 브로드웨이를 체험한 극작가 동랑 유치진이 뮤지컬이야말로 미래 연극임을 직감하고 자신의 극장 드라마센터에서 1962년에 한국 최초로 〈포기와 베스〉를 음악극으로 실험하여 주목을 끌었다. 그 이후 역시 비슷한 시기에 브로드웨이를 시찰했던 이해랑도 전세권을 시켜서 신협의 부설극단 제3극장을 통해 1965년도에 창작 뮤지컬 〈새우잡이〉를 무대에 올리도록 했고, 이어서 이듬해 여름에도 역시 창작 뮤지컬을 한 편 더 공연함으로써 예그린악단의 〈살짜기 옵서예〉를 더욱 빛나게 했던 것이다.

여기에 많은 연극인들은 철저한 리얼리스트인 이해랑이 뮤지컬에 관심을 두었겠는가라고 의문을 가질 만했다. 물론 평소 인생의 내면을 조용히 응시하는 것이 진정한 연극이라고 믿는 그는 과장되고 현란한 뮤지컬은 몸에 안 맞는 옷처럼 느끼고 있었다. 뮤지컬은 그의 취향과 거리가 멀었던 것이 사실이었다. 음악과 무용, 그리고 휘황한 스펙터클은 절제를 최고의 덕목으로 삼는 그에겐 어울리지 않았다. 그렇기 때문에 그는 평소 자신의 작품에 효과음악을 별로 쓰지 않는 연출가이기도 했다. 또한 그가 직접 뮤지컬을 연출한 적도 없었다. 그러나 뮤지컬 형태의 연극이 서양은 말할 것도 없고 우리나라에서도 앞으로 번창할 수 있다는 것을 인지하고 음양으로 뒷받침한 것은 부인할 수 없다. 그러니까 그는 평소 한 나라에 자신이 좋아하는 연극만 있어서는 안 된다고 생각하는 편이어서 후배 제자들을 시켜서 뮤지컬을 하도록 한 것이었다.

여섯 번째로 신협이 전란 중에 공포와 불안, 절망 속에 빠져 있던 대중에게 연극으로 위안과 즐거움, 그리고 희망을 주었으며 생사를 걸고 전선에서 싸우고 있던 국군에게도 조국애와 삶의 희망을 불어넣어 주었다는 점을 꼽을 수 있다. 1950년대 상반기는 예상 못 한 북한의 남침으로 인하여 수도권의 시민들 상당수가 대구와 부산, 그리고 광주 등 남녘으로 피난 가서 언제 끝날지 모르는 전쟁의 종식만을 기다리던 시절이었다. 그만큼 피난민들은 불안한 생활 속에서 하루하루를 견뎌야 했다. 그들에게 신협의 연극은 가뭄의 단비나 다름없었다. 매 공연마다 인산인해를 이룰 만큼 극장 안은 발 디딜 틈도 없이 관중으로 들어찼고 호응 역시 대단했었다. 바로 그 점에서 극단 신협은 전쟁을 겪고 있던 대중에게 구세주와 같은 존재였고, 대중에게 희망을 선사하고 미래를 꿈꾸게 하는 전령사였던 것이다.

하루도 쉬지 않고 적군과 대치 상태에서 내일을 기약할 수 없는 국군들에게도 신협은 주먹밥으로 끼니를 때우면서 최전선까지 쫓아가

위문공연을 했다. 소위 전시 중 문예대라는 것을 조직하여 수년 동안 국군을 위한 위문공연을 한 것도 극단 신협이 유일했었다. 이처럼 신협은 우리나라 현대사상 가장 어려웠던 시절에 연극사의 맥을 이으면서 전시 중의 대중들을 위무했고, 조국을 위해 목숨을 걸고 싸우던 국군에게도 극예술로서 지원을 아끼지 않았다. 아마도 조그만 극단 하나가 그처럼 많은 일을 해낸 경우는 세계 연극사상 신협이 유일하지 않았나 싶다.

초심을 잊지 말기를

— 국립극장 70주년을 돌아보며

　지금은 그 존재가 대단해 보이지 않지만 70년 전 국립극장이 문을
열었을 때만 해도 아시아, 더 나아가 제3세계 최초로, 그것도 식민 통
치에서 벗어난 지 겨우 5년, 정부 수립 2년의 가난한 우리가 당당히 관
립극장을 가졌다는 자부심이 하늘을 찔렀었다. 특히 국민소득 70달러
안팎의 신생국가였던 터라 변변한 건물 하나 없어서 국립극장도 적국
이 지어 쓰던 부민관에 둥지를 틀 수밖에 없었지만 정신문화를 숭상해
온 문명국가로서의 면모만은 여실히 보여준 경우이기도 했다.

　1950년 1월 "민족예술의 발전과 연극문화의 향상을 도모하여 국제
문화의 교류를 촉진하기 위하여 설치된 국립극장"(제1조)은 2급 촉탁
의 유치진 초대 극장장이 즉각 월급제의 배우 13명으로 신협이라는
전속극단을 출범시킴과 동시에 〈원술랑〉이라는 연극으로 팡파르를 울
리게 된다. 당초 우리나라의 문화예술 진흥을 위해 국립극장을 대구
와 부산에도 설치키로 했으나 예산 부족으로 서울에만 설치된 아쉬움
도 없지는 않았으나 4월에 개관작품 〈원술랑〉에 이어서 창극 〈만리장
성〉을 공연하고, 다음 달 창작 오페라 〈춘향전〉을, 그리고 무용 〈인어

제3부 문화예술계 편편상(片片相)

공주〉에 이어 숨 가쁘게 두 번째 연극 〈뇌우〉 공연으로 폭발적 인기를 얻음으로써 36년 동안의 식민 통치와 해방 공간 5년여의 불안정과 혼란을 단번에 불식하고 무대예술이 정상궤도에 진입할 수 있었다. 이러한 국립극장의 예상 외의 성공은 단순히 문화예술계에 국한된 것이 아니고 신생 독립국가 대한민국의 순항(順航)에도 청신호를 던져주는 계기가 되었다. 경제적 여건이 열악한 상황에서 국립극장을 설립했던 무리수를 상쇄시키고도 남을 만한 효과를 얻었던 것이다.

그런데 국립극장이 극장예술의 으뜸이라 할 연극을 기본으로 하면서도 출발 시점에서 창극, 오케스트라 반주의 오페라, 그리고 무용까지 무대에 올린 것은, 장차 창극단, 오페라단, 무용단, 교향악단까지 전속으로 두겠다는 의지의 암시였다. 그러나 불행하게도 6·25전쟁으로 국립극장이 3년 가까이 정지되어 그 역할을 할 수 없었고, 1953년 2월 들어서 겨우 대구의 문화극장에 둥지를 틀고 전속단체 없이 근근이 명맥만을 잇다가 종전과 함께 4년여 만인 1957년 여름에 환도하여 명동의 시공관을 국립극장으로 삼게 되었다. 곧 국립극장은 설립 7년 만에 일본인들이 세운 건물 세 군데를 옮겨 다닌 셈이다.

어떻든 국립극장이 환도한 만큼 정부도 제구실을 하도록 우선 전속극단부터 조직케 했다. 다행히 출발 때 전속단체였던 신협이 사설단체가 되어 전쟁 중에도 피난지에서 꾸준히 활동하다가 1953년에 환도해 있었기 때문에 그 극단을 끌어들여 신협과 민극(활동 안 함)을 두었고 환도 기념으로 〈신앙과 고향〉을 공연함으로써 일단 안착을 시킬 수 있었다.

당시 시민들과 열악한 연극계에서 국립극장에 거는 기대도 컸는

데, 이유는 크게 두 가지였다. 첫째 변변한 공연장이 없었던 시절 서울의 중심지 명동에 비록 일본인 이시바시(石橋良介)가 영화관으로 지은 명치좌(1935) 건물이긴 하지만 위치와 규모에서 국립극장으로서 더없이 좋았다. 두 번째로는 가난한 배우들이 단원이 되면 적지만 급료를 받고 연극을 할 수가 있었다. 그런데 국립극장은 환도 직후 이질적인 전속단체 구성으로 갈등이 있었던 데다가 수익성도 너무 떨어졌으므로 일부 여당 의원들이 폐지론을 들고 나오기도 했다. 다행히 문화계의 지원을 받고 서항석 극장장의 설득으로 가라앉혔으며 원로 소설가 박종화 등 문화계 인사들이 국립극장 안정을 강력히 권유하는 일까지 있었다.

그러나 4·19학생혁명과 5·16군사쿠데타가 연달아 일어나면서 1960년대 초는 국가 사회적으로 요동쳤고, 그에 따라 국립극장도 문교부로부터 공보처로 이관되고 전문가들로 구성된 운영위원회를 두는 조건을 달아 극장장을 정부관리가 맡도록 했다. 그리하여 연극 전문가의 운영 시대가 끝나고 일반 관리가 국립극장을 운영하는 시대가 된 것이다. 직제를 바꾸면서 정부는 부대사업의 활성화, 국립극단의 질적 향상, 연극의 5개년 발전계획, 부설 예술단체 결성, 관객 확보 방안 등 그럴듯한 개선책을 내놓기도 했지만 대부분 구두선이 되고 말았다.

특히 국립극장을 정체시킨 요인 중의 한 가지는 문외한인 공보처 2급 관리들이 극장장을 맡게 된 일이었다. 그로 인해 국립극장은 공보처의 유배지로 여겨지면서 2년 동안 다섯 번이나 책임자가 바뀌는 기현상이 벌어지기도 했다. 왜냐하면 국립극장장으로 가는 것은, 곧 관리로서는 출세길이 막히는 것이라 보고 모두가 기피했기 때문이다. 그런 상황에서도 1961년에 어렵게 조직된 국립극단만은 제대로 키워야 한다는 내외의 여망에 따라 당대 최고의 배우들이라 할 변기종, 김동훈, 김성옥, 김인태, 백성희, 장민호, 나옥주, 정애란 등이 집결하여 〈안네 프랑크의 일기〉 등을 무대에 올려 인기를 모아가게 된다.

이 시기에 국립극장은 앞으로 어떤 스탠스를 취해야 하느냐의 문제에 당면했다. 마침 아서 밀러 같은 극작가와 엘리아 카잔 같은 연출가가 지배하던 미국 브로드웨이 연극을 시찰하고 온 중진 연출가 이해랑의 조언으로 안정적인 극단 운영과 리얼리즘을 기조로 한 전문연극을 해야 한다는 지향점을 찾게 되었다. 바로 이것이 국립극장이 주류연극의 산실로 자리 잡는 배경이 되는 것이다.

이러한 국립극단의 스탠스는 1960년 실험극장을 시작으로 생겨난 민중극단, 동인극장, 자유극장, 여인극장, 광장, 산하 등 소위 동인제 시스템 극단들에게도 적잖은 영향을 미쳤다. 더욱이 〈산불〉로 주목을 끌면서 화려하게 등장한 신예 작가 차범석과 하유상이 창작극을 주도하면서 뒤를 이은 김의경, 이재현, 노경식, 윤조병 등에도 계승되어 초창기의 유치진과는 또 다른 전후의 새로운 리얼리즘 시대가 열린다.

더구나 동인제 시스템 극단들이 공연한 번역극들을 살펴보면 아서 밀러를 비롯하여 장 아누이, 막스 프리쉬, 프리드리히 뒤렌마트, 에드워드 올비, 숀 오케이시 등 리얼리즘 계열의 작품들이 선호되었음을 알 수가 있다. 국립극장에서 연출을 담당했던 인물들, 즉 이해랑을 비롯하여 박진, 이원경 등이라든가 무대미술을 전담하다시피 했던 김정환, 장종선, 최연호 등 역시 리얼리즘 신봉자들이었던 사실도 국립극장의 방향이 어떤 것이었나를 잘 알려준다.

앞에서도 언급한 바 있는 대로 국립극장은 처음부터 우리나라 무대예술의 진흥이라는 큰 목표가 있었지만 전쟁 등을 거치느라 실행에는 한계가 있었다. 다행히 국립극장이 명동에 자리 잡으면서 전통문화에 조예가 깊었던 오재경 공보장관의 뜻에 따라 당초의 목표대로 정부가 1962년 1월 15일자(각령 제379호) 전속단체 근거법을 공포하고 곧바로 국립국극단을 필두로 하여 국립오페라단, 그리고 국립무용단 등을 두게 되었다. 그리고 1969년에는 교향악단까지 두게 된다. 때마침 음악대학 출신의 공무원 김창구가 극장장을 맡았기 때문에 일이 수월하게 진행되었다.

그리하여 국립극장에는 연극인들뿐만 아니라 문인, 음악가, 무용가, 국악인 등 전국의 문화예술인들이 모여들었고, 그들의 팬까지 몰리면서 자연스럽게 우리나라 문화예술의 메카가 되어갔다. 이는 곧 명동이 우리 정신문화의 중심지로 자리 잡았다는 의미도 되는 것이다. 그러자 정치·경제·군사 등 모든 면에서 남북 대결을 벌이고 있던 정부는 문화도 북한에 뒤질 수 없다는 생각을 하여 남산 일대에 종합민족문화센터 건립을 추진케 된다. 그러니까 정부는 북한의 대형 문화공간들이라 할 2,190석의 평양대극장(1960년 개관)이라든가 800석의 모란봉극장(1958년 개수) 등을 염두에 두었던 것 같다.

따라서 1969년에 완결할 목적으로 1967년 10월에 우선 장충동 국립극장부터 착공에 들어가면서 명동의 극장은 매각키로 한다. 그런데 매각이 쉽지가 않았을 뿐만 아니라 주요 활동무대를 잃게 된 재야 공연단체들의 저항으로 정부가 진퇴양난에 빠지기도 했었다. 정부가 예산상의 이유로 종합문화센터 계획을 접은 뒤 1973년 10월에 〈이순신〉을 갖고 장충동의 신축 국립극장을 개관한 뒤에도 1975년까지 명동의 국립극장을 존속시켰던 이유가 바로 거기에 있었던 것이다.

신축 국립극장은 가무단과 합창단, 그리고 발레단까지 두면서 전속단체가 8개나 되었기에 예산에서부터 무대 사용 등 여러 가지 면에서 부작용이 발생되기도 했으며 접근성이 떨어지는 위치에다가 지나치게 대형으로 건축했기 때문에 쓸모도 없었다. 8개 단체를 거느리는 대형극장에 걸맞은 인적 구성도 해야 했으므로 운영요원 128명과 전속단원 348명에 임시직원까지 합치면 529명으로 단번에 폭증했다. 그러한 장충동 신축극장에 대하여 많은 전문가들은 위치에서부터 하드웨어, 소프트웨어 등 모든 면에서 실패할 수밖에 없는 운명을 타고난 것 같다고 우려했었다.

게다가 공무원 극장장들이 계속 바뀌면서 문화의 균점화라든가 국제 교류 등 새로운 포부들을 열심히 밝히곤 했지만 성취되는 것은 별로 없었다. 왜냐하면 극장장들이 거의 한두 해 간격으로 계속 교체되었기 때문이었다.

그러는 사이 정권이 바뀌면서 국립극장에도 변화가 일어날 수밖에 없었다. 제5공화국 정부는 문화인들의 요구를 받아들여(대통령령 제10589호) 국립극장 직제를 일부 개정하여 '예술의전당은 예술인의 손으로 운영케 한다'를 내세우고 극장장과 공연과장을 별정직으로 만들어 민간 전문가를 영입토록 했다. 그 첫 혜택을 중견 연출가 허규가 누리게 되었다. 허규 신임 극장장은 레퍼토리 선정위원회와 운영위원회 구성, 전속단원들의 계약제 실시, 단체장의 3년 임기제와 겸직 금지,

초심을 잊지 말기를

연출자의 독립성 보장 등 혁신책을 제시하고 의욕적으로 일을 펼쳐나가기도 했다. '전통연희의 현대적 계승'을 내걸고 극단 민예를 이끌어온 연출가 허규 극장장은 효율성의 극대화 등을 내세우면서 대극장보다는 소극장 공연에 치중했고 객석 600석의 야외무대를 만들어 마당극을 하도록 했으며 자신의 취향대로 창극을 대형화하고 판소리의 공연 횟수도 대폭 늘린 바 있다.

특히 신축극장 이전 10주년을 맞아서는 소극장의 경우 레퍼토리시스템을, 그리고 대극장은 교체 순환 방식을 취택함으로써 상설 공연 체제를 갖도록 하여 국립극장에 활기를 불어넣기도 했다. 이는 국립극장의 정체를 깨트려보겠다는 야심찬 계획이었는데, 역시 예산상의 어려움에 봉착할 수밖에 없었다. 그럼에도 불구하고 그는 실험극장의 창립 멤버였고 민예까지 운영한 연출가답게 극장에 아카데미즘을 도입하여 매너리즘에 빠지지 않도록 했으며 1986년 아시안게임과 88국제올림픽을 문화올림픽이 되도록 하는 데 국립극장이 그 전초장이 되어야 한다는 자세로 전통예술의 국내외 공연을 대폭 확장하는 모습도 보여주었다. 물론 동구권 등의 해외단체 공연도 적잖게 유치했다. 국립극장이 오랜만에 제구실을 한 셈이다.

국립극장이 남산에 뿌리를 내리면서 내실을 기해야 한다는 내외의 여론에 따라 공연장으로서의 특장화의 중요성이 대두되기 시작했다. 곧 국립극장이 너무 많은 단체를 두고 있어서 공연장으로의 개성이 약한 데다가 공연 횟수도 조정하기 쉽지 않고 여러 곳에 대형극장이 세워져 있으니 전속단체의 분산이 필요하다는 것이었다. 따라서 1977년부터 조금씩 전속단체의 구조조정이 이루어지기 시작했는데, 그 첫 번째 단체가 가무단으로서 1976년 재개관된 세종문화회관으로 이관되었다. 이어 1981년에는 교향악단이 KBS로 이전되었다. 전속단체가 8개에서 6개로 감소한 것이다. 이러한 변화 속에서 관립극장을 이끌어가야 하는 민간 전문가는 아무래도 행정적으로 미숙하고 힘이 부칠 수밖에 없었다. 따라서 정부 내에서조차 극장장을 노련한 공무원이 맡아야 한다는 여론에 따라 허규를 끝으로 원상으로 되돌려지면서 그동안 국립극장에서 행정을 도맡아 했던 2급 관리 전영동이 뒤를 잇게 되었다.

그러나 1990년 초 정부조직법의 개정에 따라 문화부가 새로 발족되고 국립극장이 공보처를 벗어나면서 전영동은 1년 만에 원대 복귀했고, 외교부 경력의 윤탁이 새로 부임한다. 그는 윤선도의 후예답게 문화감각을 갖추고 있었기에 '움직이는 국립극장'이라는 표어를 내걸고 좋은 창작극이 나올 수 있는 여건 조성, 민족 동질성 회복을 위한 교포 밀집지역 순회공연, 지방 공연예술 발전, 청소년 및 근로자를 위한 공연 행사 증가 등의 목표를 내걸고 열정적으로 일을 벌여나갔다. 그의 공로는 단연 여러 명의 신진 극작가를 발굴한 창작극 육성 사업이었다.

그러나 공무원의 순환근무제 또는 정년제 등에 따라 극장장은 2, 3년 정도 근무하고 계속 교체되었으므로 장기적인 사업을 할 수는 없었다. 극장장이 교체될 때마다 예술감독제와 같은 발전책도 생겨났다. 예술감독제의 탄생도 실은 그 시기에 국립극장의 법인화라든가 시즌 프로덕션제, 독립채산제 등을 도입해야 한다는 여론에 따른 것이었다. 이 시기에 주목되는 부분은 미국에서 활동하던 중진 무용가 김혜식이

초심을 잊지 말기를

국립발레단장을 맡으면서 회기적인 변화를 꾀한 점이다. 그는 유명무실했던 오디션을 철저하게 시행했을 뿐만 아니라 발레단 후원회까지 조직했다.

국립극장은 문민정부가 들어서면서 더욱 눈에 띄게 변화의 움직임을 보여주기 시작했다. 가령 한민족예술제의 확대 실시라든가 문화광장 마련 등도 폐쇄적이라는 비판을 받아온 국립극장의 큰 변화였다. 문민정부 이상으로 문화정책에 일가견이 있던 국민의 정부는 문화사업을 국가의 기간산업으로 설정할 만큼 진취적이었고 '지원은 하되 간섭은 않는다'는 표어를 내걸고 국립극장을 과거 영국에서 시도한 바 있던 책임운영기관으로 바꾸었다. 그리하여 국립극장은 극장장도 문화 전문가가 맡아야 한다는 여론에 따라 운영심의위원회를 구성, 공모에 들어갔고 1999년 11월에 마당극 운동가이며 배우였던 김명곤을 새 극장장으로 선출했다.

김명곤이 극장장을 맡으면서 국립극장은 군살빼기에 들어갔다. 그것은 다름 아닌 전에도 이미 거론된 바 있던 극장의 특장화 작업으로서 일종의 전속단체의 재조정이었다. 과거에는 변변한 극장이 없었기 때문에 국립극장이 여러 단체를 끌어안아야 했지만 같은 문화관광부 소속의 거대한 예술의전당도 세워졌으니 분산시켜서 각자 효율적으로 운영해야 한다는 것이었다.

그리하여 정부가 곧바로 1999년 가을에 문화예술진흥법 개정을 정기국회에 회부하여 국립극장 산하단체들을 별도 법인체로 만들도록 했으며 예술의전당도 재단법인에서 특별법인으로 전환토록 했다. 이러한 법 정비에 따라 국립오페라단, 발레단, 그리고 합창단 등 3대 단체는 별도 법인화되어 2000년도에 들어서 예술의전당의 상주단체로 떠나가게 된다.

감량된 국립극장에는 극단, 무용단, 그리고 국극단이 창극단과 관현악단으로 분화되어 4개 단체만 오롯이 남게 되었다. 국립극장의 재편은 설립 50년 만인데, 그동안 내외적으로 어려웠던 여건하에서도 우리나라의 무대예술, 즉 연극을 비롯하여 한국무용, 발레, 국악, 오페라, 교향악 등이 안착하는 데 상당한 기여를 했다고 말할 수가 있다. 국립극장이 50년 만에 설립 당시와 가장 가까울 정도로 몸이 가벼워지면서 경영의 합리화라든가 교육적 기능의 확장 같은 극장의 순기능을 찾으려 한 것은 매우 바람직한 자세였다. 특히 행정직원의 절반 감축이라든가 팀 체제로의 전환, 기획력과 마케팅의 강화 및 디지털화 등은 선진적인 변화였다. 게다가 '국립극장 봉사헌장' 발표 역시 구태를 벗어나 예술이야말로 현대적인 서비스 상품이라는 인식을 알린 것이어서 흥미를 끌 만했다. 국립극장이 30여 년 만에 건물 전체의 쇄신에 들어가면서 제도의 선진화도 꾀했는데, 이를테면 단장제를 예술 감독제로 전환하고 창작에 전권을 위임하기도 했다.

국립극장을 크게 변화시킨 김명곤이 연임을 끝내자 중진 무대미술가 신선희가 바통을 이어받아 국립극장을 '한국적 창작 공연을 만드는 유일한 기관'으로 만들겠다는 포부를 밝히고 나섰다. 그는 전임자가 벌여놓은 여러 가지 일을 정비하는 한편, 과거 국립극장이 만들어냈던 우수작품들을 발굴하여 상설 레퍼토리화하는 것과 아울러 '국립극장 자료실을 연구실이나 연구소로 확대해 공연을 미디어 콘텐츠로 바꿔 유통시키고 옛것을 복원하는 기능을 하려 한다'고 했다. 결국 그가 한 여러 가지 일 중 남을 만한 업적은 역시 세계 국립극장 축제의 개최와 공연예술박물관의 설립, 그리고 야외극장을 쓸 만한 공연장으로 꾸민 것이다.

공연예술박물관이야말로 그녀의 가장 큰 업적인데, 그 중요성에 대한 인식이 부족한 후임자들이 더 이상 진전시키지 못한 것이 아쉽다. 정권이 교체되면서 신선희의 후임으로 언론인 출신 임연철이 부임하여 국립극장에서 부족했던 마케팅, 홍보, 그리고 교육 기능을 대폭 강화한 것이 눈에 띄는데, 이는 시민의 예술교양 강화를 통한 관객층 확대가 궁극적 목표였다.

그러나 이 시기에 전통 있는 국립극단이 극장에서 법인화되어 서울역 뒤의 조그만 창고 같은 백성희장민호극장에 둥지를 틀면서 사실상 해체되었다. 현대사의 소용돌이 속에서 정극의 맥을 이어온 전통 있는 국립극단이 이름만 남고 사실상 사라진 것이다. 얼마 뒤에 명동예술극장 전속으로 들어가 2년마다 시즌 단원이라는 명목의 임시(?) 단원 20여 명이 국립극단이라는 이름으로 활동을 벌이고는 있지만 그들이 국립극단 배우라는 자부심을 갖고 있는지는 의문이다. 전국 50여 개의 대학 연극학과 학생들의 꿈이 국립극단 배우가 되는 것일까? 대부분의 학생들은 국립극단이 존재하는지도 모를 정도이니 아닐 것이다.

여하튼 국립극장은 창극단, 무용단, 그리고 국악관현악단 등 3개 전속단체를 두고 있는데, 그중 장기공연할 수 있는 단체는 하나도 없다. 신체 구조상 판소리를 오래 부를 수도 없고, 춤도 몇 달씩 공연할 수 있는 예술이 아니기 때문이다. 그런 조건 속에서도 국립극장에 활력을 불어넣으려는 노력을 계속한 극장장이 예술의전당에서 다년간 노하우를 쌓은 안호상 극장장이었다. 그는 2012년 정월에 취임하자마자 침체 국면에서 헤어나지 못하고 있던 국립극장에 레퍼토리 시즌제를 도입하여 단번에 고정관객층까지 만들어내는 수완을 보여줌으로써 극장장의 운영 능력에 따라 공연장의 성쇠가 좌우된다는 하나의 좋은 사례도 제시했다.

그리고 신축 당시부터 대극장의 구조상의 결함으로 애를 먹던 차에 해오름극장이 40여 년 만인 2018년 4월에 리모델링에 들어갔고 9월에 김철호가 새로 극장장으로 취임했다. 국립극장이 설립 이래 연극인들(유치진, 서항석, 허규, 김명곤, 신선희)과 행정공무원들이 책임을 맡아오다가 이번에 처음으로 국악인 출신을 선택한 것은 의미 있는 실험이라고 본다. 경영 능력만 있다면 창극, 국악관현악, 한국무용 등 국악 계열 단체만 3개를 거느린 극장 운영을 국악인이 맡는 것은 합리적이지 않을까도 싶다.

그런데 극장 역사 70년 동안에 38명의 극장장이 드나들었다는 것은 국립극장이 얼마나 불안정했었는가를 단적으로 보여주는 증거이기도 하다. 왜냐하면 38명 중에서도 서항석이 8년, 김창구 11년, 허규 8년, 김명곤 6년을 합치면 33년이므로 그들을 제외하면 37년 동안에 극장장이 34명이나 바뀌었다는, 즉 각각 1년 남짓 근무했다는 이야기가 된다. 그뿐이 아니고 극장장의 직급이 2급 촉탁이라는 것 또한 설립 당시와 하나도 달라진 것이 없다. 예술의전당 사장이 차관급인 것에 비하면 극장장이 2급 촉탁이라는 것은 국립극장의 위상이 이 나라에서 얼마나 하잘것없는지를 극적으로 보여주는 예라 아니할 수 없다.

국립극장은 한 나라의 역사, 전통, 정서, 풍물, 그리고 꿈을 농축,

공연예술화해서 보여주는 신성한 창(窓)이다. 그래서 국립극장을 가리켜서 한 나라의 얼굴이고 자존심이라고 칭하는 것이다. 고대 그리스의 극장 발전사에서 확인할 수 있듯이 연극은 국립극장의 알파와 오메가이다. 1950년 국립극장 설립도 '연극문화의 향상과 민족예술의 발전'을 도모하기 위함이었는데, 하나밖에 없는 국립극단을 내친 것은 곧 국립극장을 내친 것이나 마찬가지다. 국민소득 70달러일 때도 월급 받는 전속배우를 두었던 국립극장인데, 그때의 400배 넘는 국민소득(3만 2천 달러)과 문화예산 6조 원 시대에 생활비 걱정 없이 연극할 수 있는 어엿한 국립극단 하나 없는 현실이 서글프다.

지금 시급한 것은 번듯한 제2국립극장 건립과 제대로 된 국립극단의 복원인데, 정부는 3,787억 원의 거금을 들여 2,014석과 300석의 제2세종문화회관을 영등포에 짓는다고 발표했다. 대체로 알고 있듯이 북한의 대극장들을 의식해서 너무 크게만 지어 쓸모가 없는 세종문화회관은 모델이 될 만한 극장이 못 된다. 실패한 세종문화회관은 반면교사의 대상이지 절대로 모방의 대상이 아니다. 그렇기 때문에 영등포에는 제2세종문화회관이 아니라 세계에 자랑할 만한 멋진 제2국립극장을 지어야 한다.

헨리크 입센의 한국 수용에 대하여

― 용아 박용철의 번역을 중심으로

노르웨이 출신의 헨리크 입센과 러시아 출신의 안톤 체호프가 이미 19세기 후반에 세계 연극 사조를 바꾸어놓았지만, 한국에 그들의 이름이나마 알려진 것은 1910년을 전후해서이고, 그것도 탁월한 극작가로서라기보다는 막연히 저명한 문사로서였다는 점에서 우리의 서양 문화에 대한 인지(認知)가 얼마나 더뎠던가를 짐작할 수 있다. 그나마도 문명 개화가 우리보다 조금 빨랐던 일본을 통해서였다는 사실에서 한 나라의 개방정책이 문화 발전에 얼마나 절대적인가를 실감케 한다.

가령 입센이라는 작가를 제일 먼저 안 사람은 선각자 육당 최남선이었다. 그는 일본 사람(內村鑑三)이 쓴 책『지리학 연구의 목적』일부를 월간『소년』(1909. 11)에 번역 소개하는 과정에서 입센이 스칸디나비아반도 출신의 시인이라고 언급했다. 그리고 이듬해(1910)에 예술과 무관한 유옥겸(俞鈺兼)이라는 사람이 쓴『서양사 교과서』(광한서림)에서 입센이 시인 바이론, 소설과 빅토르 유고, 졸라, 톨스토이 등과 함께 세계적 문인으로서 조금 다루어진 정도였다.

그러다가 1910년대 중반 들어서 입센이 극작가라는 사실이 단편적으로 소개되었는데, 이를테면 봉생(鳳生)이라는 필명으로 쓰인 「괴루히 부란데쓰」(학지광, 1916)라는 글에서 덴마크의 평론가 게오르그 브라네스가 1899년에 쓴 『입센론』을 소개한 바 있는데, 이는 아마도 일본의 어느 잡지에 실린 글에서 알아낸 것 같다. 이처럼 적어도 3·1운동 이전인 1910년대까지는 극히 소수 지식인만이 입센을 막연하게 인지하고 있었던 것이다.

1920년을 전후하여 각종 문학잡지들이 창간되고 일본 유학 붐이 일어나면서 국내외의 문화정보가 확장됨으로써 입센도 자연스럽게 극작가로 소개되기 시작했다. 1920년 겨울에 언론인 출신의 문인 최승만(崔承萬)이 잡지 『창조』에 「문예에 대한 잡감」이란 글을 통해서 입센이 사회문제 극작가라고 처음으로 소개했고, 그는 입센이 여성해방을 부르짖는 극작가라는 것을 막연하게 언급하는 글을 또 썼다. 뒤이어 1910년대 후반 일본에서 연극을 공부하고 귀국한 현철(玄哲)이 선각적인 글을 많이 쓰게 되는데, 주로 입센의 사회문제극을 중심으로 소개하면서 낙후된 우리의 현실을 개혁하는 데 있어서 입센이야말로 가장 바람직한 예술적 전범(典範)이 될 만하다는 중요한 글을 발표하여 주목을 끈다.

그가 1920년 7월에 매일신보에 쓴 「연극과 오인의 관계」라는 글에 보면 입센이 작품을 쓰는 이유가 순전히 "국가를 진보케 하고 국민에게 한층 고귀한 이상을 제공하려는 데 있다"고 했다. 곧이어 그는 「근대문예와 입센」이라는 글에서 입센을 본격적으로 다루었는데, 입센을 세계 근대정신을 대변하는 제1인자로 평가하면서 그 중심사상을 세 가지, 즉 자각적 생활의식, 이상 사회관, 그리고 자유의지의 연애를 바탕으로 한 결혼관과 애정관이라고 했다. 그가 이 글에서 예로 든 작품은 〈인형의 집〉, 〈민중의 적〉, 〈바다 부인〉 등 세 편이었고, 인간 자각과 사회 개선이야말로 입센이 궁극적으로 추구하는 이상이라고 결론 지은 바 있다.

몇 년 뒤에 쓴 「알아두어 필요할 연극 이야기」라는 글에서도 현철은 비슷한 논지로 입센을 언급하면서 앞에 소개한 세 작품 외에 「브란드」, 「사회의 기둥」, 「우리 죽은 자들이 눈 뜰 때」 등을 추가로 소개했다. 현철은 한국에 연극이론을 처음 소개한 선각자였으며 그의 뒤를 이어서 실험적 인물들이 몇 명 등장한다.

젊은 시절 소설도 썼던 작곡가 홍난파는 〈인형의 집〉을 모방한 작품 〈최후의 악수〉를 낸 바 있고, 극작가 고한승(高漢承)은 〈민중의 적〉을 모방한 〈장구한 밤〉이라는 희곡을 쓰기도 했다. 이는 그만큼 입센이 당시 문학청년들에게 흥분할 정도로 영향을 주었다는 이야기가 되는 것이다. 이들 두 작품은 당시 아마추어 극단들에 의해서 무대에 올려지기도 했었다.

그러나 정작 입센의 희곡이 실연되는 것은 1925년 9월에 와서야 가능했다. 즉 현철이 세운 최초의 연극학원이었던 조선배우학교 시연회에서 〈인형의 집〉이 무대에 올려졌고, 4년 뒤에 『중성』이라는 잡지사가 독자들을 위하여 천도교기념관에서 역시 〈인형의 집〉을 이틀간 공연했는데, 두 가지 공연 모두가 전문 극단에 의해서라기보다는 아마추어 성격의 단체가 그것도 단기로 한 것이었기 때문에 관객의 반응이라든가 사회적 반향은 별로 없었다.

다만 1928년도에 들어서는 입센 탄생 100주년을 맞아서 그에 대한 글이 여러 신문 잡지 등에 폭넓게 게재된 것이 돋보인다. 이때의 그에 대한 소개는 좀 더 심층적인 것이었고 작품도 몇 편 더 추가되었다. 그만큼 시간이 흐르면서 우리의 문인들이나 연극인들의 입센에 대한 이해가 넓어져갔다는 이야기가 된다.

1930년대에 들어서 입센이 극작가로서 제대로 소개되기 시작했다. 그것은 두말할 것도 없이 외국 문예를 전공한 사람들이 만든 극예술연구회(약칭 劇研)라는 본격 신극단체에 의한 것으로서, 그들은 서양문학에 밝았고, 입센에 대한 이해도 높았다. 그로부터 대학에서 외국문학 강의를 들은 학생들이 연극회를 조직하여 입센의 희곡을 무대에 올리기 시작했다. 1932년 6월에 연희전문 학생들이 〈바다부인〉을 야외극으로 무대에 올려 호평을 받았고, 1938년도에는 〈작은 욜프〉와 〈헤겔란의 해적〉(김승구 역)을 공연하여 학생들의 환영을 받았다. 이들 외에도 아마추어 단체로서는 경성여자기독교청년회에 의하여 1934년에 〈유령〉이 경성공회당에서 공연된 바 있다. 그러나 이들 모두가 아마추어라는 점에서 일반 대중과 거리가 있었다고 볼 수 있다. 또 한 가지 이들의 공통점은 번역의 문제로서, 학생들은 대체로 일본 번역본을 대강 정리하여 무대에 올린 것으로 보인다.

따라서 적어도 입센의 본격적 수용은 용아(龍兒) 박용철(朴龍喆)의 등장에 따른 입센 번역과 극예술연구회에 의한 〈인형의 집〉(홍해성 연출) 공연부터였다고 말할 수가 있다. 그러니까 극연의 입센 공연은 작가와 희곡을 제대로 아는 전문 번역가와 일본의 쓰키지 소극장에서 입센 작품을 연기해본 연출가가 만나서 전문 극단을 통해 이루어졌다는 이야기다. 그 공연은 1934년 3월에 초연되었는데 대단한 반향을 불러일으켰다. 바로 그 점에서 박용철의 입센 번역을 주목할 필요가 있는 것이다.

박용철은 저명한 시인으로서 한 시대를 풍미한 바 있다. 그런데 그는 시인으로서보다는 오히려 연극운동가로서 마지막까지 삶을 불태웠다. 극예술연구회에 정단원으로 가입했던 그는 자금도 대고, 분바르고 무대에도 섰으며, 『극예술』이라는 최초의 연극 전문 잡지도 만들었는가 하면 연극평도 쓰면서 여러 작품을 번역하여 극단에 적잖은 기여를 했다. 그중에서도 그의 〈인형의 집〉 번역은 입센의 한국 수용의 차원을 넘어 서양 연극 이식의 한 전범(典範)을 보여주는 것이어서 주목된다. 그는 독문학을 전공한 시인이었지만 희곡과 연극을 더 잘 아는 인물이었다. 그 점은 그의 여러 편의 번역 작품에 극명하게 나타나 있다. 우선 그가 번역한 〈인형의 집〉의 한 부분을 여기에 그대로 인용하여 설명해보겠다.

헬머   거 우리 종달샌가— 거기서 조잘거리는게?

노라   그래요.

헬머   내 지금 좀 바뻐. 무얼 사 왔다고 그랬소. 웬 이렇게 많아. 우리 난봉 아씨가 또 돈을 퍽퍽 쓴 모양인가.

노라   여보! 토—발트, 인제 좀 넉넉히 써도 좋지 않아요. 우리가 어렵지 않은 크리스마스는 이번이 처음인데요.

헬머   이거 보. 우리가 돈을 헤프게 쓸 처지는 못 된다오.

노라   정말, 토—발드, 인제 우리 조금만 더 넉넉히 봅시다— 아주 쪼끔만! 인제 당신은 돈을 무척 벌 텐데.

       헨리크 입센의 한국 수용에 대하여

헬머　그래 새해부터는 그렇게 되지. 그렇지마는 내가 그 월급을
　　　탈려면 아직도 석 달은 꼬빡 기다려야 할걸.

노라　안나 할멈에게는 좀 더 좋은 걸 사줄걸 그랬나 봐.

헬머　또 한 뭉텅인 무어요?

노라　토-발드, 그걸 지금 보면 안 돼요. 이따 밤에 보셔야지.

헬머　아! 이 조그만 난봉꾼이 당신 차지로는 무엇을 샀소.

노라　탱크 의사는 청해두셨어요.

헬머　청할 것도 없이 으레 올걸. 그래도 오늘 들르거든 말해두지.
　　　훌륭한 포도주를 좀 가져오라고 그랬는데. 여보 노라, 나는
　　　오늘 저녁에 퍽 재미있는 기대를 가지고 있다우.

노라　나도 그래요. 아이들도 퍽 재미있어 할 테지요.

　이상은 노라 부부의 대화 일부를 발췌해서 인용한 것이다. 그런
데 여기서 전반적으로 느껴지는 것은 금실 좋은 부부 간의 정감 넘치
는 일상적 대화라는 사실이다. 특히 부부의 대화 속에는 사랑과 품격
이 들어 있으면서도 인색한 남편(토-발드)의 기질이 드러나고 있다. 반
면에 아내 노라는 자애롭고 도량까지 넓다는 것도 나타난다. 이들 대
사들 중에서도 '그만두우'라든가 '조잘거리는 게?' '이거 보' '돈을 퍽
퍽 쓴' '꼬빡 기다려야 할걸' '사줄걸 그랬나 봐' '무엇을 샀소' '으레 올
걸' '기대를 가지고 있다우' 등등의 구어체 표현 방식이 대단히 자연
스럽고 멋지게 활용되었다. 이는 친밀한 부부 간에 쓸 수 있는 경어(敬
語)로서 한국어의 묘미를 극대화시켜주는 표현기법이다. 이런 언어를
1930년대 초에 서양 희곡 번역에 활용했다는 것은 박용철이 얼마나

탁월한 번역가였나를 단적으로 보여주는 사례이다.

그 외에도 그는 부부 간의 친근한 언어를 매우 다양하게 활용했는데, 가령 '부자였겠구려'라든가 '그래서 어쨌수?' '무척 좋을 게야' '들지도 말아요' 등에서 알 수 있는 것처럼 말의 뉘앙스를 최대한 살렸다. 특히 무대연극의 리얼리티와 조형적 분위기를 생동감 있게 살리기 위해서 표준어보다는 천하지 않은 속어나 방언을 적당하게 활용한 것도 돋보인다. '대단히'를 '무척'이라고 하는 것이나 '꼬빡 기다렸다'는 표현도 그런 경우이다.

그의 번역가로서의 특징은 희곡의 경우, 무대 위에서 움직인다는 생각을 갖고 접근한 점이었다. 다시 말해서 그는 희곡 번역에 있어서는 시청각적으로 객석에 질량감 있게 전달되도록 의태어나 의성어를 많이 활용했다. 예를 들어서 '돈을 많이 썼다'는 말도 '돈을 퍽퍽 썼다'고 표현함으로써 강조점을 부각시켰다. '퍽퍽'은 '꼬빡'이란 용어와 함께 천하지 않은 속어라고 말할 수 있다. 그가 이처럼 품격 있는 속어라든가 비속어, 방언 등을 자유자재로 구사할 수 있었던 것은 언어의 속성과 생리를 잘 알고 있었던 데 따른 것이었다.

이처럼 그는 한국 역사상 가장 먼저 번역다운 번역을 했는데, 그것도 입센의 희곡 〈인형의 집〉으로부터였다. 앞에서도 조금 언급했지만 그는 희곡을 잘 알고 입센도 제대로 알았기 때문에 당대의 대중 감각에 맞도록 입센의 희곡을 본격적으로 번역 소개함으로써 입센이 한국 문화계에 보편화되도록 앞장선 문사였다. 그의 입센 번역 작품은 구수한 남도 사투리까지 포함시켜 싱싱하게 살아 있는 언어를 활용한 것이기 때문에 80년이 지난 오늘날에도 손보지 않고 그대로 무대에 올려도

헨리크 입센의 한국 수용에 대하여

될 정도이다. 그런데 불행하게도 용아 박용철이 요절함으로써 더 이상 좋은 번역은 나오지 않았다.

그의 타계 후 10여 년 만에 입센의 작품이 조금씩 번역 공연되기 시작했다. 1948년 12월에 영문학자 오화섭(吳華燮)에 의해서 〈인형의 집〉이 다시 번역되어 극단 여인소극장이 무대에 올린 바 있고, 이듬해에는 극단 고려예술좌가 〈유령〉을 공연했으며, 6·25전쟁 후인 1956년에 입센 서거 50주년을 기념해서 극단 신협이 이진섭(李眞燮) 번역으로 〈민중의 적〉을 무대에 올린 정도다. 그만큼 우리 연극계에서 입센은 다른 서양극 작가들에 비하면 소홀하게 다루어진 것이다.

다행히 1960년대 들어서 입센이 다시 각광을 받았는데, 이는 아무래도 4·19학생혁명과 5·16군사쿠데타에 의한 정세 변화에 따른 것이 아니었을까 싶다. 1960년도에만도 극단 원방각(圓方角)과 연세대 연극회, 서울대 연극반, 동국대 연영과 등이 〈유령〉을 공연했고, 〈들오리〉와 〈인형의 집〉 등도 무대에 올려졌다.

그런데 여기서 한 가지 주목되는 점은 적어도 〈유령〉 공연에만은 뚜렷한 목적의식이 있었다는 사실이다. 가령 동국대학교의 팜플렛에 보면 "깨어서 현실을 직시하자, 사회는 위선이 가득하다" 운운하여 사회 악습을 타파하는 데 하나의 작품이 자극제가 될 수 있다는 생각으로 〈유령〉을 공연한다고 한 것이다.

그러나 입센 수용이 그 정도 이상으로 나아가지는 못했다. 1970년대 이후에도 입센 희곡이 이따금 공연되었으나 별로 주목을 끌지는 못했다. 그렇기 때문에 입센은 한국 연극인들에게 절대적인 영향을 주지 못했다고 말할 수 있다. 다만 1930년을 전후하여 〈인형의 집〉이 한참 인구에 회자될 때, 한두 작가에게 약간의 영향을 준 바는 있었다. 그들이 다름 아닌 채만식(蔡萬植)과 한이직(韓利織)이었고, 장편소설 『인형의 집을 나와서』와 희곡 〈성자와 영웅〉이 바로 그런 모방작 또는 패러디 수준의 작품이 될 것이다.

노라의 후일담 형식으로 쓰인 『인형의 집을 나와서』는, 노라가 이상을 찾아 자유와 해방을 위해서 집을 나왔지만 세상이란 어디까지나 그녀가 바라는 이상일 수는 없다는 내용이다. 작가가 보수적인 입장에서 노라를 바라본 것이었다. 〈인형의 집〉의 패러디라고 볼 수 있는 〈성자와 영웅〉은, 주인공이 다름 아닌 헬머와 노라지만 여성 해방이 아닌 허위의식과 부정을 비판하는 내용으로 나아간 것이 특징이다.

이상과 같이 입센은 3·1운동 직후에 선구적인 극작가, 특히 여성 해방을 부르짖은 근대작가로서 신여성들을 흥분시킨 인물이었지만 실제로는 아마추어 극단들과 몇몇 전문극단들이 네댓 편의 희곡을 간간이 무대에 올린 정도였을 뿐 한국 연극 발전에 절대적인 영향을 주었다고는 보기 어렵다. 아무래도 아직까지 노르웨이 언어를 전공한 사람이 없었던 데다가 〈인형의 집〉을 제대로 번역했던 용아 박용철마저 요절함으로써 입센의 열기를 이어가지 못했던 것도 주요 원인이 아니었나 싶다.

적어도 입센이 한국 연극 발전에 영향을 주려면, 안톤 체호프가 이해랑(李海浪)에게 절대적인 영향을 주었듯이 그의 영향을 받은 출중한 극작가나 연출가가 나왔어야 했다. 그런데 불행하게도 입센의 영향을 절대적으로 받은 연출가나 극작가는 나오지 않았던 것이다.

물론 우리 근대극 운동이 1960년대까지만 해도 서양 연극의 이식에

그 목표가 두어져 있었으므로 입센의 사회개혁적인 사상이라든가 극
작술 등 눈에 잘 보이지 않는 영향이 없지 않았다는 것을 인정은 한다.
그러나 그가 우리나라 연극 발전에 절대적인 영향을 끼치지는 못했다
고 결론 지을 수가 있겠다.

한국 연극의 등대가 되어준 이해랑연극상

한국 연극사상 가장 권위 있다고 자타가 인정하는 이해랑연극상이 올해로 30회를 맞았다(2020). 이 상이 높게 평가받는 이유로 세 가지를 꼽을 수 있다. 첫 번째는 당사자인 이해랑 선생이 상의 권위에 값할 정도로 품격 높은 삶과 연극계, 더 나아가 문화계 지도자로서의 폭넓은 활동으로 예술인들로부터 절대적인 존경과 신뢰를 받아온 점이다. 두 번째, 굴곡진 현대사 속에서 빛나는 전통을 세운 최고 권위의 민족지 조선일보와 공동 주최함에 따라 공신력 면에서 타의 추종을 불허한다. 세 번째, 엄정한 심사와 사설재단의 출연으로는 전무후무할 정도로 큰 상금(7천만 원)이다.

이해랑연극상의 제정은 선생의 작고(1989.4.8) 이전부터 이미 싹트고 있지 않았나 싶다. 왜냐하면 선생은 생전에 모 신문에 연극영화상을 만들었음에도 불구하고 연극계에 큰 상이 없는 것에 대하여 아쉬움을 토로한 적이 한두 번이 아니었기 때문이다. 그러한 선생의 뜻을 잘 알고 있던 도쿄 유학 동지이며 평생의 반려 김인순(천혜) 여사와 장남 이방주 회장 등 유족은 장례 직후 모여 가족회의를 열고 '선친의 꿈을 기리고 승화시킬 수 있는' 재단부터 만들기로 결의했다. 이어서 1990년도 들어 기업인으로 대성한 장남 이방주 회장이 평소 선친과 친분이 두터웠던 원로 연극인 김동원 씨, 극작가 차범석 씨, 연출가 임영웅 씨, 그리고 평론가 유민영과 함께 재단 설립에 대한 심층 토론을 거쳐 '한국연극의 발전과 문화 창달에 기여함을 목적'으로 하는 이해랑연극재단을 출범시키게 된다.

초대 이사장은 미망인 김인순 여사가 맡고 이방주, 김동원 등 이사 16명으로 출범했으나 1996년 김 여사가 작고하면서 장남 이방주회장이 자연스럽게 승계했고 이사진도 8명으로 축소되었다. 당초 이해랑연극재단이 출범하면서 내세운 목표는 다음 세 가지였다.

① 이해랑 연극정신을 계승하는 연극인의 육성 장려를 위한 포상
② 이해랑 연극정신을 계승하는 공연 지원
③ 기타 이해랑 연극정신을 계승하는 사업

그리하여 재단은 주요 사업으로 연극상 제정과 기념관 건립을 추진키로 했는데, 기념관은 고인의 거처였던 사당동 신축건물 1층에 마련하려다가 관리의 문제로 일단 뒤로 미루고 2주기에 맞춰서 1991년부터 이해랑연극상만을 시행키로 했다. 어느 상이든 특별하면서도 명료한 명분이 있어야 하는데, 이해랑연극상은 역시 고인의 평생 연극이념 또는 철학이라 할 리얼리즘을 기본 바탕으로 하여 우리나라 연극 발전에 크게 기여한 연극인이나 기관을 수상 대상으로 삼는다고 결정했다.

그리하여 제1회 수상자로 1960년부터 소위 동인제 시스템의 선두

단체로서 전후(戰後)의 험난했던 현대 연극사에 큰 획을 그은 극단 실험극장이 영예의 자리에 오르게 된다.

첫 번째 시상을 마친 이해랑연극재단은 선생의 진면목을 알리기 위하여 연극계의 누구보다도 좋은 글을 많이 남긴 선생의 주옥같은 글만을 모아 1991년 말에 『허상의 진실』(새문사)이라는 책을 발간했다. 이 책에는 선생의 연극인으로서의 회고기와 연극철학이라 할 리얼리즘론 등이 실려 있다.

이듬해에 시행된 제2회 이해랑연극상은 1969년 임영웅 연출의 〈고도를 기다리며〉(베케트 작)로 시작하여 1980년대 이후 혼란스러운 연극계에서도 흔들리지 않고 견고한 정극 작품들을 계속 내놓음으로써 소극장운동의 모범적 사례가 된 극단 산울림이 차지하게 되었다.

이해랑연극상이 단번에 문화예술계의 주목을 끌면서 모든 연극인들의 선망의 대상이 되자 문화체육부도 화답이나 하듯이 1992년 12월에 이해랑 선생을 '올해의 문화인물'로 선정해서 발표한다. 이는 곧 정부에서 공식적으로 이해랑 선생을 지난 시절 문화예술계에 큰 업적을 남긴 대표적 인물로 높게 평가한다는 의미인 것이다.

두 번에 걸쳐 단체에 돌아간 이해랑연극상이 제3회에 들어서는 개인에게 주어져야 한다는 여론에 따라 선생의 연극정신을 희곡(대표작 〈산불〉 및 〈옥단어!〉)과 극단(산하) 활동에서 가장 잘 이행했다고 평가되는 원로 극작가 차범석이 수상자로 결정되었다. 차범석은 리얼리즘 희곡의 심화에 그치지 않고 장르를 넘나들면서 전집 12권으로 묶일 정도로 방대한 양의 작품을 썼으며 방송드라마의 수준까지 한 단계 끌어올리는 업적을 남긴 큰 극작가였다. 수많은 극작가들 중 평상시에 전국적으로 가장 많이 무대 위에 올려지는 창작 희곡들은 당연히 차범석의 작품이다.

그러자 선생과 평생 연극을 함께해온 측근(?) 연극인들의 예우 문제가 대두되었는데, 만약 그분들에게 상이 차례로 주어지게 되면 집안 잔치가 될 수 있고 상의 권위도 손상될 우려가 있다는 내부 의견에 따라 그분들을 냉정하게 배제하고 우선적으로 평생 동지 김동원 선생만을 특별상으로 예우하기로 했다.

1994년의 제4회 수상자로는 서울연극학교 출신의 중견 연기자 이호재가 선정되었는데, 이는 드라마센터가 배출한 배우로서 최초의 수상이었다. 1962년에 개관한 드라마센터의 극장장이 바로 이해랑 선생이었다는 점에서 이호재의 수상은 특별한 의미를 갖는 것이기도 했으며, 그는 부설 서울연극학교 재학 시절인 1963년에 〈생쥐와 인간〉으로 데뷔하여 쉼 없이 많은 작품에서 좋은 연기를 보여준 바 있다. 천의 얼굴을 가졌다는 명배우인 그는 아직도 현역으로서 대학로 연극의 대부 노릇을 톡톡히 하고 있다.

그리고 제5회 이해랑연극상은 서라벌예대 출신으로 1백여 편의 작품에 출연하고 〈진짜 서부극〉에서 크게 주목을 끌었던 윤주상에게 돌아갔다. 그는 리얼리즘만을 고수하고 묵직하면서도 장중한 목소리로 방송 분야에서도 폭넓게 활약하고 있는 배우이기도 하다. 그가 배우로서 명성을 얻자마자 연극 무대를 떠나 방송계와 영화계에서 주로 활동하고 있어 아쉽다는 이들도 많다.

1996년의 제6회 수상자 박정자는 이화여대 출신으로 극단 자유의 창립 멤버였고 묵직하면서도 폭넓은 연기력으로 많은 팬을 가진 우리

시대의 대표 여배우이다. 극단 자유를 끝까지 지켰고 산울림소극장에서도 여러 편의 페미니즘 작품을 공연하면서 명연기로 여성 관객을 크게 확장시킨 공로가 크다. 그녀가 남긴 명작들은 대단히 많은데, 〈피의 결혼〉을 비롯하여 〈엄마는 오십에 바다를 발견했다〉 등이 손꼽힌다. 최근에는 어린이 연극까지 품에 안을 정도 연극 전반의 발전을 염두에 두고 활동할 정도로 생각이 깊고 선이 굵은, 한국 연극의 대모(代母)라고 말할 수 있다. 함께 특별상을 받은 백성희는 국립극장의 지킴이라 할 정도로 국립극단과 운명을 같이한 최장수 원로 여배우다. 1950년 국립극장의 전속 극단 신협의 창립멤버로서 국립극장 연극에 한 번도 빼놓지 않고 주조연으로 출연한 국립극단사 그 자체였다.

제7회 수상자도 여배우로 선정되었는데, 1963년 고려대 연극반으로부터 시작하여 국립극단의 중심 여배우로서 수많은 작품에서 주연으로 활약해온 손숙이었다. 감수성이 뛰어난 손숙은 다독으로 어떤 작품이든지 해석해내는 지성파 배우로서 정평이 나 있기도 하다. 그녀의 외양은 서양 번역극에 적합하지만 〈옛날 옛적에 훠이 훠이〉(최인훈 작)와 같이 토속적인 작품에서도 돋보이는 연기를 보여준바 있으며 국민의정부에서는 잠시 환경부 장관을 지낸 특이한 경력의 대배우이다.

제8회 이해랑연극상은 역시 박정자, 손숙과 함께 '여배우 3총사'라 불리는 윤석화에게 돌아갔다. 극단 민중극장에서 데뷔했지만 그녀의 진가는 사실 임영웅의 산울림 무대에서 나타났고, 극단 에이콤의 창작 뮤지컬 〈명성황후〉(윤호진 연출)에서 춤과 노래까지 가능한 만능 엔터테이너로서의 모습을 보여준 독보적인 배우다. 그녀는 배우로서만 출중한 것이 아니라 연출을 할 정도로 연극이론에 밝고, 소극장 운영과 한국연극인복지재단 운영에서 보여주듯이 경영에도 탁월한 능력을 지닌 큰 연극인이다.

이러한 여배우의 연속적인 수상은 제8회에서 멈췄고, 제9회 수상의 영광은 국립극단에서 잔뼈가 굵은 배우 서희승에게 돌아갔다. 그는 오로지 국립극단에서만 평생을 보낸 입지전적인 인물로서 초창기(신협)의 박상익처럼 관립극단의 역사에서는 찾아보기 힘든 희극 배우다. 외모와 행동거지는 코믹하지만 그의 희극 연기는 대체로 우수가 배어 있다. 매우 독특한 성격을 구사할 수 있는 배우인데 아쉽게도 일찍 타계했다.

제10회 수상자는 연극 무대보다는 TV드라마에서 인기가 높았던 유인촌이다. 그렇다고 해서 그가 TV드라마에만 전념한 것은 아니고 매년 연극 무대에서도 탁월한 연기력을 보여준 바 있는 걸출한 주역배우다. 그는 〈햄릿〉의 주역만 다섯 번을 맡을 정도로 연기력을 인정받고 있을 뿐만 아니라 대중적 인기도 높은 배우로서 1995년에는 직접 극단 '유'를 창단하기도 했으며 1999년에는 거금을 들여 연극 전문 공연장인 '유시어터'를 만들어 한동안 운영했다. 이명박 정부에서는 문화관광부 장관을 지내기도 했다. 본상 수상자 중 두 사람이나 고관을 맡았다는 것은 그만큼 이해랑연극상의 권위가 대단하다는 이야기도 될 것 같다.

제11회 이해랑연극상은 지방으로 돌아갔다. 우리나라 제2의 도시 부산 연극의 지킴이로서 연극판과 지역방송을 오가며 연기, 연출, 성우, 제작까지 공연예술의 기초를 닦은 고참 배우 전성환이 영광의 주인공이다. 부산은 근대 연극사에서 극작가 한로단 외에 뚜렷한 인물을 배출하지는 못했으나 1950년 한국전쟁 기간에는 피난 연극인들이 신극의 명맥을 이었던 중요한 거점이기도 하다. 따라서 리얼리즘을 신봉하고 부산 연극의 기반을 다지는 데 평생을 바친 전성환의 수상은 큰 의미를 지니는 것이다.

그다음 해의 제12회 수상자는 오랜 기간 국립극단에서 중추적인 배우로서 독특한 캐릭터를 창조해온 중진 권성덕이다. 그는 사설 극단에서 연마한 연기력을 국립극단에서 한 차원 끌어올려 번역극과 창작극을 가리지 않고 어떤 역이든 자기화할 수 있는 창조력을 충분히 발휘한 배우다. 장중한 비극에서는 카리스마 넘치는 연기력을 보여주지만 희극에서도 그에 못잖은 배우술을 발휘한다. 그는 연극판과 방송드라마를 오가면서 여전히 노익장을 발휘하고 있다.

제13회 이해랑연극상은 오랜만에 연출가에게 돌아가 가장 한국적인 연극을 추구해온 중견 연출가 손진책이 영광의 주인공이 되었다. 그는 1970년대 중반부터 작고 연출가 허규와 함께 극단 민예를 통해 전통예술에서 우리 연극의 뿌리를 찾아 현대극에 접목하는 작업을 해왔으며, 1980년대 들어 극단 미추로 독립하여 정극의 틀에서 벗어나 마당놀이라는 독특한 장르를 개척했고 창극 연출에까지 폭을 확대한 개성 넘치는 연출가다.

제14회 수상자로도 연이어 연출가가 선정되었는데, 지방 연극 발전에 헌신해온 포항의 김삼일이 그 주인공이다. 포항은 제철소와 해병대 기지로 유명하지만 중앙으로부터 먼 문화 불모의 어촌이다. 김삼일은 그런 곳에서 1964년도에 극단 은하극장을 창단하여 1980년대에 전국연극제에서 대상과 차상 등을 받을 만큼 성장시킨 지방 연극 운동의

한국 연극의 등대가 되어준 이해랑연극상

선구자다. 일찍부터 이해랑 선생을 흠모했던 그가 1966년도에 이해랑 이동극장에 참여하려 했지만 '고향에 가서 지방 연극을 키우라'는 선생의 충고를 듣고 귀향한 일화도 있다. 그는 2000년도에 들어서 은하극장을 시립극단으로 발전시켜 지방의 관립극단이 어떤 방향으로 가야 하는가를 작품 활동으로 보여준 경북 연극의 대부다.

제15회 수상의 영광은 제4회 수상자 이호재에 이어 두 번째로 서울연극학교 출신 중견배우 전무송에게 안겨졌다. 부드러우면서도 내성적인 외모에 걸맞게 관객에게 울림을 주는 음성, 그리고 사색적인 분위기를 풍기는 그는 종교극에 잘 맞는 캐릭터의 배우이기도 하다. 따라서 그는 수많은 무대극과 영화에서도 많은 팬을 확보하고 있는 인기배우다. 이해(2005)에는 세 번째로 작고 여성 연출가 강유정에게 특별상이 주어지기도 했다. 그녀는 극단 신협과 깊은 관련이 있고, 1965년도에 극단 여인극장을 조직하여 페미니즘 연극을 주창하기도 했으며 해방 직후에 여인소극장을 운영했던 박노경에 이은 두 번째 여성 연출가이기도 하다.

제16회 수상의 영광은 처음으로 무대미술가인 박동우에게 돌아갔다. 그가 학부에서는 경영학을 전공했지만 무대예술에 매력을 느껴 대학원에서 예술학을 공부하고 1987년 산울림소극장에서 창작극 〈숲속의 방〉의 무대장치로 데뷔했다. 그 이후 그는 정극으로부터 창극, 뮤지컬, 마당놀이, 오페라, 그리고 콘서트 등에 이르기까지 장르를 안 가리고 광범위한 작업을 하고 있는 대표적 무대미술가로 자리 잡았다. 그는 사실주의를 바탕으로 하고 거기에 상징주의를 가미하여 그만의 작품세계를 구축했으며 〈고도를 기다리며〉와 뮤지컬 〈명성황후〉의 무대미술은 국제적 호평까지 받은 바 있다.

제17회 이해랑연극상은 다시 여성에게 돌아가 중견배우 윤소정이 받았다. 무용에 특별한 재능이 있었던 그녀는 1966년 극단 자유극장의 창립 멤버로서 여배우의 길을 걷게 되었는데, 그녀가 크게 주목을 받은 작품은 의외로 1970년대 초에 드라마센터에서 시도되었던 반사실 전위극이라 할 〈초분〉이었다. 그만큼 그녀는 사실주의와 반사실주의를 넘나들며 독특한 발성과 열정적 연기로 관객을 사로잡는 개성파 배우다.

제18회 수상자도 다시 여배우였으니, 처신이 너무 조용해서 잘 보이지 않는 손봉숙이 받게 되었다. 대학에서 연극을 공부하고 있던 손봉숙이 첫선을 보인 작품은 1977년 공간사랑 개관 기념 공연으로 그의 스승 김정옥이 연출한 〈상자 속의 사랑 이야기〉였다. 그로부터 그녀는 스승을 따라 극단 자유에서 주역 여배우로 활동하다가 국립극단으로 옮겨 여러 종류의 작품에서 역시 좋은 연기를 보여주었다. 평생독신으로서의 얌전하고 깨끗한 용모와 자세는 그대로 작품에서도 나타나며 정확하고 맑은 대사는 관객들의 마음을 사로잡는다. 이 시대에 드물게 한눈팔지 않고 오로지 연극 무대에만 서는 정통 여배우다.

제19회 수상자 정동환은 두 번째의 드라마센터 출신으로 유치진의 연극정신을 충실히 계승한 에너지 넘치는 다면적 얼굴의 엔터테이너라고 말할 수 있겠다. 고등학생 때부터 연극의 매력에 빠졌던 그는 대학 시절에 이미 장래가 촉망되는 배우로 인정을 받았을 정도로 열정적 연기를 보여주었으며 정극이라는 틀에 얽매이지 않고 전위극은 물론이고 온몸을 활용하는 뮤지컬, 그리고 TV드라마와 영화 등에서도 특별한 개성을 보여주고 있는 만능 탤런트다.

제20회 수상의 영광 역시 정동환 이상으로 만능 엔터테이너라 불리고 있는 여배우 김성녀에게 돌아갔다. 소녀 가수로 활동하기도 했던 그녀는 1970년대 중반에 극단 민예에 입단, 〈한네의 승천〉으로 데뷔하여 몇 년간 활동하다가 국립극단으로 옮겨 주역배우로서의 자리를 굳혔다. 그러다가 부군 손진책 연출이 '전통의 현대적 재창조'를 목표로 한 극단 미추를 창단한 이후에는 정극의 틀을 벗어나는 다양한 실험적 작품에서도 완벽하게 소화해내는 주역으로서의 면모를 충실히 보여준 바 있다. 그녀가 최근에 국립창극단의 예술감독으로서 부족함 없이 활약하며 창극의 변화를 모색하는 실험을 열정적으로 해낼 수가 있었던 바탕도 그러한 경험에 의한 것이라고 본다. 같은 해에는 20세기 최고의 배우라고 불리는 원로배우 장민호가 특별상을 받았다. 해주 출신의 장민호는 1946년 KBS 성우로 출발하여 이해랑 선생의 수제자로서 극단 신협과 국립극단의 장로배우로 평생에 걸쳐 수백 편의 작품에서 주역을 도맡아 했다. 2012년 작고할 때까지 정극의 표본이라고 불릴 만한 명연기를 수없이 보여준 대배우다.

그해에는 재단으로서는 대단히 중요한 행사를 몇 가지를 치렀다. 선생이 교수로 봉직했던 동국대의 소극장을 대폭 개수하여 최초로 연극인 개인의 이름을 붙인 '이해랑예술극장'으로 재탄생시켰으며, 숙원 사업이었던 기념관을 대신하여 극장 한편에 유품을 축소 상설 전시하는 이해랑기념홀을 마련한 것이었다. 그와 함께 학술행사도 진행했다.

제21회 이해랑연극상은 세 번째 드라마센터 출신 배우 한명구가 수상했다. 그는 오태석의 수제자라고 볼 수 있을 정도로 인정받아 1985

년 극단 목화의 〈아프리카〉로 데뷔한 이후 매년 주요 작품의 주조역으로 활약하다가 임영웅의 눈에 들어 산울림으로 옮겨 〈고도를 기다리며〉 등에서 크게 빛을 발했고, 어떤 역이든 소화해낼 만큼 철저하게 작품을 연구하는 아카데믹한 배우이다. 타고난 소질에다가 평소 공부를 열심히 하기 때문에 스스로 작품을 창조하는 드문 배우라고 하겠다.

제22회 수상자는 드라마센터 출신이라는 점에서 유치진의 연극정신을 이어받았다고 보는 대표적인 여성 연출가 한태숙이었다. 당초 극작에 관심을 두었던 그녀는 곧바로 연출로 방향 전환을 하여 1976년 〈덧치맨〉으로 첫선을 보인 이후 정극과 뮤지컬을 주로 연출하여 강유정을 잇는 여성 연출가로 입지했다. 중년 이후에는 정극의 틀을 깨는 실험극 작업으로 방향을 틀었다. 따라서 찬반의 엇갈리는 평가에 아랑곳 않고 그녀는 〈레이디 맥베스〉 등의 과감한 작업으로 예술계 파문을 일으키기도 했다.

제23회 이해랑연극상 역시 연출가에게 연속적으로 돌아가 소장파 연출의 리더 격인 개성 강한 이성열이 영광의 주인공이 되었다. 1991년 창작극 〈한만선〉으로 기성 연극 연출의 첫 테이프를 끊은 그는 1996년에 젊은 배우들을 모아 극단 백수광부를 조직하고 문제성 있는 창작극과 번역극을 매번 연출하여 우수작품 제작소라는 호평을 받아왔다. 우리의 근대극은 수난의 역사 속에서 성장하면서 시대에 휘둘리고 저항하는 데 벅차 인간 탐구에는 소홀했던 것이 사실이다. 그만큼 우리나라 근현대극이 인문학적 결함을 지니고 있다는 이야기다. 그런 면에서 이성열은 우리 연극에서 미흡했던 존재 성찰을 꾸준히 추구해왔다는 점이 남달라 주목을 끌었다 하겠다.

제24회 수상자로는 그동안 극작, 연출, 연기, 무대미술 등 창작가에만 한정되었던 전통을 깨고 제작자인 박명성이 선정된 사실이 색달랐다. 그만큼 이해랑연극상의 스펙트럼을 확장한 것으로서 한국연극에 크게 기여한 인물이면 누구나 받을 수 있다는 이야기도 되는 것이다. 물론 연극 제작자는 상당히 많을 것이다. 그러나 작품 몇 개 제작했다고 수상자가 될 수 있는 것은 아니다. 박명성은 1981년 김상열의 극단 신시에서 연기, 연출, 무대감독 등을 거쳐 정극의 매니저를 넘어 뮤지컬 시대를 크게 확장시킨 주인공으로 우뚝 선 당대의 대표적 제작자이다. 특히 브로드웨이 뮤지컬 등 서양 여러 나라의 최신 작품들을 직수입하여 뮤지컬 시장을 대폭 확장시킨 공로 역시 크다.

제25회 이해랑연극상은 중견 여배우 길해연이 받았다. 그녀는 신예 극단이라 할 작은신화에서 주로 활약했기 때문에 한동안 기성 연극계에서는 별로 주목을 받지 못했었다. 그러나 그녀는 이미 대학극에서부터 장래성 있는 배우로 인정받았고, 1986년에 극단 작은신화 창단멤버로서 단체를 함께 이끌면서 열정적인 연기활동을 펴온 드러나지 않은 스타였다. 문학소녀답게 감수성이 뛰어난 데다가 일찍부터 광범위한 독서로 인문학적 훈련을 쌓은 덕택에 어떤 작품, 어떤 역이든 소화하고 육화해내는 힘을 갖고 있는 탄탄한 배우다. 그녀가 어떤 배우보다도 연기 폭이 넓고 깊은 이유도 바로 거기에 기인한다고 말할 수가 있다. 그해(2015)에는 또한 우리나라 무대미술을 한 단계 끌어올린 원로 이병복이 특별상을 수상했다. 그는 그동안 근대극을 지탱해온 사실주의 무대미술을 추상의 세계에까지 업그레이드하고 동시에 가장 한국적인 무대미술 세계를 구축한 독보적인 거장이다.

제26회에는 연극계의 입지전적 인물이라 할 신예 연출가 김광보에게 수상의 영광이 돌아갔다. 그를 입지전적 연출가라고 부른 이유는 연극을 정규 대학에서 배운 것이 아니라 지방의 열악한 극단에서 밑바닥부터 잡일을 하면서 학습해왔기 때문이다. 그는 상경하여 '혜화동1번지'에서 정통적인 연출 수업을 쌓은 후 1995년도에 스스로 젊은 연극인들을 모아 창우극단을 조직하고 진지한 작업을 벌여왔다. 서양의 고전, 이를테면 그리스 비극과 셰익스피어 극을 섭렵하는 동안 갖가지 실험도 해보고 이들을 현대 감각에 맞도록 새롭게 해석해내는 장기를 보여준 바도 있다. 그러면서도 '절제의 원칙'에서 벗어나지 않음으로써 고전을 마구잡이로 파괴하는 실험극들과는 다른 면모를 보여주고 있다.

2016년은 이해랑 선생의 탄신 100주년을 맞는 특별한 해여서 시상으로 끝내지 않고 별도의 큰 행사도 가졌다. 즉 선생의 마지막 연출작이었던 〈햄릿〉을 국립극장 무대에 기념 공연으로 올렸는데, 박정자, 손숙, 유인촌 등 역대 수상자들만 출연하고 연출도 제13회 수상자 손진책이 맡아 대성공을 거두었으며 수많은 하객들의 참여하에, 유민영이 쓴 768쪽의 방대한 이해랑 평전 『한국 연극의 거인 이해랑』(태학사)의 출판기념회도 함께 치렀다.

제27회에는 다시 여배우에게 영광의 수상을 안겨주었는데, 그 주인공인 다름 아닌 중견 배우 예수정이다. 그녀는 학부에서 독문학을 공부하고 독일 유학까지 한 인텔리 배우답게 작품 해석력이 돋보이고 내면 연기의 장점을 지닌 배우다. 1979년에 〈고독이라는 이름의 여

한국 연극의 등대가 되어준 이해랑연극상

인〉으로 데뷔한 그녀는 항상 조용한 가운데 작품 분석을 열심히 하고 특히 연극의 사회적 기능에 누구보다도 강한 소신을 표해왔다. 따라서 메시지 강한 작품을 선호하는 듯싶고, 절제력이 지나칠 정도로 강한 나머지 배우로서 전달력이 부족하다는 한계도 지니고 있다. 그해 (2017)에는 국민배우라는 애칭으로 유명한 원로 이순재가 특별상을 받았다. 1956년 연극 〈지평선 너머〉로 데뷔한 그는 2016년에는 '연기생활 60년 기념' 행사까지 치를 만큼 변함없는 현역 배우로서 연극 무대와 TV드라마를 오가면서 모든 연예인들의 귀감이 되고 있다.

제28회 수상의 영광은 세 번째 지방 몫으로서 목포에서 활동하고 있는 극작가 겸 연출가인 김창일에게 돌아갔다. 그는 소년 시절부터 연극인의 꿈을 갖고 대학에서 연극을 공부했지만 여건이 되지 않아 부친의 가업이라 할 목포 주변 도서 순회 행상에 나선다. 수년 후 생활이 안정되면서 다시 연극으로 눈을 돌려 그동안 경험했던 섬사람들의 독특한 생존 양상을 제재로 한 희곡 〈갯바람〉을 탈고하고 극단 선창도 창단한다. 다행히 1983년부터 전국지방연극제가 시작되면서 그는 직접 쓰고 연출한 〈갯바람〉 등으로 세 번이나 희곡상의 영광을 안는다. 동시에 전남의 대표적인 연극인으로서, 독특한 남도 사투리를 표현 수단으로 하여 목포 주변 섬사람들의 생활 양상과 그 지역 출신 주요 인물들의 삶을 무대에 승화시키는 발휘했고, 드디어 이해랑연극상까지 거머쥐게 된 것이다.

이해(2018)에는 우리나라 '아동 청소년 연극의 대모'로 알려져 있는 김숙희가 특별상을 받았다. 대학에서 불문학을 전공하면서 주로 연극 이론과 화술이론에 경도되었던 그녀는 특히 어린이 청소년 연극의 중요성을 인식하고 그들에게 교육을 시키는 것으로 만족 못 하고 실제로 극단을 조직하여 공연 활동을 펼치기도 했다. 특히 그녀는 아지테지 이사장으로 일하는 동안 2016년 봄에 연극사상 최초의 어린이 연극 전용 극장이라 할 '아이들극장'을 종로구에 세워 운영함으로써 아동연극 운동의 새장을 열었으니, 한국의 나탈리아 사츠를 꿈꿀 만하다고 본다.

제29회 때에는 매우 파격적인 창조 작업으로 대중을 자극하고 있는 신예 연출가 고선웅이 수상의 영광을 안았다. 그는 학부에서 연극이 아닌 미디어를 전공한 것이 오히려 연극에 새로운 눈으로 접근하는 데 하나의 무기가 되지 않았나 싶을 정도로 정통 연출가들과는 변별되는 면모를 보여주는 색다른 연출가다. 광고회사 직원으로 근무하면서 느낀 변화무쌍한 세태를 연극의 소재로 삼아 창작과 연출을 택한 그는 1999년에 〈우울한 풍경 속의 여자〉로 입문하자마자 스스로 극공작소 마방진을 창단하고 본격 연극 활동에 나섰다.

그는 연극은 어디까지나 놀이인 만큼 대중에게 재미와 정서적 충만감, 그리고 사랑을 듬뿍 안겨주어야 한다는 생각과 '내용이 형식을 만드는 것이 아니고 형식이 내용을 규정한다'는 신념으로 작업에 임하고 있다. 크게 화제를 모았던 〈칼로 맥베스〉를 비롯하여 〈변강쇠 점찍고 옹녀〉, 〈조씨 고아, 복수의 씨앗〉 등도 바로 시각을 중시하는 그의 연출관에서 비롯된 작품들이었다.

그해(2019)에는 강원도 연극을 일으켜서 전국에 알린 속초의 고참 배우 장규호가 특별상을 수상했다. 고등학교 때 이미 학생극 〈단종애사〉의 주연을 맡아 연극 애호가가 되었으나 소도시 속초에 극단이 없

한국 연극의 등대가 되어준 이해랑연극상

어 십수 년 동안이나 활동을 못 했었다. 그러다가 1983년 전국지방연극제가 실시되자 앞장서 극단을 조직, 1986년 제3회 때 출전하여 장려상을 받았고 1988년도에는 〈그날 그날에〉로 주연연기상을 받았으며 1991년에는 〈한씨 연대기〉로 대통령상을 거머쥘 만큼 속초, 더 나아가 불모지 강원도의 연극을 단기간에 전국적으로 알린 공로의 주인공이다.

제30회 수상은 다시 여성으로 돌아가 연기 경력 32년이 되는 중견 여배우 서이숙이 영광의 주인공이 되었다. 시골에서 고교 졸업 때까지 연극을 접해보지 않은 그녀가 농촌진흥청 배드민턴 코치로 취직하여 수원에 와 우연히 접한 한 편의 연극에 매료되면서 수원예술극장에 입단했다는 것은 하나의 운명적인 견인(牽引)이 아니었나 싶다. 아마추어 작품 한두 편을 해본 그녀는 1988년 지방연극제에서 〈바꼬지〉의 주연으로 단번에 연기상을 거머쥘 정도의 가능성도 보여주었다. 그 후 곧바로 상경하여 극단 미추에 입단, 기초 다지기의 고된 훈련을 견뎌내면서 15년 동안 많은 작품에 조·단역으로 출연했고, 2003년에 〈허삼관 매혈기〉의 주연을 맡아 단번에 동아연극상 연기상을 받으면서 주연급 배우로 우뚝 설 수 있었다.

스포츠로 다진 강건한 체력과 명확하고 설득력 있는 발성, 전통 예능에 대한 충분한 학습과 훈련, 그리고 연기를 '관계'로 인식하고 앙상블을 중시하는 자세 등은 대배우로서의 충분 조건을 갖춘 것이었다. 그녀가 2007년부터는 극단 미추를 벗어나 유능한 연출가들과 작업하여 〈고곤의 선물〉, 〈갈매기〉, 〈오이디푸스〉, 〈로미오와 줄리엣〉, 〈인형의 집〉 등을 수작으로 만들어낸 바 있다.

함께 특별상을 수상한 전세권은 방송드라마 연출로 널리 알려졌지만 극단 신협의 숨은 공로자이기도 하다. 1950년 후반에 신협의 연수생으로서 이해랑 선생의 제자가 되어 몇 편의 작품에 조연출로 참여한 후 28세 때인 1966년에 국립극단 창작극 〈이민선〉의 연출을 맡았고, 다음해에 KBS PD로 발탁되어 수백 편의 드라마를 연출하며 방송계에서 크게 활약했다. 은퇴한 후에는 이해랑 선생의 뜻에 따라 신협을 다시 맡아 20여 년간 운영해왔고, 선생이 1974년에 조직한 신협동우회를 지금까지 이끌고 있는 신협 정신의 마지막 계승자다.

이상에서 대강 살펴본 바와 같이 수상자 39명의 면면을 보면 그대로 우리 연극을 이끌어온 주역들임을 확인할 수 있다. 이는 곧 이해랑 연극상 수상자들은 한국 현대 인물 연극사 더 나아가 현대 연극사 그 자체가 된다는 이야기다. 따라서 한국 연극의 미래를 알려거든 이해랑 연극상을 바라보라는 말도 가능하지 않을까.

뮤지컬 전성시대
— 30주년 맞은 뮤지컬 전문극단 신시컴퍼니를 바라보며

　　오늘날 주름진 노인들이 공유하는 추억 한 가지는 아마도 어린 시절 고향마을 어귀에서 구경했던 서커스와 여성국극이 아니었을까 싶다. 서커스와 여성국극은 조선시대의 사당패들을 대신한 근대적 형태의 대중예술이었는데, 세월의 무상 속에 그 많던 서커스단은 어느 순간 소멸하고 단 하나의 단체가 정부의 보호 속에 서해안의 작은 섬에서 겨우 명맥을 잇고 있으며 여성국극 또한 친목단체만 한두 개 근근이 세월을 낚고 있는 처지다. 그렇기 때문에 노인들의 추억 속에 임춘앵(林春鶯)과 김진진(金眞眞)이라는 인물 정도가 아스라이 그 흔적이 남아 있을 뿐이다.

　　캐나다의 태양서커스는 세계를 누비며 인기를 누리고 있고 일본의 여성연극 다카라쓰카(寶塚)는 여전히 표 사기가 어려울 정도로 그 인기가 식을 줄 모르는데, 우리의 서커스와 여성국극은 왜 한 세기도 못 버티고 몰락했을까. 그 이유는 간단하다. 혁신을 못 해서이다. 혁신이란 새로운 인재를 키우고 새로운 기술, 창의적인 작품 등을 끊임없이 만들어내는 일이다. 그러니까 예술도 기업처럼 시초를 다투며 발전해

가는 문명 속에서 뼈를 깎는 자기 혁신을 해야 살아남는다는 이야기다.

오늘날 우리나라의 극장들을 점령하고 있는 무대예술은 단연 브로드웨이형 뮤지컬이다. 수십 년 전만 해도 배우들은 호주머니를 털어 연극을 했지만, 오늘날 뮤지컬의 톱스타는 한 작품으로 몇억씩의 개런티를 챙기고 있으며 뮤지컬 시장에는 연간 3천억 이상의 돈이 왔다 갔다 한다. 진정 격세지감이 들 정도이다. 그만큼 뮤지컬이 중요 문화산업이 된 셈이다. 그런 중심에 뮤지컬 전문극단 신시컴퍼니와 에이콤이 자리 잡고 있는데, 에이콤의 대표가 좋지 못한 사건으로 주춤하는 사이 신시컴퍼니가 독주하는 양상이다. 그 신시컴퍼니가 30주년을 맞아 LG아트센터에서 〈마틸다〉라는 기념공연을 가진 바 있다.

신시컴퍼니의 뮤지컬 전문극단으로서의 실제 역사는 20년이고, 그전 10년 동안에는 정극과 대중연극을 추구하던 일반 극단이었다. 즉 1988년 중견 작가 겸 연출가였던 김상열 주도로 극단 신시(神市)를 조직하고 10월에 대학로소극장에서 자신이 쓰고 연출한 〈애니깽〉을 무대에 올린 것이 창단의 시작이었다. 대단히 열정적이었던 그는 정극과 악극, 마당놀이, 뮤지컬 등으로 공연 형태의 스펙트럼을 넓히면서 악극은 SBS, 그리고 마당놀이는 MBC 등 지상파 방송과 공동 제작함으로써 대중을 끌어들이는 묘책을 쓰기도 했다.

그가 이미 1970년대 후반에 김의경(金義卿) 주도의 전문극단 현대극장에서 여러 편의 뮤지컬을 연출한 경험이 있기 때문에 1994년에는 자신의 극단 병설로 신시 뮤지컬 컴퍼니를 두고 〈웨스트사이트 스토리〉라든가 〈사운드 오브 뮤직〉 및 〈피터 팬〉 등과 같은 어린이 뮤지컬도 무대에 올린 바 있었다는 사실을 주목해야 한다. 이처럼 관객 확대를 통한 직업연극의 길을 모색하던 김상열이 1998년 10월에 작고하면서 극단의 기획책임자였던 박명성(朴明誠)이 자연스럽게 그 단체를 계승하게 되었다.

극단 신시에서 10년 동안 노하우를 충분히 쌓은 박명성은 관객의 성향을 읽을 줄 알았고, 따라서 신시를 변화된 시대에 맞게 업그레이드하기 시작했다. 그는 극단 신시의 대표를 맡자마자 이듬해인 1999년에 즉각 네 가지의 혁신안을 만들어 실천에 옮겼다. 그 첫째가 극단을 영리법인화한 것이고, 두 번째는 프로듀서 시스템의 구축이며, 세 번째는 공개 오디션 제도를 통해 작품마다 출연 배우 및 스태프와 계약하는 방식을 도입한 것이다. 그리고 마지막으로 라이선스 문화를 정착시킴으로써 극단을 글로벌화했다. 이러한 단체 구조의 획기적 혁신은 근현대연극사 100년 만에 최초의 일이며 혁명적이라 할 만큼 선진적인 제도 확립으로서 그동안 연극인들이 막연히 꿈꾸어오던 이상(理想)을 현실화한 것이었다.

그렇지만 단순히 이러한 제도의 확립만으로 신시컴퍼니가 성공한 것은 아니다. 선진적인 제도는 어디까지나 제도일 뿐 성공을 위해서는 과감하고 실행력 있는 리더십이 뒷받침되어야 한다. 여기서 신시 30주년에 대한 박명성 대표의 말을 들어보자. "한국의 제작사 중 유일하게 프로듀서 시스템과 극단의 장점인 공연 제작 인력을 모두 보유하여 일체화된 시스템을 갖추고 있다. 국내 최고의 기량을 자랑하는 50여 명의 제작 인력을 바탕으로 해서 우리나라 뮤지컬의 발전을 책임진다는 각오로 혼신의 노력을 기울이고 있다. 신시는 혁신적이며 창조적 사고를 통해 신선한 아이디어가 살아 있는 새로운 형식의 작품에 도전해왔고, 이러한 도전정신은 신시가 공연계의 흐름을 바꾸고 오늘날 우리의 공연예술계를 대표하는 중심에 서게 하였다. 신시는 쇼적이고 오락적인 작품보다는 관객들의 마음을 사로잡는 이야기 중심의 작품을 지향하고 있다. 아울러 신시는 변화하는 세계 공연시장의 흐름에 발맞추는 뮤지컬의 중요성을 인식하고 많은 해외 뮤지컬의 저작권을 획득, 국제적으로도 신뢰를 쌓아왔다. 즉 미국, 영국, 일본 등 뮤지컬의 본산지와 시차 없는 해외 공연의 유치와 인적 물적 교류를 통해 한국 뮤지컬 시장의 이미지를 글로벌화하는 데 주도적 역할을 해왔다."

이러한 그의 발언 속에는 신시컴퍼니가 한국 뮤지컬을 주도해온 배경이 고스란히 담겨 있다. 즉 그들은 여타 뮤지컬 단체들이 좀처럼 따라잡을 수 없는 기업형의 견고한 제도적 장치 마련을 비롯하여 인적 조직, 창조적이면서도 앞서가는 아이디어, 그리고 단체의 글로벌화 등을 추구했음을 의미하는 것이다. 그러나 그에 못지않게 중요한 두 가지 요소가 있다. 사업가 기질을 타고난 박명성 대표가 무모하리만치 과감한 도전정신과 행동력 및 넓은 시야를 지녔다는 점이 그 한 가지라고 한다면, 다른 한 가지는 신시컴퍼니가 30주년 기념공연 작품으로 차세대 뮤지컬을 이끌어갈 새싹을 찾기 위해 선택한 〈마틸다〉에서 확인할 수 있는 바와 같이 새로운 인재 양성 플랜의 실천이라 말할 수 있다.

더욱 놀라운 것은 신시컴퍼니가 20년 동안 무대에 올린 레퍼토리의 양과 질의 우수성이다. 마치 뉴욕의 브로드웨이나 런던의 웨스트엔드를 좁디좁은 한국 시장에 옮겨놓은 듯한 레퍼토리의 다양함에 혀를 내

두를 정도다. 신시는 20년 동안에 재공연을 포함하여 1백 회가 넘게, 그것도 장기 공연 방식으로 대형 뮤지컬을 연간 다섯 편 이상 무대에 올렸다. 이는 1년 내내 신시의 뮤지컬이 전국 어디에서든 공연되고 있었다는 이야기가 된다.

또 간간이 미국과 영국의 유명 뮤지컬 단체들을 초청하여 진품을 보여주기도 함으로써 신시가 우물 안 개구리가 아니고 꾸준히 국제 교류를 갖고 있었음도 확인시켜주고 있다. 해마다 뮤지컬 관객이 전국적으로 800만 명 내외인 바, 그중 신시컴퍼니의 고정관객이 다수를 점하고 있다고 보아야 할 것 같다. 신시가 다수의 대중을 극장에 끌어들여 고정관객층을 형성해놓은 것도 우리 연극사에 대단한 큰 기여라 아니 할 수 없다. 이처럼 신시가 우리나라 문화산업의 한 축을 쌓아가고 있음도 간과해서는 안 될 것이다.

신시는 한국 연극 발전에 기여한다는 자세로 상업주의나 매너리즘에 빠지지 않기 위하여 정극도 해마다 무대에 올리고 있으며 거금을 들여서 10여 편의 창작 뮤지컬도 제작해왔음은 잘 알려진 사실이다. 그중에서도 차범석의 대표 희곡 〈산불〉을 외국 제작진에게 맡겨서 격조 높은 뮤지컬 〈댄싱 섀도우〉로 재탄생시켰고, 『태백산맥』의 작가 조정래의 대하소설 『아리랑』을 뮤지컬화해서 호평은 받았지만 수십억 원씩의 손해를 보기도 했다.

여하튼 앞으로 상당 기간 질주하는 신시컴퍼니의 앞을 가로막을 뮤지컬 단체는 나오기 어려울 것 같다. 왜냐하면 신시가 20년 동안 내외적으로 닦아놓은 기반이 워낙 견고해서 독주는 지속될 것이기 때문이다. 그러나 신시도 현재에 안주해거나 자만해서는 안 된다. 예술은 어차피 정치 · 경제 · 사회 상황과 직결되어 있어서 그 변수에 따라 얼마든지 예기치 못한 장애를 만날 수도 있기 때문이다. 그렇기 때문에 신시는 항상 변화하는 국내외 정치 · 경제 · 사회 상황에 주목하면서 속도 조절과 절제, 그리고 초심을 잊지 말아야 한다.

강원도 연극의 꿈나무
— 강원도립극단 10년에 부쳐

　　문학은 독자 단 한 사람씩 대면하지만 연극은 다중을 대면해야 하는 숙명을 지니고 있다. 연극을 만드는 제작자들이 수지타산을 염두에 두고 다수의 호응자를 기다리는 것도 당연 지사이다. 그렇기 때문에 연극은 도시가 발달한 곳에서 싹이 터서 번창해온 것이다. 세계 연극의 발상지가 일찍부터 도시국가였던 그리스인 것을 누구나 편안하게 받아들이는 이유도 바로 거기에 있다고 본다.

　　그러한 논리를 강원도에 대입해보자. 강원도 하면 떠오르는 것은 우리들의 주요 먹거리인 감자, 고랭지 채소, 황태 등이다. 이 말은 곧 강원도에는 논보다 밭이 많다는 의미이고, 자연환경이 평야보다는 높은 산이 많아서 인구가 집결하는 큰 도시가 형성되기 어려운 지형이라는 이야기가 된다. 즉 웅장한 태백산맥이 강원도의 한 가운데를 가로지르면서 아름다운 동해바다를 품고 있어 천혜의 관광지로서는 적합하지만 밀집 도시 형성조건은 갖추고 있지 못하다. 그나마 산과 바다 사이의 공간이 넓은 지역조차 없어서 대도시 형성은 어려웠다고 말할 수가 있다. 강원도가 풍광이 뛰어난 데다 넓이에 있어서는 어느 도에 뒤지지 않음에도 불구하고 인구가 적은 것도 바로 그러한 자연조건에 기인하는 것이다. 가령 강원도의 주요도시들을 볼 때, 내륙에는 춘천과 원주가 자리 잡고 있으며 해안 도시로서는 강릉을 위시하여 삼척, 속초, 양양, 철원 등이 있지만 백만 명 넘는 곳이 한 군데도 없다. .

그래서 강원도 연극만은 다른 지역에 비해 처음부터 낙후되어 있었다. 가령 우리의 근대연극사를 되돌아보았을 때, 다른 지역들에서는 1919년 3·1운동을 전후하여 자체적으로 연극의 싹이 텄으며 또 중앙의 연극단체들이 자주 순회공연을 해줌으로써 연극을 발전시켜온데 비해 강원도에서만은 그런 움직임이 전혀 없었다. 우선 기록상 나타난 것을 보더라도 1910년대 초 근대극이 시작된 후 신파극단들이 지방순회를 다니기 시작했지만 강원도를 갔었다는 기록은 나타나지 않으며 1919년 3·1운동 직후 도쿄 유학생들 중심으로 조직된 동우회순회극단이 전국적으로 공연을 다닐 때도 강원도 지역만은 경원선이 거쳐 가던 철원만 유일하게 단 한 번 들른 정도였다(『동아일보』, 1921.7.2). 그리고 같은 해 개성 청년으로서 도쿄 유학을 하고 있는 학생들이 조직했던 송경학우회도 전국의 주요 도시들을 순회공연하면서 강원도 지역에서는 유일하게 철원에서만 단 하루 공연했다(『동아일보』, 1921.7.31). 또 하나 특이한 점은 소인극단운동이 한반도에서만 일어난 것이 아니고 일찍이 우리 동포들이 터를 잡아 살던 블라디보스토크에서도 여럿 조직되어 모국에까지 순회극단을 이끌고 와서 순회공연을 한 바 있었는데, 이들이 1924년 여름에 강원도 춘천에 들러 단 한 번 공연을 한 바 있었다(『조선일보』, 1924.8.23).

이처럼 강원도는 교통상으로도 접근성이 어려워서 요원의 불꽃처럼 타올랐던 3·1운동 직후의 민족적인 소인극운동도 이 지역에서만큼은 철원을 제외하고 미약하게 스친 정도였었다. 그런데 유일하게 속초만은 조금 달랐다. 그럴 수밖에 없었던 것이 속초는 소도시였지만 문화예술이 싹틀 수 있는 최소한의 요건을 갖추고 있었기 때문이었다. 즉, 속초에는 일찍부터 다양한 사람들이 모여들 만한 광산과 항구로서의 물류센터 기능이 있었으며 선진 일본문화를 조금이나마 접할 수 있는 요건이 갖추어져 있었다. 교통상으로도 속초만큼은 경원선이 닿기 때문에 원산을 거점으로 중앙과도 간접적인 교류를 할 수가 있었고, 양양에서는 자철광산으로 대포항을 통하여 일본 수출의 길이 열려 있었다. 또한 정어리가 다량으로 잡혀 공장이 세워졌으므로 외지에서 사람들이 모여들기에 적합했다. 그렇기 때문에 작은 어촌이 인구 수만 명의 읍이 될 수가 있었다.

연극은 어느 정도 지적 훈련을 받은 사람들이 할 수 있는 공동 작업이다. 그러니까 단 한 사람이라도 연극을 접해본 사람이 있어야만 연극 행위가 시작될 수 있다는 이야기다. 가령 강원 지역에서 속초의 경우 일본과 교류가 잦다 보니 신파극을 아는 문구남과 같은 인물이 있어서 1935년경에 잠시나마 신파극의 시도가 있었다(『속초수복지』 참조).

이처럼 1945년 민족해방 이전의 강원도에서는 속초 외에는 그러한 조건이 형성될 만한 도시가 없었다. 즉 강원도는 속초를 제외하고는 지정적(地政的)으로 연극 만들기에 적합한 조건이 갖추어지지 않은 지역이었다. 그렇지만 강원도에서는 한국 전통극의 양대 장르라 할 탈춤과 판소리의 싹이 아주 오래전부터 자라고 있었으니 잠재력만은 어느 지역에 뒤지지 않는 곳이었다. 그것이 다름 아닌 강릉관노탈놀이와 심청굿이다. 강릉관노가면극은 옛 부족국가 시절부터 전해져온 단오제 때 관노들이 벌이는 무언탈놀이로서 그것이 언제부터 연행되었는지는 확실하게 알 수가 없다. 삼척 등지에서 시행되어온 심청굿 역시 연원을 알 수 없기는 마찬가지이다. 그러나 한 가지 분명한 것은 강원도에서는 아주 오래전부터 가면극과 심청굿이 연행되어옴으로써 공연예술의 바탕만은 견고했다는 것이다.

그러다가 해방이 되면서 강원도 연극 환경도 급속하게 호전되기 시작했다. 해방 직후의 강원도 연극은 역시 속초가 주도하기 시작했는데, 그 이유는 김정우라는 일제시대 신극물을 먹은 인물이 앞장선데 따른 것이다. 즉 그는 중앙 무대와 극작가 유치진 주도의 현대극장에서 말단으로 활동하다가 해방과 함께 김동원 주도의 극단 전선에서 잠시 활동하다가 귀향하여 속초에서 연극운동을 시작하여 독자적으로 악극단 등을 조직 운영한 바 있다.

한편 강원도 연극의 대부라 할 최지순(도립극단 자문위원장)의 연구에 따르면 춘천에서도 해방 직후인 1945년도에 동해악극단이 창단되어 활동한 적이 있고, 1946년도에도 극단 자립이 창단되어 잠시 활동한 바 있으며, 도청으로부터 지원까지 받고 홍종호가 창단한 신춘극단을 비롯하여, 6·25전쟁 때까지 극단 민협, 극단 청탑 등 여러 단체가 간헐적이나마 공연 활동을 벌인 바 있었다. 그러다가 전쟁을 겪으면서 강원 연극이 한동안 잠잠했다고 한다.

강원도에서도 도시가 일찍 형성된 원주 역시 1945년 민족해방과 함께 악극으로부터 시작되어 학생극이 싹튼 바 있으며 강원도 출신으로서는 가장 먼저 1962년도에 서라벌예대에서 연극을 제대로 공부한 장상순이 귀향하여 이봉호 등과 함께 유치진 작 〈푸른 성인〉을 공연함으로써 원주 연극이 실질적으로 시작되면서 극단 산야와 같은 우수 단체도 생겨날 수 있었다. 그 이후 서울의 극단 신협이 휴전과 함께 춘천, 원주, 속초 등지를 순회하면서 강원도 연극이 크게 자극 받고 중앙 연극과 수준을 맞추려고 여기저기서 극단을 조직하기 시작함으로써 전국의 다른 지방도시들에 뒤지지 않을 정도로 급속하게 자체연극을 구축해보려고 용트림을 해온 것이다. 특히 1966년부터 이해랑이 이동극장운동을 시작하며 강원도 지역을 첫 번째로 찾음으로써 지방 연극인들을 자극했고, 신극 전통이 있는 속초 연극이 눈에 띌 정도로 발전을 거듭했다.

그리하여 1983년부터 시작된 전국지방연극제에서 속초 연극은 강원도를 대표하는 극단으로 타 지역과 경쟁하여 단체 우수상을 비롯하여 제9회 때는 단번에 대통령상을 거머쥐는 발군의 실력을 보여주기도 했다. 그 후로도 여러 번 대도시들을 물리치고 최고상을 받음으로써 단번에 지역적 한계를 극복하고 강원도 연극의 위세를 떨친 바 있다. 인구 10여만의 작은 도시 속초연극이 그처럼 발군의 실력을 발휘할 수 있었던 것은 역시 일제시대 물류도시로서 일본을 통한 외부세계와의 접촉이 개명을 촉진하는 전통이 만들어진 데 따른 것이 아닌가 싶다.

그러다가 산업의 발달에 따른 교통망의 확충으로 강원도의 중심도시 춘천과 원주가 수도권으로 들어오면서 상황이 바뀌었고 강원도 연극도 춘천을 중심으로 하여 급상승하고 있다. 가령 국제인형극제는 이제 세계가 인정하는 축제가 되었고, 마임축제 역시 타 지역에서 따를 수 없을 만큼 중요 연극제가 되었다. 그러다가 전국 12번째로 도립극단이 출범하면서 강원도 연극은 중앙에 버금갈 만큼 정극과 특수연극이 조화와 평형을 이루면서 도약하는 중이다.

가령 최근에 소수의 단원들로 제작한 〈월화—달빛에 물들다〉는 한국 연극의 중심지라 할 대학로에 와서 크게 호평을 받음으로써 단번에 전국적인 수작으로 여러 곳에 초청까지 받은 바도 있다. 이처럼 강원도 연극은 이제는 지방 연극이 아니게 되었다. 더욱이 극작가 겸 연출가 그리고 예술경영인으로 주목받는 춘천 출신의 김혁수가 예술감독을 맡으면서 강원도 연극을 획기적으로 발전시킬 수 있는 새로우면서도 진취적인 방안을 내놓고 있어 주목된다. 문제는 예술감독이 이루려는 야심찬 꿈은 인적 물적 뒷받침이 수반되어야 가능하리라는 점이다. 그런데 그것은 어려운 일은 아니라고 본다. 가령 우리나라가 1945년 민족해방을 맞았을 때, 국민소득이 30달러에 불과했지만 1950년에 국립극장을 설립하고 전속극단(신협)을 출범시켰음은 물론이고 배우, 연출가, 작가, 무대미술가 등 20여 명에게 생활할 수 있는 급료를 지불했었다. 그러한 씨앗이 바탕이 되어 오늘날 우리 문화예술이 경제와 시너지 효과를 내면서 세계에서 문화선진국으로 각광받고 있는 것이다.

솔직히 오늘날 강원도 예산은 해방 직후 정부 예산보다 많지 않은가. 바로 그 점에서 도당국자의 문화의식과 마음먹기에 따라 강원도 연극도 획기적으로 발전시킬 수 있다고 본다. 그것도 물론 도립극단을 중심으로 이루어져야 한다. 왜냐하면 인형극이라든가 뮤지컬, 마임, 거리극 등 여러 장르가 있지만 세계 연극사를 이끌어온 것은 정극이었기 때문이다. 따라서 진정으로 강원도 연극이 한국문화 진흥에 크게 기여하려면 현재 명목상의 도립극단을 제대로 키워주어야 한다. 우선 춘천에서 가장 잘 지은 극장을 본거지로 삼아서 지역을 넘어 전국의 유능한 배우, 연출가, 극작가 등을 초청하여 20명 이상으로 탄탄한 전문극단을 구성하고 실천은 여하간에 대담하게 연중무휴 공연을 내걸어보라. 그러면 수년 내로 강원도 연극이 한국연극의 새로운 희망으로 떠오를 것이다(이 글은 최지순, 장상순, 장규호 등이 쓴 글을 바탕으로 삼은 것이다).

젊은이들에게 나라의 희망이
— 내우외환(內憂外患)의 세태에 대한 단상

구한말 한국을 다녀갔던 외교관이자 천문학자인 퍼시벌 로웰은 조선을 일러 '고요한 아침의 나라'라고 했다. 실제로 내 유년 시절 고향의 아침은 초가집과 기와집이 조화를 이루고 빨간 고추는 지붕에서 익어가며 노란 감나무가 파란하늘 아래 냇물이 흐르는 가을 야산과 어울려 그야말로 동양화의 한 폭처럼 고요하고 아름다웠다. 노자(老子)도 자기가 태어난 여향곡인리(厲鄕曲仁里)야말로 이상향이라고 했는데, 배산임수의 우리 고장 같은 곳일 거라 생각한 바도 있었다.

소년 시절(해방 직후) 숙부들이 살고 있던 서울에 처음 와보았을 때의 느낌도 크게 다르지 않았다. 기와집과 이층집들이 좀 많았고, 원효로에서 종로 또는 을지로로 오가는 전차 소리와 길가에서 흘러나오는 라디오 소리가 좀 시끄럽고 번잡하기는 했어도 참새들이 지저귀고 까막 까치들도 날아다녀서 평화롭기는 마찬가지였다. 고향으로 돌아가 6 · 25를 겪으며 중등학교를 마치고 다시 상경하여 고생스럽게 대학을 다녔지만 낭만도 없지 않았다.

그런데 4학년 때, 3 · 15부정선거로 사회가 요동치면서 개강 며칠 뒤 나는 도서관에서 책을 읽다가 무엇에 끌린 듯 가방을 든 채 학우들과 함께 스크럼을 짜고 광화문을 향해 달려감으로써 졸지에 데모꾼이 되었었다. 경무대(현 청와대)를 향해 효자동으로 몰려가는 도중 경찰들의 발포로 한 친구를 잃고 혼비백산하여 도망친 것이 내 생애 시위 참여의 처음이고 마지막이 되었다. 왜냐하면 졸업하고 군대를 마치자마자 생활전선에 뛰어들어 가정도 꾸리고 학생들을 가르치는 일에 몰두하는 생활인이 되었기 때문이다. 1960년대 중반에도 학생들은 한일회담 반대 시위를 격렬하게 벌였지만 직업인이 나설 형편은 아니었다. 그런 와중에도 공장이 여기저기 세워지고 고속도로도 뚫렸으며 고층 건물들이 들어서기 시작했다.

내가 처음 상경했을 때 본 전차는 어느덧 사라지고 도로는 시원스레 넓혀져 빠른 버스와 승용차들이 도로를 메워갔으며 곳곳에 육중한 현대식 고층건물들이 하루가 다르게 세워지는 와중에 제일 커 보였던 중앙청(옛 총독부)도 사라졌다. 그야말로 서울이 글로벌 시대에 걸맞은 다문화의 세계적인 현대도시가 되어갔다. 시골도 어느 새 동양화는 없어지고 고층 아파트들이 야산을 가리기 시작하여 부산과 목포까지 가는 동안에도 그런 풍경은 자주 목격된다.

이러한 변화 발전은 정부의 강력한 성장 정책과 잘살아보겠다는 목표 하나로 뭉친 전 국민의 분투와 눈에 잘 띄지 않는 열악한 환경 속에서 쉼 없이 일한 노동자들의 피와 땀 덕분이다. 가령 1970년대 중반에 영화 〈영자의 전성시대〉가 폭발적 인기를 끌고, 소설 「난장이가 쏘아 올린 작은 공」(조세희 작)이 많이 읽히는 가운데 한 노동자의 애석한 죽음도 바로 그러한 성장 정책에 가려진 어두운 이면을 적나라하게 나타내준 현상이었다.

따라서 1970년대 들어 청년 학생들이 군사독재의 억압과 근로 조건의 개선 등 자유와 인권을 외치는 시위를 벌였으나 정권의 탄압으로 좌절됨에 따라 한동안 마당극운동이라는 우회로를 활용한 적도 있었다. 이러한 소극적 문예운동이 1980년대 군부독재를 맞아서는 전국의 대학들을 중심으로 조직적 저항운동으로 줄기차게 전개되어갔다. 그런 와중에서도 우리가 1988년 아시아에서는 일본 다음으로 국제올림픽을 거뜬히 치러냈고, 그 몇 년 뒤 월드컵도 멋지게 치렀으며 민주화도 이루어냄으로써 민족의 저력을 세계 만방에 알릴 수가 있었다.

50년 전 내가 잠시 유럽에서 공부할 때는 만나는 사람마다 일본인이냐고 물을 정도로 한국이 알려져 있지 않았으나 지금 유럽은 한국 관광객들이 북새통을 이룰 정도가 되었다. 오늘날 한국 사람들은 아시아는 너무 좁아서 남미는 물론이고 아프리카까지도 여행 코스로 잡는 이들마저 적잖다. 관광객만 그런 것이 아니다. 전 세계 오지 어디에나 우리나라 대기업 상사들이 자리 잡고 있어서 유명 백화점에 들어가 보면 진열대 위에 놓여 있는 삼성, LG 등 우리 기업 상품들이 해외 고객들의 선망의 대상이 되어 있다. 이처럼 밖에 나가보아야 한국이 대단히 자랑스러운 나라가 되어 있음을 실감한다. 그 뿐이랴, 6·25 때 소총 하나 못 만들던 우리가 제작한 탱크, 장갑차, 대포, 더 나아가 전투기들이 유럽의 하늘과 땅을 진동시킬 만큼 선진국으로 우뚝 선 나라가바로 대한민국이다.

그런데 서울 한복판 광화문에 나가보면 주말마다 수천 수만 명이 넘는 인파가 늦게까지 나라 바로서기를 외치며 태극기를 흔들고, 다른

젊은이들에게 나라의 희망이

쪽에서는 촛불을 켜들고 정권 타도를 외치고 있다. 그런 군중을 보고 있으면 이 나라가 정말 인적 자원만으로 단시일에 세계 10대 교역국으로 우뚝 선 선진국이 맞는가 하는 생각마저 든다. 이 현상을 우리 민족의 역동성으로 보아줄 수도 있지만 세계는 제4차 산업혁명 시대에 접어들어 기술개발 전쟁이 한창인데 우리 국민은 어쩌다가 정치세력에 따라 지지층이 둘로 갈려서 철천지원수처럼 한참 지난 이념, 패싸움으로 날을 지새우고 있는가.

결사항쟁, 궤멸, 타도, 사기와 위선, 해체, 적폐 등 섬뜩하기까지 한 확성기 소리가 지축을 흔들고 여의도 정가는 입법과 하찮은 말싸움으로 지새우는데 코로나와 우크라이나 전쟁 등으로 경제 상황이 크게 걱정되는 형편이다. 이 상황의 밑바닥을 들여다보면 결국 우리 내부의 전근대적인 이념 대립과 구한말 역사의 망령이 되살아나는 것 같아 섬뜩하다. 특히 이해하기 어려운 것이, 일부 극소수 시위꾼들이 내건 구호라든가 플래카드의 문구를 보면 마치 해방공간 좌우대결의 변형된 복사판 같아서 우리가 과연 광복 77주년을 맞은 것인지 아니면 시간이 멈췄던 것인지 분간할 수 없을 정도로 불안하다. 그렇기 때문에 누가 아무리 평화를 외쳐도 어딘가 현실성이 약해 보여 빈 하늘의 메아리처럼 들리고 좀처럼 가슴에 와닿지 않는 것 같다는 생각이다.

그러나 나는 걱정하지 않는다. 왜냐하면 오늘의 이 불안정한 소용돌이도 결국은 성경의 한 구절처럼 '모든 것은 다 지나가는 것'이고 역사란 시간의 물결 속에 매몰될 것이다. 우리는 그동안 더 큰 난관들도 모두 극복해온 저력의 민족이 아닌가. 그런 희망과 가능성을 나는 굴곡진 역사나 이념에 절지 않고 구김살 없이 잘 자라준 오늘의 젊은이들, 즉 MZ 세대에게서 매일매일 목격하고 있다.

잠시 눈을 밖으로 돌려보자. 우리의 미래인 젊은이들이 세계를 제패해가고 있음을 어렵잖게 확인할 수가 있다. 세상 사람들이 누구나 좋아하는 예술과 스포츠만 보더라도 손흥민은 축구의 본고장 유럽에서 최고 선수로 날리고 있으며 18세의 이강인은 U-20월드컵에서 최우수 선수로 뽑혔다. 한편 미국 메이저리그에서는 류현진과 김해성 선수가 주목받고 있으며 LPGA는 한국 어린 여자 선수들의 놀이터로서 세계1위도 박성현에서 리디아 고로 옮겨갔다. 그리고 빙상계에서도 쇼트트랙의 최민정, 박지원 등과 5백 미터의 김민선이 독보적이다.

두뇌 경쟁과 예술 분야에서도 스포츠 이상으로 선두를 치고 나가고 있다. 가령 최근 텔아비브에서 열린 제50회 국제물리올림피아드의 1위는 단연 한국 과학영재들이 차지했고, 제31회 아·태수학올림피아드와 제51회 국제화학올림피아드(프랑스 파리)에서도 우리나라 고교생들이 미국, 중국, 인도 등 최강국들을 제치고 1등을 했으며, 근자에 열린 국제 천문학올림피아드에서도 우리 고교생들이 3위를 차지했고, 게임 세계 1위 '페이커'도 한국인 이상혁이다.

예술의 경우 클래식 분야에서도 생각나는 대로 적어보면 피아니스트 조성진, 손열음, 임윤찬 이상으로 바이올리니스트 사라 장은 세계를 누비고 있고 이지윤은 베를린 슈타츠카펠레의 종신 악장이며 유희승은 빈 폭스오퍼의 종신 부악장이고, 비올리스트 박경민은 29세에 당당히 세계 최고의 베를린 필의 종신단원으로 뽑혔다. 또한 김수현은 베를린 콘체르트하우스 오케스트라의 악장이고 박지윤도 라디오 프랑스 필하모닉의 악장을 맡고 있다.

젊은이들에게 나라의 희망이

이탈리아에서 활동하고 있는 소프라노 여지원은 오페라 〈아이다〉의 주역으로 세계 정상급 성악가만 설 수 있다는 로마 중심가 카라칼라 야외무대에서 4천여 명의 관중을 사로잡고 있으며, 30대 초반의 테너 이범주와 김동호도 이태리 북부 부세토의 베르디극장의 〈아이다〉에서 주역으로 활동 중이다. 그리고 1930년대의 선구 무용가 배구자(裵龜子)는 한국 아이들은 업어 키워 다리가 휘었기 때문에 발레는 불가능하다고 했지만 그녀의 예언은 단 70여 년 만에 깨지고 말았다. 왜냐하면 발레리나 강수진이 독일 슈투트가르트 발레단의 수석무용수를 시작으로 하여 아메리칸 발레시어터의 서희, 마린스키의 김기민, 파리오페라발레단의 박세은 등이 당당히 수석무용수 자리를 꿰찼으며 구미의 저명 발레단에서 활동하고 있는 발레리나와 발레리노들이 수두룩하다.

그러나 현재 빌보드뮤직어워즈 등 유명한 상들을 휩쓸면서 전 세계 수천만 청소년 고정 팬들의 마음을 휘어잡고 있는 이들은 K팝 아이돌, 그중에서도 단연 방탄소년단(BTS)이다. 잘생긴 외모에다가 빼어난 노래와 춤 솜씨는 타인의 추종을 불허한다. 그들의 실력은 이미 비틀스를 능가한다는 평가까지 나와 있다. 따라서 그들의 공연은 말할 것도 없으며 각자, 또는 함께 하는 움직임은 그 자체가 하나의 달러박스나 마찬가지다. 그래서 '방탄이코노미'라는 조어까지 등장했다. 방탄소년단의 경제성은 공연과 음반 판매 수입보다는 연관된 분야, 이를테면 게임, 캐릭터, 금융상품, 화장품, 의류, 그리고 패션에서도 그에 못잖을 정도로 대단히 광범위하다.

최근의 발표에 의하면 이들이 최근 10년 동안에 56조 원의 경제효과를 거두었다고 했다. 그런데 이들의 활약이 중요한 것은 그들 자체의 천문학적 경제효과 획득에 그치지 않고, 국가 이미지 및 우리 기업들의 이미지 개선으로까지 이어져 글로벌 시장에서 헤아리기 힘들 정도로 엄청난 부수효과를 창출하고 있다는 사실이다.

　단 일곱 명의 아이돌 그룹이 이처럼 어마어마한 국가 이미지 개선과 천문학적 경제 창출을 이룩한 경우는 한국 역사상 최초의 일인 만큼 그들에게는 나라가 할 수 있는 어떤 특혜를 베풀어도 괜찮다는 생각이다. 그런데 그들의 무엇이 세계 청소년들의 영혼을 흔들고 있는가 하는 점이다. 그 첫째는 단연 빼어난 예술성이다. 즉 우리 전통의 예능 바탕에 서양의 첨단적 예능을 접목시켜서 청소년들의 기질에 맞는 역동적 현대예술로 승화시킨 데서 찾을 수가 있을 것 같다. 다음으로는 최보윤 기자가 '살아 있는 자기개발서'(『조선일보』. 2019.6.10.)라고 적절하게 지적한 바 있듯이 이들이 사춘기, 또는 성장통의 세계 청소년들에게 던지는 강렬한 메시지라고 하겠다. 가령 〈영포에버〉 가사 중 "넘어져 다치고 아파도 끝없이 달리네 꿈을 향해"가 보여주는 것은 어려운 환경 속에서도 결코 좌절하지 않고 무지개를 좇는 끊임없는 노력과 불굴의 용기, 그리고 인내와의 싸움이다. 그리고 "나약해지지 마, 이길 거랬잖아"라든가 "너 자신을 사랑해" 등에서도 비슷한 메시지를 던지고 있다.

　대중가요 내용은 대체로 극히 일상적이면서도 범용한 대사로 이루어져 있지만 BTS는 헤르만 헤세라든가 칼 융 등과 같은 세계적인 작가나 심리학자의 저술에서 명대사를 이끌어냈다는 점에서 차원을 달리한다. 그들은 비디오 아티스트 백남준이 표현한 높은 수준의 복합성까지 충분히 함축해 보여준다. 특히 그들의 인기를 극대화하여 멤버들을 단순히 가수로만 제한하지 않고 개개인을 하나의 캐릭터로 활용하고 이들을 주인공으로 하는 소설, 웹툰, 드라마 등을 복합문화상품으로 판매하는 전략까지 세운 상태다. 그러니까 방시혁이 대표로 있는 빅히트엔터테인먼트는 '글로벌 K팝 제국'을 꿈꾸고 있는 것이라 한다(『조선일보』, 2019.8.22). 더욱 우리들을 희망으로 부풀게 하는 것은 BTS를 바짝 뒤쫓고 있는 다른 아이돌들 중 몇몇은 방탄소년단의 인기를 위협하고 있다는 점이라 하겠다.

2024년 프랑스 파리국제올림픽의 잠정 종목으로 결정된(지난 6월 26일 스위스 로잔에서 열린 제134차 IOC 총회) 브레이크댄스의 세계1위도 한국 비보잉 '진조 크루'(김헌준·김헌우 형제)라는 사실을 아는 이는 별로 없다. 그 외에 예능 이외의 여러 분야에서도 뛰어난 젊은이들이 한국의 장래를 밝게 하고 있다는 사실에 주목할 필요가 있다. 그런 만큼 현실에 절망하지 말고 젊은이들에게 희망을 걸자!

(2019)

유민영 柳敏榮

경기도 용인에서 출생하여 서울대학교 및 같은 대학원 국문학과를 졸업하고 오스트리아 빈대학교 연극학과에서 수학하였다. 연극평론가이며 문학박사. 한양대학교 국문학과 교수와 단국대학교 예술대학 학장, 방송위원회 위원, 예술의전당 이사장, 단국대학교 문화예술대학원장 및 석좌교수를 역임하였다. 현재 단국대학교 명예교수이다.

주요 저서로는『한국연극산고』『한국현대희곡사』『한국연극의 미학』『전통극과 현대극』『한국연극의 위상』『한국근대연극사』『한국근대극장변천사』『20세기 후반의 연극문화』『문화공간 개혁과 예술발전』『한국인물연극사』『한국연극의 사적 성찰과 지향』『한국근대연극사 신론』『인생과 연극의 흔적』『한국연극의 아버지 동랑 유치진 — 유치진 평전』『한국연극의 거인 이해랑』『무대 위 세상 무대 밖 세상』『예술경영으로 본 극장사론』『풍성한 문화예술계의 명암』『사의 찬미와 함께 난파하다 — 윤심덕과 김우진』『21세기에 돌아보는 한국 연극운동사』 등이 있다.

푸른사상 산문선